Bernd Flessner
Knochenbrecher

LEDA

Bernd Flessner
Knochenbrecher
Ostfrieslandkrimi

3. Auflage 2015
ISBN 13: 978-3-934927-88-9

© Leda-Verlag. Alle Rechte vorbehalten
Leda-Verlag, Rathausstraße 23, D-26789 Leer
info@leda-verlag.de
www.leda-verlag.de

Satz: Heike Gerdes
Lektorat: Maeve Carels
Titelillustrationen: Carsten Tiemeßen
Druck und Gesamtherstellung: cpi books GmbH

Personen und Handlung dieses Romans sind frei erfunden. Jede Ähnlichkeit mit lebenden oder toten Personen wäre rein zufällig. Vielen Dank an Sven Rogall für seine Unterstützung.

Für Marianne,
die so gerne Krimis liest.

»Meine Patienten werden manchmal gesund. Natürlich nur, wenn ihre Zeit nicht um ist. In diesem Fall müssen wir alle abkratzen.«

George Bernard Shaw, *Zu wahr, um gut zu sein* (1870)

»Nein, dieses Spiel lohnt den Einsatz wirklich nicht. Warum in aller Welt riskieren Sie um einer nichtigen, vergänglichen Lust willen die großen Fähigkeiten, die Ihnen verliehen worden sind? Bedenken Sie auch, dass ich nicht nur als Freund so zu Ihnen spreche, sondern als Arzt, der bis zu einem gewissen Grade für Ihre Gesundheit verantwortlich ist.«

Sir Arthur Conan Doyle, *Das Zeichen der Vier* (1890)

»Junger Freund«, sage ich, »dein Fehler ist: Du hast keinen Überblick. Ich, der ich schon in allen Krankenstuben, weit und breit, gewesen bin, sage dir: Deine Wunde ist so übel nicht.«

Franz Kafka, *Ein Landarzt* (1919)

»Ich denke manchmal: Krankheit und Sterben sind eigentlich nicht ernst, sie sind mehr so eine Art Bummelei, Ernst gibt es genau genommen nur im Leben da unten. Ich glaube, dass du das mit der Zeit schon verstehen wirst, wenn du erst länger hier oben bist.«

Thomas Mann, *Der Zauberberg* (1924)

1

Für heute war Schluss. Friedjof Suhrmann steckte den frisch gereinigten Pinsel zu den anderen in die große, rostige Konservendose, deren kaum noch lesbares Etikett unbeirrt Essiggurken anpries. Ein paar Tage noch, höchstens eine Woche, dann würde er seinen lang gehegten Traum endlich ausgeträumt haben, und zwar nicht, weil dessen Realisierung gescheitert, sondern weil sie gelungen war. Er würde schlicht aufhören zu träumen, aufwachen und zumindest in seinen Urlauben so leben, wie er es sich immer gewünscht hatte. Wobei das oft zweifelhafte »immer« in derartigen Aussagen für ihn tatsächlich galt, denn der Traum begleitete ihn schon seit seinem sechsten oder siebten Lebensjahr. Noch dazu hatte er das seltene Glück, dass seine Frau seinen Traum teilte. Wenige Sätze und ein paar Bilder, die er mit der Hand in die Kneipenluft geworfen hatte, hatten ausgereicht, sie unheilbar zu infizieren.

Suhrmann räumte die moosgrüne Farbe, den Terpentinersatz, die Lappen und Pinsel in die selbstgezimmerte Farbkiste und richtete sich langsam auf. Die gebückte Haltung, die er nun endlich aufgeben konnte, hinterließ einen vertrauten Schmerz in seinem Kreuz. Auch mit diesen Attacken würde es nun bald vorbei sein. Die unlackierten Flecken waren in den vergangenen Stunden rasant geschrumpft und nur mehr die letzten Indizien für die Nachlässigkeit und Faulheit des Vorbesitzers, der dieses Prachtstück fast auf sein Gewissen geladen hätte, sofern er je eines besessen hatte. Zwei Jahre hatte Suhrmann mit ihm verhandeln müssen, bevor er überhaupt zu einem Verkauf bereit gewesen war. Erstaunlicherweise war dann der Preis eine Sache von zehn Minuten gewesen. Zehn Minuten, die Suhrmann nie vergessen würde. Zehn Minuten, in denen er alles auf eine Karte gesetzt hatte, in denen er über sich selbst hinausgewachsen war und den Ausgebufften gemimt hatte. Den ukrainischen Autohändler vor Augen, dem er vor Jahren seinen alten Passat, ohne es eigentlich zu wollen, fast geschenkt hatte, war er stur geblieben und hatte so lange aus dem Restaurationsobjekt ein Wrack gemacht, bis der Widerstand gebrochen war. Dabei hatte er auch die verlockende Zahlungspraktik des routinierten Ukrainers übernommen und Bargeld in einem Koffer mitgebracht, und zwar genau die Summe, die er ausgeben wollte und konnte. Eine Verhandlungsreserve hatte er natürlich in der Innentasche in petto gehabt. Kein Scheck, keine Überweisung, kein Warten auf den Zahlungseingang, keine juristische Nachspielzeit. Bargeld und Vertrag, hier und jetzt. Nachzählen und unterschreiben. Das hatte den alten Mann schließlich überzeugt. Der Koffer voller Geld. Im Fernsehen hätte er das schon einmal gesehen, hatte der Verlierer der Partie noch angemerkt und dann mit zittriger Hand seine magere Rente aufgebessert. Immer wieder wanderten diese Bilder durch Suhrmanns Kopf und ließen ein Lächeln über sein Gesicht huschen, das nur seine Frau und wenige enge Freunde zu deuten gewusst hätten.

Suhrmann tastete die Taschen seines an einigen Stellen moosgrünen Jeanshemdes nach Zigaretten ab. Bis auf eine zerdrückte war die Packung leer. Ihm blieb nichts anderes übrig, als nach unten zu gehen, wo eine halbe Stange auf ihn wartete. Außerdem konnte er sich dann auch gleich einen Belohnungswhiskey spendieren und die Arbeit unwiderruflich beenden. Die Sonne stand schon tief, und es war spürbar frisch geworden. Der August spielte Herbst. Gestern hatte er sogar einen Schwarm Zugvögel Richtung Süden fliegen sehen. Kurz blickte er auf und folgte einer der schnellen, tiefen Wolken. Was war da besser als ein irischer Whiskey?

Suhrmann tanzte die Stufen hinunter und angelte sich aus einem der vielen Kartons ein passendes Glas. Die Flasche war nicht so schnell zu finden. Sie musste in seiner Reisetasche bei den Zigaretten sein. Also machte er eine Neunzig-Grad-Drehung und peilte die große Holzkiste an, die mitten im Raum stand. Doch es gelang ihm nicht, die Drehung rechtzeitig zu beenden, er taumelte, manövrierte unbeholfen und stieß mit dem rechten Knie an die Kiste. Es dauerte lange, bis ihn der Schmerz erreichte, durch seinen Körper wanderte und sich in seinem Kopf ausbreitete. Für einen Moment schien die Kiste sich durch den Raum zu bewegen und ihm war, als würde er das Gleichgewicht verlieren, doch dann blieb sie endlich stehen. »Drei Stunden auf den Knien pinseln!«, fluchte er halblaut und beschloss, dafür der Flasche den Garaus zu machen. Erst jetzt spürte er die Müdigkeit, die der lange Arbeitstag hinterlassen hatte. Sein Magen war auch leer und maulte.

Als sich Suhrmann über die Tasche beugte und zwischen seinen Arbeitshemden- und -hosen zu suchen begann, tauchte plötzlich eine zweite Tasche auf, die der ersten bis auf jede Faser glich. Er kniff kurz die Augen zu. Beide Taschen waren noch da. Sie vibrierten leicht. Sie zitterten wie eine Luftspiegelung über dem heißen Watt. Er hob die rechte Hand, um sich die Lider zu reiben, brachte es aber nicht fertig, den Arm zu heben. In diesem Augenblick gab sein rechtes Bein nach. Unendlich langsam und dennoch rasend schnell sackte er nach vorne, schlug auf der Kiste auf, rutschte von ihr herunter und landete bäuchlings auf den Eichenplanken, die sich langsam zu drehen begannen, zur Decke wurden, sich verformten, die Farbe änderten und in einer trudelnden Bewegung in der nachtschwarzen Röhre eines endlosen Tunnels verschwanden.

2

Für heute war Schluss. Der Tag, den Greven hinter sich gebracht hatte, kam ihm vor, als hätte er aus mindestens zweien bestanden. Vielleicht, weil er gerade in zwei Fällen ermittelte, die eine erstaunliche Ähnlichkeit miteinander hatten, so dass ihm die Vernehmungen manchmal wie ein Déjà-vu erschienen. Doch auch das heutige Wiederholungsprogramm hatte ihn nicht weitergebracht. Er trat mal wieder auf der Stelle, schlimmer, auf zwei Stellen, falls es für diese Redewendung überhaupt eine Art von Plural gab. Für Greven stand dies außer Frage angesichts des Tages, den er irgendwie zweimal hatte absolvieren müssen.

Noch bevor er den Schlüssel ins Schloss steckte, beschloss er, diesen Doppeltag mit einem doppelten Whisky und einer Doppel-LP zu den Lebensakten zu legen. Wenn schon doppelt, dann richtig. Einen Single Islay Malt und die *Third* von Soft Machine. Oder Bill Frisells *East/West*. Mona war bestimmt noch in der Stadt. Er konnte also die Boxen anständig lüften.

Greven ließ seinen Aktenkoffer im Flur mehr oder weniger aus der Hand fallen und ging an der Küche vorbei ins Atelier, das bruchlos in jenen Raum überging, der allgemein Wohnzimmer genannt wird, ganz so, als wären die anderen Räume eines Hauses unbewohnt. Neben dem Sofa ließ er seine Jacke auf den Boden tropfen und zog nach kurzer Überlegung *Bitches Brew* von Miles Davis aus dem Plattenregal. Mit *Pharaoh's Dance* wollte er die bösen Geister vertreiben. Nachdem sich die Nadel langsam auf der Rille eingefunden hatte, drehte er den Regler des Verstärkers auf fünf. Schon meldeten sich die drei Pianisten Joe Zawinul, Larry Young und Chick Corea, die neben Bennie Maupin an der Bassklarinette zunächst das Zwanzigminutenstück dominierten. Vom ersten Takt an war die Spannung vom August 1969 zu spüren, die Miles Davis im Studio aufgebaut hatte. Was für ein Stück. Die Pharaonen hätten nicht schlecht gestaunt. Als die Trompete in die Spannung fand, sie zerschnitt und gleichzeitig noch einmal verstärkte, erreichte Greven, das bauchige Nosing Glass in der Hand, das Vertiko. Mit geschlossenen Augen, eine seiner Lieblingspassagen verfolgend, öffnete er die Türen und suchte blind sein Ziel. Seine Nase konstruierte längst die typische Torfigkeit und das klar erkennbare Sherryaroma.

Doch seine tastende Hand wurde nicht fündig. Die Flasche, die vor fast zwei Jahrzehnten auf der Hebrideninsel in der größten der dortigen acht Destillerien abgefüllt worden war, stand nicht an ihrem vertrauten Platz. Sie war ebenso verschwunden wie die anderen Flaschen, wie die Grappas und Tresterbrände und die anderen Whiskys und Whiskeys. Der nach einem Berliner Tischler namens Vertikow benannte Schrank war stocknüchtern. Unwillkürlich und ohne Rücksicht auf sein Knie ging Greven in die Hocke und stocherte mit den Augen im ausgeweideten Schrank, während Miles Davis alles gab, um den Pharao tanzen zu lassen.

»Gib dir keine Mühe!«, erreichte ihn Monas Stimme trotz Lautstärke fünf. »Und wenn du in den Schrank hineinkriechst, er bleibt leer!«

Greven erhob sich langsam, das leere Glas noch immer in der Hand, und brachte nur ein »Aber ...?« heraus.

Mona machte ein paar schnelle Schritte auf die Anlage zu und reduzierte die Lautstärke auf einhalb.

»Ich dachte, du wolltest heute ...?«, unternahm Greven einen zweiten Anlauf.

»Wollte ich auch. Doch dann hat mich Jochen angerufen«, antwortete Mona mit einer entschlossenen Miene, die Greven ebenso wenig verstand wie die plötzliche Trockenheit des Vertikos.

»Jochen? Sag bloß, es ist schon wieder was mit Aline?«

»Nein, es ist etwas mit uns, vor allem aber mit dir.«

»Mit mir?«, wiederholte Greven, ohne auch nur einen Hauch von Ahnung zu erhaschen, was er spontan auf den extrem langen Tag schob, der noch in seinem Kopf klebte.

»Du erinnerst dich doch sicher noch an das Blut, das uns Jochen vor zwei Wochen abgenommen hat.«

Greven nickte zögernd, noch immer ohne Anhaltspunkt.

»Heute sind die Ergebnisse gekommen. Hat ein bisschen gedauert, da Jochen ein großes Blutbild hat machen lassen.«

»Und?«, fragte Greven, den Monas Überraschungsparty langsam zu nerven begann.

»Meine Leberwerte gehen ja noch«, begann Mona und machte eine kleine Pause, »aber deine sind eindeutig im Keller. Da ist kein Spielraum mehr für Interpretationen und Ausreden, hat Jochen gesagt. Darum hat er mich auch angerufen. Ach ja, mit deinem Cholesterin sieht es auch nicht besonders gut aus.«

Greven schaute kurz ins leere Glas und hatte endlich etwas Greifbares in der Hand. »Darum die Flaschen.«

»Ja. Jochen hat mir ganz schön den Kopf gewaschen. Er hat mir unmissverständlich klar gemacht, dass sich unser Lebenswandel ...«

»Welcher Lebenswandel?«

»Genau so hat er sich ausgedrückt. Dass sich unser Lebenswandel dringend ändern muss.«

»Und da hast du gleich das Vertiko leer geräumt?«

»Hab ich. Denn Jochen hat uns dringend geraten, ... ich soll dich übrigens ganz herzlich von ihm grüßen ...«

»Vielen Dank!«

»Bitte. Also, Jochen hat uns dringend geraten, eine Weile abstinent zu leben. Wirklich abstinent.«

»Auf die Panna müssen wir dann natürlich auch verzichten«, ergänzte Greven ironisch, der längst begonnen hatte, die Konsequenzen des letzten Arztbesuches auszuloten.

»Ein guter Vorschlag«, nickte Mona. »Das ist genau die richtige Einstellung. Ich freue mich, dass du so einsichtig bist. Umso schneller können wir mit dem Programm beginnen.«

»Mit welchem Programm?« Greven hatte offenbar dem Lot zu wenig Faden gegeben.

»Mit dem Diät- und Gesundheitsprogramm, das ich mit Jochen besprochen habe. Fast zwei Stunden hat er sich dafür Zeit genommen. Obwohl heute sein freier Tag ist.«

»Das sind eben wahre Freunde«, seufzte Greven und stellte das Glas auf das Vertiko. Er wusste genau, wann Widerstand

zwecklos war und hielt es für besser, erst einmal nachzugeben. Mona kochte immer sehr heiß, aber gegessen wurde dann doch erst, wenn die Temperatur erträglich geworden war.
»Warst du etwa noch bei ihm?«
»Na klar, er hat mir die Werte, also diese verschiedenen Enzyme, um die es dabei geht, genau erklärt. Und was es bedeutet, wenn man sie im Blut nachweisen kann.«
»Und er hat dir Angst gemacht.«
»Ja, er hat mir Angst gemacht. Gerd, wir sind nicht mehr die Jüngsten. Wir trinken zu viel, wir bewegen uns zu wenig, wir sind zu dick. So sieht es aus.«
Greven taxierte Monas Figur, ihre Taille, ihre Beine, die ihrer Jeans bestens standen. »Das ist lieb von dir, aber so hat das Jochen bestimmt nicht gesagt, denn auf dich trifft das ja gar nicht zu. Eigentlich hat er nur mich gemeint, ... stimmt's?«
Mona sah ihn stumm an, doch Greven kannte die Antwort auch so, weil er Mona kannte. Obwohl er mühelos ein ganzes Arsenal von Gegenargumenten hätte aufbieten können, pflichtete eine seiner leisen inneren Stimmen Mona bei. Noch dazu schien diese Stimme schon länger Bescheid zu wissen. Vielleicht war es wirklich besser, auf sie zu hören. Ein paar asketische Tage hatten noch keinem geschadet. Auch den alten Whiskeys und Whiskys nicht. Neue Jeans brauchte er sich dann vielleicht auch nicht zu kaufen.
»Was steht noch auf dem Programm außer Aqua minerale und Broccoli?«
»Sport!«
Auch mit diesem Urteil hatte Greven gerechnet. Bislang hatte ihn sein vor Jahren zerschossenes und wieder zusammengeflicktes Knie vor Exzessen dieser Art bewahrt. Doch Monas Auftritt und der Klang ihrer Stimme ließen ihn ein Engagement vermuten, dem nicht so leicht zu entkommen war. »Was schlägst du also vor?«
»Fahrrad fahren!«
»Aber wir fahren doch Fahrrad!«, sagte Greven erleichtert.
»Das Fahrradfahren meine ich nicht. Das ist auch okay, reicht aber nicht aus. Darum habe ich heute ein Trimmrad gekauft.«

»Auf so ein idiotisches Ding setze ich mich nicht!«, entfuhr es Greven, der eine klare Vorstellung von jenen Menschen hatte, die zu Hause oder in Fitnessbuden schwitzend stundenlang auf Kilometer- und Kalorienzähler starrten.

»Und ob du dich auf so ein Ding setzt, und zwar jeden Tag, wenn du aus deinem Büro kommst!«

»Auch ein Tipp von Jochen?«

»Ja, auch ein Tipp von Jochen. Er hat gemeint, dein Knie würde damit schon fertig. Fahrradfahren ist dir ja auch sonst immer gut bekommen. Du kannst ja Musik dabei hören.«

»Fantastisch«, gab Greven nach. »Und wenn mein Knie trotzdem …?«

»Auch da gibt es Lösungen.«

»Aber medizinisch ist da längst alles ausgereizt. Das sagt auch Jochen, den du ja so gerne zitierst.«

»Das stimmt nicht ganz. Denn mit Massagen und Chiropraktik ist vielleicht noch was zu machen.«

»Das sagt Jochen?«

»Nein, das sagte Aline.«

»Aline? Und wie ich die kenne, hat sie dich gleich mit einem ihrer Geheimtipps versorgt.«

»Hat sie. Die Dame heißt Hedda Bogena und wohnt ausgerechnet …«

»… in Greetsiel, ich weiß«, schmunzelte Greven kopfschüttelnd. »Sie ist außerdem kein Geheimtipp, in der Krummhörn kennt sie jedes Kind. Sie ist auch keine Chiropraktikerin, sondern eine Art Wunderheilerin. Du bist doch sonst so gegen jegliche Form von Esoterik!«

»Bin ich auch. Ich weiß aber auch, dass ich Aline vertrauen kann. Und die schwört nun mal auf diese Frau. Aline sagt, die Bogena hätte einfach die richtigen Hände, das richtige Gespür. Mit Esoterik hat das nichts zu tun, sondern mit Begabung und Erfahrung. Denk doch an Alines Hexenschuss letzte Weihnachten. Zehn Minuten hat deine angebliche Wunderheilerin gebraucht. Zehn Minuten. Ganz ohne Spritzen, und Aline war wieder fit.«

»Weiß Jochen, dass Aline zu Tante Hedda geht?«

»Tante Hedda?«

»So haben wir sie schon als Kinder genannt. Weiß es Jochen?«

»Natürlich nicht. Das kannst du dir doch denken. Du weißt doch, wie empfindlich er bei diesem Thema ist. Aber mit dir hat das nichts zu tun. Für dich ist sie keine Konkurrenz, du bist kein Arzt. Du bist einfach nur ein Patient, dem deine Tante Hedda helfen kann. Ohne Esoterik, ganz rational durch die richtigen Griffe an der richtigen Stelle. Das ist alles. Am Samstag und elf Uhr dreißig.«

»Du hast schon einen Termin gemacht? Auf keinen Fall gehe ich zu Tante Hedda, Mona. Auf keinen Fall. Ich brauche keine Wunderheilerin, ich brauche einen Whiskey, einen letzten vor der Trockenzeit! Dann mache ich auch alles mit. Alles, außer Tante Hedda!«

3

Das Haus von Tante Hedda war eigentlich ein Doppelhaus. Es stand gegenüber der Kutterslipanlage fast auf der Deichkrone und war schon zu Grevens Kindertagen Hexenhaus genannt worden. Wahrscheinlich auch schon vorher. Zwei weiße Giebel, die sich am Deich festkrallten, zwei Giebel, die zu einem winzigen Haus gehörten, in dem angeblich seit undenkbaren Zeiten das Böse lauerte. Als Greven mit fünfzehn oder sechzehn die Romane und Erzählungen von Howard Phillips Lovecraft entdeckt und sich zum ersten Mal nach Arkham und Innsmouth hatte entführen lassen, hatte er dieses Haus vor Augen gehabt. Denn hinter den zwei Giebeln spielten Geschichten, die denen des Sonderlings aus Providence nicht unähnlich waren. Die ersten, harmlosen hatte ihm seine Mutter erzählt, die anderen, haarsträubenden waren auf dem Schulhof im Austausch gegen einen Kaugummi oder Dauerlutscher zu erfahren gewesen.

Soweit sich Greven erinnern konnte, kreisten diese Geschichten fast immer um neugierige Kinder, die großmäulig angekündigt hatten, keine Angst zu haben und daher das Hexenhaus noch in der kommenden Nacht inspizieren zu wollen. Von all diesen Kindern, versicherten die im Voraus bezahlten Erzähler, die kaum älter waren als Greven, sei nie wieder etwas gesehen worden. Auch konnte sich Greven erinnern, dass die Anzahl der auf diese Weise verschwundenen Kinder im Laufe der Zeit auf beunruhigende Weise angestiegen war. Noch erstaunlicher als das permanente Verschwinden von Kindern war jedoch die Tatsache, dass Greven, obwohl er in einem kleinen, überschaubaren ostfriesischen Fischerdorf lebte, vorher von keinem der Opfer auch nur den Namen gehört hatte. Seltsamerweise schienen die betroffenen Kinder ausnahmslos aus anderen Dörfern zu stammen und auf andere Schulen zu gehen als auf die seine, denn Mitschüler waren von dem unersättlichen Appetit ausgenommen, den das Haus mit den zwei Giebeln entwickelte, und um das er immer einen großen Bogen machte.

Doch jetzt, mit einundfünfzig Jahren, hatte ihn das Hexenhaus doch noch erwischt. Das Wartezimmer, in das ihn Tante Hedda geführt hatte, war die kleine Küche des Hauses, die eine Attraktion für jedes ostfriesische Heimatmuseum gewesen wäre. Den gusseisernen Herd mit blank polierter Reling schätzte er auf gut achtzig Jahre. Also etwa so alt wie Tante Hedda, die noch kleiner und zierlicher war, als er sie in Erinnerung hatte, aber hellwache, leuchtend blaue Augen besaß, die seine Skepsis offenbar sofort registriert hatten. »Büst du dat mit de Knee?«, hatte sie spitz gefragt und ihn auf den Hörnstuhl gelotst, der direkt neben dem Herd stand. Über dem Stuhl hing, schon stark vergilbt, Jean-François Millets *Ährensammlerinnen*. Offensichtlich ein Klassiker altostfriesischer Wohnkultur. Der Küchentisch war, der Größe der Küche entsprechend, winzig, eher ein Beistelltisch, für zwei Personen gerade ausreichend. Ein weiterer Stuhl und ein schmaler Küchenschrank, der nicht abgebeizt war, wie allgemein üblich, sondern noch eine alte Lackierung besaß, die eine Eichenholzmaserung imitierte, vollendeten das Mobiliar. Zeitschriften wie im Wartezimmer einer Arztpraxis gab es nicht, dafür einen gut besuchten Fliegenfänger, der sich von der niedrigen Decke bis fast auf den Tisch schraubte. Wann die mit Kalkfarbe gestrichenen Wände tatsächlich einmal weiß gewesen waren, konnte Greven allenfalls ahnen.

Nachdem Tante Hedda ihm dreißig Euro abgenommen hatte, wie auf dem Schulhof musste man bei ihr grundsätzlich im Voraus zahlen, war sie wieder in ihr gleich nebenan gelegenes Behandlungszimmer verschwunden. Ein dringender Fall. Autodidakten wie Tante Hedda wurden in Ostfriesland Knakenbreker oder Beenlapper genannt. Jedenfalls waren Greven die immer noch und immer wieder beliebten Heiler unter diesen Namen bekannt. Es gab Menschen, die erst einen Knakenbreker aufsuchten, bevor sie zu einem Arzt gingen. Offensichtlich gab es sogar Exfrauen renommierter Ärzte, er dachte an Aline, die sich ab und zu in die Hände dieser Heiler begaben. Eine Art medizinischer Schwarzmarkt, auf dem alles angeboten wurde, was von der etablierten Medizin

Enttäuschte, nach letzten Strohhalmen Greifende, auf Alternativen Setzende oder gewöhnliche Hexenschussopfer suchten. Manche Knakenbreker renkten nur Wirbel wieder ein und massierten verspanntes Gewebe, so wie Tante Hedda, andere offerierten magische Kräfte, angeblich vererbt über Generationen, und ließen ihre Hände lediglich über den betroffenen Körperstellen kreisen. Einigen wenigen Wunderheilern eilte sogar der Ruf voraus, selbst Todkranke noch in letzter Minute retten zu können. Greven jedoch kannte keinen auf diese Weise Genesenen. So wie er auch keines der Kinder gekannt hatte, die für immer in diesem Haus, in dem er jetzt saß, verschwunden sein sollten. Er kannte nur die Gerüchte, die notorischen Zweiflern wie ihm von Bekannten oder Freunden allerdings nur ungern erzählt wurden.

Während Greven auf dem durchgesessenen Hörnstuhl hin und her rutschte und seine Zweifel mit seiner Hoffnung auf ein schmerzfreies Knie rangen, ging es im Behandlungsraum offenbar zur Sache. Tante Hedda schien besonders widerspenstige Knochen zu bearbeiten, denn er konnte ein deutliches Stöhnen hören. Irgendetwas wurde über den Boden geschoben, auf dem gleich drauf etwas klatschend landete. Wieder ein Stöhnen und ein Geräusch, als würde jemand mit der flachen Hand auf eine stabile Tischplatte schlagen.

Es waren nicht allein die Geräusche, die Greven schließlich aufstehen ließen, es war die plötzlich hereinbrechende Stille, das Fehlen der bis dahin nur unbewusst, aber dennoch registrierten Hintergrundgeräusche, es war die absolute Sprach- und Lautlosigkeit, die seine Ohren herausforderte. Er ging vor bis zur Tür, die ins Behandlungszimmer führte, und schloss sich der Stille an, um vielleicht doch einen Laut wahrzunehmen.

Doch die Stille blieb stur. Zweimal klopfte Greven, bevor er vorsichtig die Klinke herunterdrückte. Die Tür war verschlossen. Dafür bemerkte er im Augenwinkel einen Schatten, der durch das Wartezimmer flog. Er konnte nur von einem Menschen stammen, der oben auf der Deichkrone direkt vor dem Haus vorbeigelaufen war. Das Behandlungszimmer, das im Grunde aus der zweiten, etwas größeren Hälfte des Doppelhauses bestand, hatte einen separaten Eingang, der auf den Deich führte.

Greven machte einen Schritt zurück und taxierte kurz die kleine Tür und das antike Schloss, dann trat er zu. Der Widerstand war kaum spürbar. Die Tür platzte auf und gab den Blick ins stumme Behandlungszimmer frei, auf dessen Boden Tante Hedda regungslos und mit offenen, leblosen Augen lag. Greven zögerte kurz, stieg über sie hinweg und folgte dem Schatten.

Die Nachsaison hatte nur wenige Menschen auf dem Deich und im von hier aus gut überschaubaren Hafenbereich zurückgelassen. Das frisch aus Schottland eingetroffene Tief hielt Tagesbesucher fern. Nur einer der Menschen, die Greven in seinem Blickfeld antraf, rannte. Den halben Weg bis zur Slipanlage, auf der ein Kutter auf einen neuen Anstrich wartete, hatte der Schatten schon geschafft, der zu einer drahtigen Person mit schwarzen Jeans, blauer Windjacke und Pudelmütze gehörte, deren Alter und Geschlecht auf die Entfernung nicht zu bestimmen waren. Der Flüchtige peilte offenbar den Bug des Kutters an, die beste Deckung auf dem ansonsten unbebauten Gelände. Dort war kein anderer Mensch zu sehen. Vielleicht parkte hinter dem Kutter ein Auto. Trotz seines Knies setzte Greven zum Spurt an. Zwar hatte er keine Chance mehr, den Flüchtigen einzuholen, doch wenn er das Heck des Kutters erreichte, bevor dieser ins Auto stieg, konnte er ihn vielleicht hinter dem Kutter noch stellen. Da sich der Flüchtende nicht umdrehte, um auf mögliche Verfolger zu achten, hatte Greven eine kleine Chance, den Unbekannten zu überraschen.

Als er den halben Weg bewältigt hatte, verschwand sein Konkurrent bei diesem Turnier hinter dem Bug. Greven rechnete nun damit, dass er sich umdrehen und das Terrain aus seiner Deckung heraus beobachten würde. Doch seine blaue Pudelmütze tauchte nicht hinter dem bereits entrosteten Vordersteven auf. Greven versuchte, seine Geschwindigkeit zu erhöhen, aber sein Knie und seine mangelnde Kondition ließen ihn nicht. Keuchend erreichte er das Heck, ohne auch nur einen Fuß des Flüchtigen unterhalb des Bugs gesehen zu haben. Er schnappte kurz nach Luft und ging dann in die Hocke, um vorsichtig einen Blick auf die Steuerbordseite des Kutters zu werfen. Ohne die Lage sondiert zu haben, wollte er sich, unbewaffnet und außer Atem, nicht auf einen möglichen Kampf einlassen.

In diesem Augenblick hörte er ein Geräusch, als würde jemand an einem Zaun entlanglaufen und dabei mit einem Stock gegen die Latten schlagen. Er riss den Kopf hoch und sah auch schon, wie sich das Spiegelheck des Kutters vor seinen Augen rasant vergrößerte. Für einen Sprung zur Seite, zu welcher auch immer, war es schlagartig zu spät, die Entfernung war für ihn und sein Knie zu groß, der Schienenwagen, auf dem der Kutter lag, zu breit. Reflexartig sprang er nach oben und visierte den Rettungsring an, der außenbords zusammen mit einigen Tauen über der Reling hing. Obwohl er gegen das Spiegelheck klatschte wie ein Vogel gegen eine Glasscheibe, konnte er den Rettungsring packen und sich daran festklammern. Seine Zunge schmeckte Blut, sein rechter Ellenbogen schmerzte heftig, aber er lag nicht zerquetscht unter dem Wagen. Andererseits war er an der Küste aufgewachsen und wusste daher, dass diese überraschende Prüfung mit einem glücklichen Sprung noch nicht ausgestanden war. So gut er konnte, umfasste er den neonroten Ring, verschränkte die Arme und hielt die Luft an.

Das Wasser war noch kälter, als er es erwartet hatte, die Welle, die das Heck beim Eintauchen verursachte, noch größer. Erstaunlicherweise hielt die Trosse, an der der Wagen hing, nicht aber der Wagen den Kutter, der sich mit einem langgezogenen, metallischen Kreischen aus seiner Verankerung riss und seinen Weg in die Fahrrinne des Hafenbeckens fortsetzte. Der Ruck, der dabei durch den Kutter ging, erfasste auch Greven und riss ihm den Rettungsring aus der Umklammerung. Mit den Armen halb in der Luft, halb schon im Wasser rudernd, verschwand er in der Welle, die das Spiegelheck vor sich her schob. Seinem Instinkt folgend, tauchte er mit wilden Schlägen einfach drauflos, um nicht unter den Kutter zu geraten, um nicht vom Ruder oder der Schraube erwischt zu werden, die auch ohne sich zu bewegen eine tödliche Gefahr darstellten. Nachdem der befürchtete Kontakt ausgeblieben war, verlangsamte er seine Schwimmbewegungen und öffnete kurz die Augen. Ein trübes Dunkelgrau, wohin er den Kopf auch schwenkte. Oben und unten, rechts und links, vorne und hinten waren eins. Erst jetzt traf ihn die Angst mit voller Wucht, für die er in den vergangenen Sekunden keine Zeit hatte erübrigen können. Gleichzeitig begannen seine untrainierten Lungen, sich immer heftiger gegen den unerwarteten Tauchgang zu wehren und drohten, seine Angst in Panik zu verwandeln. Greven konzentrierte sich auf die mit Endolymphe gefüllten Bogengänge in seinen Innenohren, doch sein Gleichgewichtsorgan streikte. Mit zusammengepressten Lippen und brummendem Schädel stellte er die Schwimmbewegungen ein und achtete auf ein mögliches Absinken, das er nach wenigen Sekunden auch zu spüren glaubte. Sofort strampelte er mit Händen und Füßen in die Gegenrichtung und konnte schließlich im allgegenwärtigen Grau diffuses Tageslicht ausmachen. Als er spuckend und hustend aus dem trüben Brackwasser auftauchte, trieb der Kutter keine zwei Meter neben ihm quer in der Fahrrinne. Im Jachthafen gegenüber konnte er drei Voyeure ausmachen, die teilnahmslos zu ihm hin gafften. Aus dem Kutterhafen steuerte ein Motorboot auf ihn zu.

4

»Dein erstes Nah-Tod-Erlebnis?«, fragte Hansen.

»Nein«, antwortete Greven mit dicker Zunge und ließ sich auf den ironisch-tröstenden Ton des Kollegen ein. »Aber so schlimm war es auch wieder nicht. War eher ein Nah-Kutter-Erlebnis.«

»Schickes Outfit«, kommentierte Jaspers, als er sich an Greven vorbeischob. »Sieht nach einem Erbstück aus.«

»Eine Leihgabe vom alten Ysker«, brummte Greven und krempelte die Ärmel des viel zu großen Baumwollhemdes ein weiteres Mal um. »Und damit habe ich noch Glück gehabt. Was bei dem so alles im Schrank hängt ...«

»Moin, Gerd. Siegerehrung schon vorbei?«, fragte Dr. Behrends, der sich in diesem Augenblick an Greven vorbei ins Wartezimmer zwängte.

»Welche Siegerehrung?«

»Na, du sollst doch heute Mittag an einem Stapellauf teilgenommen haben und Erster geworden sein. Wurde mir jedenfalls so erzählt.«

»Aber mein Gesundheitszustand ist dir egal?«, entgegnete Greven dem nicht mehr ganz jungen Mediziner, streckte ihm seine dicke Zunge entgegen und deutete mit einem Finger auf die Bisswunde, die er sich selbst zugefügt hatte.

»Wer so eine Gesichtsfarbe hat, wer so mit beiden Beinen auf den Dielen steht und dezent nach Grog riecht, der hat nichts. Jedenfalls nichts, was in ein paar Tagen nicht wieder vergessen ist.«

»Lassen wir das«, gab Greven auf. »Sag mir lieber, was mit Tante Hedda ..., ich meine, was mit Frau Bogena ist. Oder bist' noch nicht so weit?«

»Da ist gar nicht so viel zu sagen. Fraktur des Dens axis. Jemand hat ihr das Genick gebrochen. Was bei einer Größe von etwa einssechzig und einem Gewicht von, sagen wir, 42 Kilo für einen kräftigen Menschen kein Problem ist. Ganz abgesehen von dem hohen Alter der Frau. Es gab nicht mal einen nennenswerten Kampf. Das siehst du ja. Viel Gegenwehr war da nicht drin. Sonst wärst du ja nicht zu spät gekommen.«

»Du hast recht, ich bin zu spät gekommen«, gestand Greven mehr sich selbst als dem Arzt ein. »Im Nachhinein kann ich die Geräusche und das Stöhnen natürlich deuten. Ich hatte ja auch so eine Ahnung, sonst hätte ich ja nicht nachgesehen. Aber mit einem kaltblütigen Mord habe ich auch wieder nicht gerechnet. Eher mit einem Schlag auf den Kopf und einem Griff in Tante Heddas Kasse. Einen Unfall schließt du also aus?«

»Definitiv. Du weißt, wie lange ich dabei bin. Nein, da hat jemand vorsätzlich gehandelt. Wahrscheinlich hat ihr der Täter von hinten den Mund zugehalten, ihr den Arm umgedreht und sie dann mit dem Genick gegen die Tischkante geschlagen. In einer schnellen, zusammenhängenden Bewegung. So ungefähr stelle ich mir den Tathergang vor. Aber warten wir ab, was Hansen sagt.«

»War auch nur eine rhetorische Frage«, nickte Greven und betrachtete die Tote, deren Augen nun geschlossen waren. Ein Mann in einem weißen Overall stand hinter ihr und machte Detailaufnahmen von ihren zierlichen, altersfleckigen Wunderheilerhänden und ihrer schwarzen Kittelschürze. Eine Figur aus der *Blechtrommel* schoss ihm durch den Kopf. Die schwarze Köchin. Doch Hedda war eine Greisin. Ihre kleinen Füße steckten in dicken, grauen Wollsocken, die wiederum in abgewetzten, braunen Filzpantoffeln verschwanden.

»Was soll ich sagen?«, fragte eine tiefe Stimme aus dem winzigen Wartezimmer.

»Das, was du uns jetzt schon sagen kannst«, antwortete Greven und schaute durch die Tür. »Was hast du denn gedacht?«

»Fast nichts«, sagte Hansen.

»Hab ich mir gedacht.«

»Ich meine, wir haben fast nichts«, begann der Spurensicherer, »abgesehen von mindestens zwanzig relativ frischen Fingerabdrücken. Wenn man den Beruf des Opfers in Betracht zieht, können es auch noch ein paar mehr werden. Wir sind ja noch nicht ganz fertig. Zwei oder drei wären mir lieber, das weißt du ja. Zwanzig oder dreißig, das wird schwierig, zumal viele verwischt und sedimentiert sind. Das dauert, bis wir die separiert haben.«

»Wie sieht es mit Kampfspuren aus?«, fragte Greven.

»Keine Haare zwischen den Fingern, kein Blut oder sonst irgendetwas an den Fingernägeln. Dafür aber ein Büschel Haare auf dem Boden.«

»Und das nennst du nichts?«

»Aber diese Haare stammen nicht von dem Kampf, der kaum einer war«, wehrte Hansen mit seiner tiefen Stimme ab.

»Das musst du mir erklären!«

»Auch ohne Mikroskop kann man leicht erkennen, dass diese Haare keine Haarwurzeln haben, sondern mit einer Schere abgeschnitten worden sind. Die Haare haben mindestens drei verschiedene Haarfarben und sind im Schnitt sieben bis acht Zentimeter lang«, wobei Hansen bei dem Wort »Schnitt« Greven mit dem Ellenbogen antippte, um ihn auf den besonderen Rahmen hinzuweisen, den das Wort umgab.

»Wo hast du diese Haare gefunden?«

»Neugierig geworden?«, grinste Hansen.

»Wo du die Haare gefunden hast!«, setzte Greven nach, dem im Moment die kleinen Spielchen seines Kollegen auf die Nerven gingen.

»Direkt neben der Leiche. Dort, wo die Drei steht«, antwortete Hansen und zeigte auf das kleine Schild in der Nähe der Tür. Mit der anderen Hand kramte er in seiner Jackentasche und holte erst eine stattliche Lupe, dann ein Plastiktütchen heraus: »Willst du einen Blick darauf werfen?«

»Das ist dein Ressort. Es reicht, wenn ich morgen den Bericht habe. Was habt ihr noch gefunden?«

»Eine offene und mit fünfhundertachtzig Euro gut gefüllte Metallkassette. In dem kleinen Regal hinten rechts.«

»Die schwarze Kasse. Raubmord scheidet also aus«, dachte Greven laut. »Für den Griff wäre genügend Zeit gewesen.«

»Dieses Streichholzbriefchen lag auf ihrer Chaiselongue«, fuhr Hansen fort und präsentierte ein weiteres Plastiktütchen.

»*Meta*? Wusste gar nicht, dass Sven diese Art von Werbung

nötig hat. Wo er den Laden sowieso bald dicht macht«, stellte Greven erstaunt fest. Auf dem Briefchen stand natürlich auch der offizielle Name der Norddeicher Diskothek: *Haus Waterkant*. Er hob den Blick und betrachtete die Chaiselongue, die der Knochenbrecherin offenbar als Behandlungsliege gedient hatte. Der bordeauxfarbene Bezug war an einigen Stellen abgewetzt, vor allem an der Lehne; die Polsterung hatte längst nachgegeben und wies zwei Dellen auf. Hier hätte Greven am Mittag wohl Platz nehmen müssen. Sein Blick wanderte durch den Raum auf der Suche nach einem Aschenbecher. Dabei hatte ihm seine Nase längst gemeldet, dass das Haus mit den zwei Giebeln eine rauchfreie Zone war. Hansen musste seinen Gedankengang erraten haben.

»Frau Bogena war eine militante Antiraucherin, das hat Kollege Häring von den Nachbarn erfahren. Aber das ist nicht der Gag an der Sache«, schmunzelte der Spurensicherer und machte dabei ein Gesicht wie ein Quizmaster bei der Millionen-Euro-Frage.

»Und der wäre?«

»Diese Briefchen gibt es erst seit gestern!«

»Wie hast du das denn so schnell herausgefunden?«, staunte Greven.

»Ganz einfach, es stand in der Zeitung. Da *Meta* bald schließen muss, gibt's zum Abschied noch ein paar Gimmicks für die Fans. Und gestern Abend ging's los. Mit diesen wunderschönen Streichholzbriefchen im Sechziger-Jahre-Retrodesign. Haben bestimmt schon bald Sammlerwert. Die Auflage ist limitiert. Unser Exemplar trägt die Nummer 093 und ist vollständig erhalten.«

»Wer auch immer dieses Briefchen hier hat liegen lassen …«, nickte Greven.

»… war höchstwahrscheinlich gestern Abend bei *Meta*«, fuhr Hansen fort, »denn Frau Bogena wird ja wohl kaum …«

»Wohl kaum«, wiederholte Greven und fahndete erneut mit den Blicken. Diesmal reagierte sein Kollege nicht, so dass Greven ihn fragen musste, als er nicht fündig wurde: »Habt ihr eigentlich einen Terminkalender gefunden?«

»Etwas Ähnliches. Sie hat ihre Termine in den großen Essokalender eingetragen, der über der Chaiselongue an der Wand hängt.«

»Dann können wir die heutigen Patienten ja schnell ermitteln«, freute sich Greven, »sofern unser Täter das Blatt nicht abgerissen hat.«

»Hat er nicht, brauchte er aber auch gar nicht«, sagte Hansen, stelzte vorsichtig durch den Raum und fischte sich den Kalender von der Wand. Greven verstand sofort, als er die Einträge las. Nicht die Namen ihrer Kunden hatte Tante Hedda vermerkt, sondern deren zu behandelnde Gebrechen. Bei Grevens Termin um 11:30 Uhr hatte sie schlicht »Knie« eingetragen. Vor Greven standen noch drei weitere Termine auf dem Blatt: Rücken um 9:15, Hand um 10:30 und Nacken um 11:15 Uhr.

»Demnach wäre der Nacken unser Täter«, meinte Hansen vorsichtig.

»Das könnte schon sein«, stimmte ihm Greven zu, »sofern er auch tatsächlich zu dem Termin erschienen ist und nicht jemand anderes plötzlich vor der Tür dort gestanden hat. Auf jeden Fall müssen wir alle heutigen Patienten ermitteln, vor allem den Nacken natürlich. Eine Patientendatei habt ihr nicht zufällig gefunden?«

»Ebenso wenig wie irgendwelche Bücher. Ihre schwarze Kasse, wie du sie nennst, war wirklich eine.«

»Hätte mich auch gewundert, wenn's nicht so gewesen wäre«, sagte Greven. »Sonst noch etwas Wichtiges?«

»Vielleicht. Diese Quittung lag unter dem Arm der Toten«, antwortete Hansen und reichte ihm noch ein Tütchen.

»Von heute Morgen. Drei Bücher à vierzehn neunzig. Supermarkt Rah«, entzifferte Greven. »An den Käufer der drei Bücher wird sich bestimmt jemand erinnern. Und das nennst du nichts?«

Hansen lehnte sich an den Türrahmen und lächelte. Um ihn herum wurde noch immer ausgemessen, fotografiert und daktyloskopiert. Greven wechselte noch ein paar Worte mit seinen Kollegen Jaspers und Häring und ging dann über die kleine, geklinkerte Treppe auf die Deichkrone, wo ihn das schottische Tief mit einem kalten Nieselregen empfing. Trotz des Wetters hatten sich mehrere Schaulustige an der Slipanlage und hinter der Absperrung eingefunden, die das Haus mit den zwei Giebeln umgab. Einige der Älteren, die ihn mit einem Nicken grüßten, erkannte er, wenn ihm auch hier und da die Namen fehlten. Die Mehrheit bildeten jedoch Kinder, viele davon in dem Alter, in dem er die ersten Geschichten über das Hexenhaus gehört hatte. Greven fragte sich, welche Geschichten dieser Generation erzählt worden waren, und welche Geschichten nach diesem Mord das Haus am Deich würde erdulden müssen. Eine sportliche Person mit schwarzen Jeans, blauer Windjacke und Pudelmütze konnte er nicht ausmachen.

5

»Du hast es mir doch fest versprochen?!«

»Das ist eine längere Geschichte«, antwortete Greven, der seine Grogfahne längst vergessen gehabt hatte.

»Das glaube ich!«, zischte Mona. »Und was hast du da überhaupt an!?«

»Alte Klamotten vom alten Ysker«, erklärte Greven abgespannt. »Der gehört nämlich auch zu der Geschichte, und der hat mir auch den Grog gemacht. Übrigens aus rein medizinischen Gründen. Aber das ist nicht das …«

»Jetzt erzähl mir bloß nicht, du bist auf dem Weg zu Frau Bogena in den Hafen gefallen«, unterbrach ihn Mona mit einem Blick, den er an ihr gar nicht schätzte, denn er erinnerte ihn an eine gefürchtete Oberstudienrätin, die ihm in der Oberstufe mehrmals das Schwänzen vermiest hatte.

»Im Prinzip hat es sich so abgespielt«, gab Greven zu, »aber das ist nicht die ganze Geschichte, denn während ich …«

»Warst du überhaupt bei Frau Bogena?«, unterbrach ihn Mona erneut. »Hast du dir dein Knie überhaupt behandeln lassen?«

»Ich war bei ihr«, versicherte Greven, der endlich seine Ersatzkleider, seine Plastiktüte mit seinen nassen Sachen, den Schmutz des Brackwassers und seine Geschichte loswerden wollte.

»Aber …?«

»Sie wurde ermordet, Mona! Als ich in ihrer Küche auf ihre Wundergriffe gewartet habe, hat ihr ein ganz Abgebrühter das Genick gebrochen und mich anschließend fast mit dem alten Kutter von Fenno Looden überfahren! Das wollte ich dir eigentlich in Ruhe und der Reihe nach erzählen, aber du lässt mich ja nicht mal ins Haus!«

Mona fiel die Oberstudienrätin aus dem Gesicht. Sie wich ein paar Schritte zurück, so dass Greven an ihr vorbei in den Flur konnte.

»Danke für die tolle Begrüßung!«

Hinter seinem Rücken wiederholte Mona ihre letzte Frage, nur war die Betonung des Wortes nun eine völlig andere. Nach einer kurzen Pause schickte sie ihm eine zweite Frage hinterher: »Warum hast du denn nicht angerufen?«

»Weil mein Handy mit mir baden gegangen ist«, antwortete Greven, dem in diesem Augenblick das graue Telefon des alten Ysker in den Sinn kam, mit dem er seine Kollegen alarmiert hatte. Aber das behielt er für sich.

Wenig später saß Mona auf dem kleinen Hocker neben der Badewanne, auf die sich Greven seit dem überstandenen Nah-Kutter-Erlebnis gefreut hatte. Sein Knie hatte das Lauf- und Schwimmtraining seinen Befürchtungen zum Trotz nicht sonderlich beeindruckt. Ganz im Gegenteil: Hatte er in Tante Heddas Wartezimmer noch den gewohnten, immer wieder einmal aufflackernden Schmerz gespürt, so war der nach seinem raffiniert zusammengestellten Trainingsprogramm so weit verschwunden, dass Greven an ihn denken musste, um ihn überhaupt noch wahrzunehmen. In der heißen Wanne war der Schmerz ohnehin zum Untergang verurteilt. Sollte es auch nach dem Bad dabei bleiben, hatte Greven schon eine Idee für das Abendprogramm, die er Mona aber erst später mitteilen wollte. Nach seiner ausgiebigen Erzählung war sie sowieso ganz in den Fall vertieft.

»Aber wer bringt denn eine einundachtzigjährige, mittellose Frau um?«, fragte Mona, die entgegen einer über viele Jahre gepflegten Tradition keinen Sektkelch in der Hand hielt.

»Ich glaube, so mittellos war die gar nicht«, entgegnete Greven. »Du hättest ihr Haus sehen sollen. Tante Hedda hat bescheiden gelebt und mehr Schwarzgeld im Monat verdient, als ich Pension kriegen werde.«

»Was hat sie mit dem Geld gemacht?«

»Darauf habe ich Peter Häring angesetzt. Im Haus haben wir jedenfalls nichts gefunden. Abgesehen von ihrer berühmten schwarzen Kasse.«

»Wenn die so berühmt war, warum ist Frau Bogena dann nie wegen Steuerhinterziehung angezeigt worden?«, fragte Mona verwundert.

»Keine Ahnung. Vielleicht, weil sie eine Institution war, eines der letzten Originale Greetsiels. Auch wer sie nicht gemocht hat, hat sie doch irgendwie geachtet. Die Kasse kannte jeder, zumindest jeder Patient. Die hatte sie schon zu meiner Zeit, und schon damals hat sie immer im Voraus kassiert. Peter wird das Geld schon finden. Wahrscheinlich auf irgendeinem Sparbuch. Im Garten wird sie es ja wohl kaum vergraben haben.«

»Und wenn doch?«, setzte Mona den Gedanken fort. »Wenn sie so war, wie du sie mir geschildert hast, dann hat sie auch den Banken misstraut. Dann hat sie ihr vieles Geld in den legendären Sparstrumpf gestopft, sprich, in einem geeigneten Versteck deponiert. So hat sie zwar keine Zinsen kassiert, aber dafür hat sie ja auch keine Steuern gezahlt.«

Greven richtete sich in der Wanne auf und fixierte Mona kurz und mit nachdenklich leicht geöffnetem Mund. »Mal den Teufel nicht an die Wand.«

»Warum nicht? Ich bin doch Malerin. Der Mörder hat jetzt freie Bahn. Noch dazu, wo ihr einen Raubmord schon komplett ausgeschlossen habt, nur weil die berühmte schwarze Kasse nicht geplündert worden ist. Vielleicht war genau das der Plan des Mörders? Der hebt heute Nacht einen Ziegel hoch und ist ein gemachter Mann, während ihr noch jahrelang nach einem Motiv sucht und keines findet.«

Unter Monas erwartungsvollen Blicken spielte Greven das Horrorszenario kurz durch und ärgerte sich, das gängige Interpretationsmuster so schnell akzeptiert zu haben. Dabei hatte er schon mehrmals erfahren müssen, wie perfide die Ausnahmen sein konnten, die die Regeln zu dem machten, was sie waren. Im Kopf überschlug er, was Tante Hedda in den letzten fünfzig Jahren bei ihrem asketischen Leben auf die Seite gelegt haben könnte. Bei nur vier Kunden pro Tag kam er auf eine Summe, die die Frage aufwarf, warum erst jetzt jemand auf die Idee gekommen war, das Leben der allein stehenden Frau zu beenden. Diese Frage provozierte eine zweite, nämlich jene, warum Tante Hedda überhaupt hatte sterben müssen, wenn es der Täter auf das irgendwo versteckte

Geld abgesehen hatte. Ein simpler Einbruch oder ein kräftiger nächtlicher Spatenstich hätten es doch auch getan.

»Weil der Täter das Versteck erst aus Tante Hedda hat herausholen müssen«, dachte Greven laut.

»Was für ein Versteck?«

»Tante Heddas Sparstrumpf. Das wäre eine Erklärung für das Stöhnen, das ich gehört habe. Der Täter hat Tante Hedda den Arm umgedreht oder so etwas in der Art, um das Versteck zu erfahren. Anschließend hat er sie umgebracht, um nicht von ihr identifiziert werden zu können. Du hast recht, das wäre tatsächlich eine Möglichkeit. Tu mir einen Gefallen und ruf Peter an. In der Dienststelle. Das Haus und das Grundstück müssen rund um die Uhr bewacht werden, und zwar so lange, bis wir diese Möglichkeit geklärt haben«, sagte Greven, der jetzt gerne ein Glas an den Mund geführt hätte. Seine Zunge, die inzwischen fast wieder auf Normalgröße geschrumpft war, registrierte eine plötzliche und nur schwer zu tolerierende Trockenheit.

»Warum rufst du ihn nicht selber an?«

»Weil ich im Moment auf ein Stundengespräch keine Lust habe. Schon gar nicht in der Wanne. Sag ihm, dass es dringend ist, und dass ich im Moment zu beschäftigt bin.«

Während Mona eine Grimasse schnitt, ganz so, als würde sie es bereuen, ihren Lebengefährten auf diese Idee gebracht zu haben, und widerwillig das Bad verließ, um Peter Häring anzurufen, dachte sich Greven zurück an den Tatort. Es war das erste Mal, dass er Zeuge eines Mordes geworden war. Derart nahe war er dem extremsten aller sozialen Kontakte, der seinen Beruf überhaupt erst erforderlich machte, noch nie gewesen. Diesmal hatte ihn sein Knie, dem nicht ohne Ironie immer wieder einmal eine Art Mordfühligkeit unterstellt wurde, so wie andere Menschen eine Wetterfühligkeit besaßen, direkt zum Tatort geführt. Tante Heddas scharfsinniger Blick, mit dem sie ihn taxiert hatte, tauchte vor ihm auf. Ihre lebendigen und gar nicht alten Augen, die Minuten später starr und ohne jede Aura auf die ausgetretenen Dielen gerichtet gewesen waren. Der charismatische Blick ist ein Teil ihres Kapitals gewesen, dachte er, dieser Blick hat ihren Patienten

Erfahrung und analytische Fähigkeiten signalisiert. Im Mittelalter hätte er sie wahrscheinlich das Leben gekostet. Auch vor Ostfriesland hatte der Hexenwahn keinen Halt gemacht. Erst vor ein paar Wochen hatte Greven von einem Hexenprozess gelesen, der 1590 in Pewsum stattgefunden hatte. Für einen Moment griffen seine Synapsen diese Assoziation auf und konstruierten vor dem Hintergrund des weltweit boomenden religiösen Fanatismus ein entsprechendes Motiv, das er aber gleich wieder kopfschüttelnd verwarf.

Dafür kamen ihm die Haare in den Sinn, die selbst keinen ergaben. Abgeschnittene Haare, verschiedenfarbige noch dazu. Tante Hedda hatte einfach, fast ärmlich gelebt, ihre Möbel waren alt, doch das Haus war sauber. Von ihrem Fußboden hätte man jederzeit essen können. Die Haare mussten also frisch sein. Nichts deutete darauf hin, dass die Haare bei irgendeiner ihrer Therapien eine Rolle gespielt hatten. Natürlich konnte er die Alibis sämtlicher ostfriesischer Friseure überprüfen. Doch Greven glaubte nicht an diese Lösung, nur daran, dass der Täter diese Haare verloren hatte. Auch das Streichholzbriefchen konnte nur von dem Täter stammen, denn Hansen hatte es auf der Chaiselongue gefunden, Heddas Behandlungsliege. Und die Quittung über das Buch für vierzehn neunzig, dass sich der Käufer gleich dreimal besorgt hatte. Da es in dem einzigen Supermarkt seines Heimatdorfes nur eine sehr bescheidene Auswahl an Büchern zu kaufen gab, vor allem Taschenbücher für kleine Fluchten am Deich oder touristisch schwer verwertbare Regentage, tippte er auf den großformatigen Bildband über Greetsiel.

Mehrfach versuchte er, die Teile zu einem Ganzen zusammenzufügen, suchte nach einer Geschichte, einer Erzählung, wie es die Philosophen nannten, in der sein heutiges Erlebnis und die wenigen Indizien einen plausiblen Auftritt hatten. Jeder dieser Versuche scheiterte schon im Ansatz, die Lücken waren einfach zu groß, die Zusammenhänge zu sehr verborgen. Ohne das noch zu recherchierende Umfeld, ohne Nachbarn, Feinde und Verwandte, ohne den Verbleib ihres Vermögens war sein Spiel vergebens.

Nicht zum ersten Mal beneidete er fiktive Kollegen wie den betagten Sherlock Holmes oder den aktuellen Serienhelden Adrian Monk, denen ein Blick ausreichte, um die narrative Funktion eines Staubkorns, einer winzigen Geste oder eines nicht korrekt platzierten I-Punktes zu erkennen. Noch dazu waren die Erzählungen, so kurios und unwahrscheinlich sie am Ende auch sein mochten, immer in sich stimmig. Irrtümer hatten da keinen Platz. Die Bedeutungen der Indizien waren immer klar und niemals mehrdeutig, die Welt war kausal intakt. Vermisst Sir Henry Baskerville einen Schuh, gibt es dafür nur eine Erklärung. Was Dr. Watson für eine Kinderzeichnung hält, wird von Sherlock Holmes umgehend als Geheimschrift entschlüsselt. Als was auch sonst. Ohne sich in die Abgründe des Verstehens und seiner Bedingungen zu stürzen, schob Greven der Großstadt die Verantwortung für den Erfolg gewisser Detektive zu. In London oder San Francisco, entschied er, war der Aufbau der Welt seit jeher eben ein anderer als in Ostfriesland. So trivial diese in vielen Variationen schon oft gemachte Behauptung auch war, vielleicht besaß sie ja doch einen wahren Kern, eine Art ostfriesische Unschärferelation, eine spezifische Erscheinungsform des Schmetterlingseffektes, den ein Systemtheoretiker oder Chaosphysiker mühelos wissenschaftlich würde erklären können. Eine minimale Änderung der Ausgangsbedingung konnte zu einem völlig anderen Ergebnis führen. So oder ähnlich hatte es in einem *Spiegel*-Artikel gestanden.

Greven griff, in Gedanken den Artikel rekonstruierend, zur Ablage neben der Wanne, auf der er gewöhnlich sein Glas abstellte, doch seine Hand bekam nur etwas flüchtigen Schaum zu fassen. Als Mona aus dem Atelier zurück ins Bad kam, unternahm er gerade einen zweiten Versuch, der ihr nicht entging: »Eine neue Tai-Chi-Übung?«

»Gerade von mir erfunden«, murrte Greven und zog seine Hand zurück. »Hast du Peter erreicht?«

»Hab ich«, nickte Mona. »Er findet meine Idee ausgezeichnet und schickt gleich einen Wagen hin. Außerdem will er noch den Dorfsheriff informieren.«

»Hatte er sonst noch was?«

»Ja. Was Hansen über das Streichholzbriefchen gesagt hat, stimmt. Er hat mit dem Diskothekenbesitzer telefoniert. Der hat die Streichhölzer erst gestern von irgendeinem Hersteller aus Bremen erhalten und abends die ersten an Stammkunden verteilt.«

Greven ließ sich bis zum Hals in die Wanne gleiten und fragte: »Sag mal, Mona, wie lange waren wir eigentlich nicht mehr bei *Meta*?«

»Mindestens ein Jahr«, antwortete Mona. »Aber du willst doch nicht etwa heute …? Außerdem ist es dazu viel zu spät. Essen müssen wir auch noch. Anzuziehen habe ich auch nichts.«

»Ein bisschen viele Gegenargumente auf einmal«, blubberte Greven durch den Schaum. »Vor ein Uhr ist da heute sowieso nichts los, jedenfalls nichts für die Generation Fünfzigplus. Wir haben also jede Menge Zeit für deinen Kleiderschrank und ein Dreigängemenü. Und wie ich dich kenne, warst du heute einkaufen.«

»War ich auch«, sang Mona verheißungsvoll und beugte sich über die Wanne. »Mach dich also auf eine kulinarische Sensation gefasst!«

»Spann mich nicht auf die Folter«, fragte Greven halb getaucht.

»Es gibt Grünkernknödel mit Sauerkraut nach Barbara Rütting«, sagte Mona und half Greven, ganz unterzutauchen.

6

Das *Haus Waterkant* kannte fast keiner, *Meta* jeder. Jedenfalls jeder, der irgendwann zwischen 1965 und der Gegenwart in Ostfriesland jung gewesen war. *Meta* war Kult, und das immer noch, obwohl die Erfinderin und Namensgeberin der Diskothek 1994 an Krebs gestorben war. *Meta* war Kult, so abgedroschen das auch klingen mochte, in diesem Fall traf die längst inflationär gewordene Behauptung tatsächlich zu. Sven Rogall, Metas Sohn, hatte es geschafft, die in die Jahre gekommene Aura des an einen Schuppen erinnernden Hauses, der winzigen Tanzfläche und der Baumscheibensitzgelegenheiten ins 21. Jahrhundert zu retten. Wenigstens für ein paar Jahre. Denn das Ende war schon lange beschlossene Sache. Spätestens 2008 sollte das Haus einem großen Geschäftszentrum weichen. Knockin' on Heaven's Door. The Times They are a-Changin'.

Doch davon war in dieser Samstagnacht nichts zu spüren. Wie immer war kein Durchkommen, pferchten sich die Gäste selbst in die engen Gänge ein und umzingelten die Tanzfläche, als öffnete sich dort gerade die Pforte zu einer anderen Welt. Dabei ruderten und stampften dort lediglich vier Endvierziger ohne Anspruch auf irgendeinen Stil zu einem etwa ebenso alten Clapton-Song. Übernächtigter und frischer Zigarettenrauch umnebelten das zuckende Licht der roten und grünen Spots; zwei Voyeure gaben sich Handzeichen, andere waren damit beschäftigt, ihre Plätze gegen Nachdrängende zu verteidigen.

Noch mehr Mühe hatten Mona und Greven, sich einen Weg zur Plattentheke von Sven zu bahnen, der zusammen mit seiner Frau Silke dem Stammpublikum gab, was es zu dieser Uhrzeit brauchte. Mit routiniertem Griff zog er das nächste Vinyl aus dem Regal und jonglierte es auf den Plattenteller. Schon musste sich Clapton von der Tanzfläche zurückziehen, die nun Peter Gabriel übernahm, den Greven über alles nicht mochte. Während die Tänzer das Feld frischen Kräften überließen, traf Greven beim DJ ein. Mona hatte er unterwegs verloren. So sehr er seinen Hals auch reckte, sie blieb im gärenden Menschenteig verschwunden.

Svens Finger sprinteten indes über die Plattencover auf der Suche nach dem nächsten Altstar. Als Schüler hatte er selbst Musik gemacht, gemeinsam mit Harm Claasen, Lothar Harms, Waldemar Pabst, Dietrich von Eigen und anderen aus der kleinen friesischen Küstenszene. Greven, der kein Spieler war, sondern ein Hörer und Kritiker, hatte die endlosen Jamsessions oft verfolgt, hatte den Kopf geschüttelt, wenn *Sunshine of your Love* nicht gelingen wollte, und die Autodidakten beneidet, wenn ihr wildes Improvisieren plötzlich doch zu dichten und mitreißenden Passagen zusammenfand, die erst nach fünf oder zehn Minuten wieder auseinanderbrachen.

Peter Gabriel musste seinen Titel bis zum orchestralen Finale durchwimmern, bevor Svens Blick über die Gesichter vor ihm huschte und Greven erfasste. Vor drei oder vier Jahren hatten sie sich das erste Mal wiedergesehen, als Greven nach seiner erzwungenen Rückkehr in die alte Heimat auch wieder zu *Meta* gefunden hatte. Damals hatte Sven ihn lange ungläubig beäugt, ehe er Grevens gereiftes Gesicht und seinen Beruf akzeptiert hatte. Inzwischen schien er sich daran gewöhnt zu haben, dass sich der linke Musikkritiker aus Schülertagen in einen kurzhaarigen Polizisten verwandelt hatte.

»Privat oder auf der Jagd!?«, brüllte Sven ihn durch einen ihm unbekannten Rocksong an.

»Beides! Hast du kurz Zeit? Zwei Minuten?«

»Wenn das nächste Stück läuft!«

Sven setzte seinen Kopfhörer wieder auf und wählte aus dem riesigen Angebot die passende Platte aus. Kaum hatte er die Regler zum Ein- und Ausblenden bedient, übergab er Silke den Kopfhörer und zwängte sich aus dem Thekeneingang. Sein Finger wies auf die Ausgangstür.

»Die Streichhölzer?«, fragte er mit lauter Stimme gegen die noch betäubten Ohren an, als sich die Tür hinter ihnen geschlossen hatte. »Die Streichhölzer!«, bestätigte Greven, ebenfalls laut.

»Habe ich deine Kollegen richtig verstanden, der Mörder dieser alten Frau war bei mir?«

»Schon möglich«, antwortete Greven. »Er kann die Streichhölzer natürlich auch von einer anderen Person bekommen haben. Wie viel hast du davon schon unter die Leute gebracht?«

»Nur eine Handvoll.«

»Das sind etwa ...?«

»Vielleicht ... hundert? Ich hab sie einfach auf die Tanzfläche geworfen.«

»Wie viel hast du noch?«

»999 habe ich stempeln lassen. Und ein paar für mich. Aber die liegen bei mir zu Haus.«

»Kannst du uns den Rest ausleihen? Nur für einen Tag?«

»Wollt ihr etwa alle Nummern aufschreiben?«, fragte Sven kopfschüttelnd. »Das bringt doch nichts.«

»Das kann man im Voraus nicht wissen. Diese Art von Hausaufgaben hat noch nie geschadet.«

»Du kannst sie mitnehmen. Der Karton steht bei mir hinter der Theke. War's das?«

»Ist dir gestern etwas Außergewöhnliches aufgefallen?«

»Die Frage aus den Krimis. Musste ja kommen«, schmunzelte Sven und dachte kurz nach. »Nee, eigentlich nicht. War ein ganz normaler Freitag. Nicht viel los. Weniger als sonst.«

»Viele Stammgäste?«

»Fast nur. Mehr als die Hälfte auf jeden Fall. Jetzt sag bloß, du willst die Namen?«

»Alle. Jeden, an den du dich erinnern kannst. Ich schicke dir morgen jemanden vorbei.«

»Scheiße.«

»So sind die Regeln nun mal. Irgendein auffälliger Gast? Einer, der sich merkwürdig verhalten hat?«

»Nee. Ein ganz normaler Freitag eben. Nach wem suchst du eigentlich?«

»Wenn ich das so genau wüsste. Nach einem, der gestern bei dir war, ein Streichholzbriefchen gefangen und es heute nach einem Mord verloren hat.«

»Steht das Montag in jeder Zeitung?«

»Keine Sorge, auf die Reklame musst du verzichten. Hast du ja auch nicht nötig.«
»War's das? Ich muss wieder rein.«
»Das war's erst einmal. Ich mach jetzt Feierabend. Kannst du mir einen Gefallen tun? Ich hab Mona verloren.«
»Die kann ich in der Menge auch nicht finden, tut mir leid.«
»Aber du kannst *The Low Sparks of High Heeled Boys* auflegen.«

Kaum hatten sich die ersten Takte einen Weg durch den Zigarettennebel auf die Tanzfläche gebahnt, tauchte Mona aus dem gärenden Teig auf und arbeitete sich mit kräftigen Schwimmbewegungen bis zu Steve Winwood vor. Sie riss die Arme in die Höhe und begann, sich zu dem für Rockmusik untypischen Rhythmus um eine imaginäre Achse zu drehen. Greven liebte diese Bewegung. Er stand oben bei Sven und sah ihr eine Weile zu. Schon immer war sie vernarrt in dieses Stück gewesen und hatte nie widerstehen können, wenn es zum Tanz aufforderte. Und sie war nicht die Einzige. Beim Refrain wurde es eng auf der kleinen Tanzfläche. Auch einige alte Freunde tauchten im Rotlicht auf. Gisela und Rainer, inzwischen beide Lehrer, kannte er ebenso aus seiner gymnasialen Zeit wie Roger, nun Hals-Nasen-Ohrenarzt, und Melitta, nun Apothekerin. Schon einmal waren sie sich bei *Meta* über den Weg gelaufen und hatten sich ausgiebig über das Leben in der Provinz unterhalten.

Viel interessanter fand Greven jedoch einen unübersehbar großen und beleibten Mann, der am Rande der Tanzfläche den Rhythmus aufnahm: Manfred Garrelt. Ein alter Stammkunde, ein Kleinkrimineller, dem schwer etwas nachzuweisen war, ein gerissener Trickdieb, der eBay ebenso geschickt zu nutzen wusste wie die konventionellen Anzeigenblätter, um seine Fallen zu stellen. Bei Verhören, hatte Greven sein Kollege Pütthus erzählt, mimte er gekonnt den Ahnungslosen, Gutmütigen und geistig etwas Schwerfälligen. Garrelt schien nicht unbeliebt zu sein, Gäste grüßten ihn, klopften ihm auf die Schulter. Wie ein schwerer Tampen ragte sein Bauchwulst über den Gürtel und folgte dem Wippen seines Besitzers mit leichter Verzögerung.

Greven wollte sich gerade wieder Mona zuwenden, als sich ihre Blicke trafen. Sofort stellte Garrelt das Wippen ein. Nur sein Bauch federte einen Moment nach. Dann drehte sich der Dicke um und tauchte in den Menschenteig ein, als sei er klein und drahtig. Sein Ziel war offenbar der Haupteingang.

Greven überlegte kurz, welche Bedeutung er dieser spontanen Flucht beimessen sollte, dann wühlte er sich zur nur wenige Meter entfernten Hintertür. Als er den Vordereingang erreichte, schloss Garrelt gerade sein Auto auf, einen Mercedes Sprinter. Nach einem kurzen Blick auf seinen Verfolger schwang er sich auf den Fahrersitz. Greven bekam zwar noch die Tür zu fassen, doch in diesem Augenblick startete Garrelt den Motor, haute hörbar den Gang rein und trat aufs Gas. Das Türblatt glitt aus Grevens Fingern, der Inhalt einer mittelgroßen Pfütze landete auf seiner Jeans. Ohne Licht verschwand der Lieferwagen in Richtung Westermarsch. Einige Mitglieder der Menschentraube, die sich wie immer vor dem Haupteingang gebildet hatte, lachten oder johlten. Greven zückte sein Handy.

Nach einem mäßig erfolgreichen Umweg über die Toilette kehrte Greven zur Tanzfläche zurück. Sven nickte ihm freundlich zu, anscheinend froh, Monas Geschmack ein weiteres Mal getroffen zu haben, denn sie tanzte, nun deutlich ausgelassener, zu *Do What You Like* von Blind Faith. Außer der Traube vor dem Eingang schien niemand den kleinen Zwischenfall bemerkt zu haben, und Greven dachte dort weiter, wo er vor Garrelts Flucht aufgehört hatte, um ihm zu folgen. Das war ein Fehler gewesen, entschied er. Ihn hier gesehen zu haben, hätte ausgereicht, um ihn auf die Liste der für den Fall vielleicht Relevanten zu setzen. Wahrscheinlich jedoch hatte Garrelt sich aus ganz anderen Gründen aus dem Matsch gemacht, der nun auf Grevens Jeans trocknete. Wahrscheinlich hatte er nur einen Blick in seinen Lieferwagen verhindern wollen, was ihm ja auch gelungen war.

Wenn ihn die Kollegen jetzt irgendwo anhalten, wird die Kiste leer sein und Garrelt gekonnt eine Ausrede für seinen übereilten Aufbruch vortragen, dachte Greven. Andererseits, auch wenn er die Wahrscheinlichkeit nicht sehr hoch einstufte, war Garrelt durchaus ein Kandidat für das Streichholzbriefchen. Er wohnte in Visquard, der Weg von Norddeich in sein Heimatdorf führte über Greetsiel. Als Täter kam er jedoch nicht in Frage. Nicht bei der Figur.

Greven nahm noch einmal gestikulierend Kontakt mit Sven auf, der sofort begann, verschiedene Cover hochzuhalten. Es dauerte eine Weile, bis er den Kopfhörer Silke übergab und zu ihm kam. Brüllend stellte Greven seine Frage, doch Sven konnte sich nicht daran erinnern, den Flüchtigen am Vortag gesehen zu haben. Mona beendete zusammen mit Gisela und Rainer das Finale des Fünfzehn-Minuten-Stücks und kam schnaufend von der Tanzfläche auf ihn zu, als wäre es von vornherein klar, wo er zu finden sei.

»He, willst du da immer nur herumstehen? Ein bisschen Bewegung kann dir nicht schaden. Und die Musik ist heute wirklich toll!«

»Ich weiß!«, schrie Greven gegen Jim Morrison an, dem er jedoch deutlich unterlegen war. Mona griff seine Hand und zog ihn aufs Quadrat zwischen den Säulen. Show me the way to the next whiskey bar. Wie recht Weill, Brecht und Morrison doch hatten.

7

»Gerd? Hast du mal ein paar Minuten?«

Grevens Kopf musste ein paar schnelle Bewegungen machen, ehe sein Blick den Kollegen Herbert Pütthus vom Raub erfasste, der halb in der Tür stand. Ein kleiner, langhaariger Mann mit Nickelbrille, der an jeder Universität als Lehrstuhlinhaber eines Orchideenfachs durchgegangen wäre, als einer jener Gelehrten, deren selten anzutreffende Disziplin nur wenigen Akademikern bekannt war, und der von seinen kaum zehn Studenten freundschaftlich geduzt wurde.

»Ich hab da wen für dich«, grinste Pütthus, der nie eine Uni von innen gesehen hatte, dafür aber jede Tür öffnen konnte, wie Greven aus eigener Erfahrung wusste.

Im Büro des Kollegen saß ein dicker Mann zwischen den Stuhllehnen eingeklemmt und blickte sie teilnahmslos an. Sein Bauchwulst rührte sich nicht, sein Haar schien seit Tagen nicht gewaschen worden zu sein, seine Jeans und sein blauer Pullover, in Ostfriesland Tröi genannt, seit Wochen nicht.

»Wir haben ihn heute früh aus dem Bett geklingelt«, erklärte Pütthus. »Sein Lieferwagen war so leer wie die Truhen des Finanzministers. Sogar gesaugt hat er ihn.«

»Aber ihr habt ihn trotzdem mitgenommen«, freute sich Greven.

»Wegen des regelmäßig anstehenden Kundendienstes«, fuhr Pütthus fort. »Es gibt da noch ein paar offene Fragen zu einer nächtens plötzlich offenen Tür in einem Norder Elektrogeschäft.«

»Die Firma kenne ich gar nicht«, wehrte sich der im Stuhl Festsitzende wie ein beleidigtes Kind. »Ich habe Ihnen doch schon gesagt, dass ich für die noch nie eine Fuhre gemacht habe. Meine Papiere sind immer in Ordnung.«

»Warum hatten Sie es gestern plötzlich so eilig?«, entgegnete Greven, ohne sich auf die Papiere einzulassen.

»Gestern war ich den ganzen Tag zu Hause«, antwortete Manfred Garrelt langsam, aber voller Überzeugung.

»Gestern früh aber nicht. Denn da waren wir beide ja bei *Meta*. Oder etwa nicht?«

»Da muss ich erst nachdenken.«

»Hundert Zeugen brauchen das nicht«, half ihm Greven.

»Ach, Samstagnacht meinen Sie!?«, überlegte es sich Garrelt. »Ja, da war ich kurz bei *Meta*, das stimmt.«

»Na also. Und warum hatten Sie es plötzlich so eilig?«

»Mir war plötzlich eingefallen, dass ich vergessen hatte, meine Herdplatte abzustellen.«

Greven und Pütthus hatten Mühe, sich das Lachen zu verkneifen, nicht wegen der billigen Erklärung, sondern wegen des bemühten Tones, in dem Garrelt seine Ausrede vortrug.

»Und? Kamen Sie noch rechtzeitig?«

»Kann man so nicht sagen. Wie sich nämlich gezeigt hat, hatte ich den Herd doch abgestellt gehabt. Ich kann Ihnen gar nicht sagen, wie erleichtert ich war.«

»Dass ich Sie bei *Meta* gerne ... gesprochen hätte, haben Sie nicht zufällig bemerkt?«, setzte Greven nach.

»Das muss mir entgangen sein«, antwortete Garrelt mit erstauntem Gesicht. »Ich war mit meinen Gedanken ja auch ganz bei der Herdplatte. Sie wissen ja, wie schnell da was passiert.«

»Waren Sie am Freitag auch bei *Meta*?«, fragte Greven, nun in schärferem Ton, den Garrelt auch zu registrieren schien. »Denken Sie an die hundert Zeugen, bevor Sie antworten!«

Der Befragte versuchte, auf dem Stuhl hin und her zu rutschen, was ihm jedoch nicht gelang. »Na und? Ist das etwa verboten?«

»Keineswegs«, nickte Greven befriedigt. »Ebenso wenig war es verboten, eines der Streichholzbriefchen mitzunehmen, die Sven Rogall auf die Tanzfläche geworfen hat.«

Garrelts Gesicht war zu entnehmen, dass er diesen Satz nicht deuten konnte. Hilfesuchend wandte er sich Pütthus zu, der aber nur Schultern und Augenbrauen hob.

»Streichholzbriefchen?«, wiederholte Garrelt schließlich. »Was für ein Streichholzbriefchen?«

»So eins«, antwortete Greven und warf ihm das Exemplar zu, das Sven ihm mitgegeben hatte.

»Seit wann gibt's das denn bei *Meta*?«, kommentierte Garrelt, während er das Briefchen wie einen exotischen Gegenstand durch die Finger führte.

»Seit Freitag«, antwortete Greven. »Wirklich keins erwischt?«

»Nie gesehen«, versicherte Garrelt und warf das Briefchen ordnungsgemäß wieder zurück, so dass Greven es ohne Mühe fangen konnte. »Außerdem bin ich Nichtraucher.«

Wieder auf dem Gang, befragten sich Pütthus und Greven erst kurz mit Blicken, bevor sie ihre Gedanken aussprachen.

»Glaubst du ihm? Du kennst ihn besser.«

»Das ist bei Garrelt schwer zu sagen, aber was das Streichholzbriefchen betrifft, hat er meiner Meinung nach nicht gelogen. Der weiß bis jetzt nicht, warum wir ihn überhaupt danach gefragt haben«, meinte Pütthus.

»Schien mir auch so«, stimmte Greven zu. »Du hältst mich auf dem Laufenden?«

»Wenn was läuft, läuft es auch zu dir«, schmunzelte Pütthus und kehrte zu seinem Stammkunden zurück.

Grevens Schreibtisch war fast leer. Der Anblick war völlig ungewohnt, und dennoch war es so. Zu verdanken hatte er diesen Ausnahmezustand seinem Kollegen Jaspers, der sich letzte Woche erbarmt und mit ihm die Kraterränder seiner vulkanischen Ordnung abgetragen hatte. Lang Vermisstes hatten die Ausgrabungen zum Vorschein gebracht, aber auch Unmengen Altpapier: Kladden und Kritzeleien zu längst abgeschlossenen Fällen, Adressen niemals kontaktierter Zeugen, Hinweise, die dann doch keine gewesen waren.

Greven genoss diesen ab und zu unumgänglichen Neustart, den er dennoch regelmäßig hinauszögerte wie seine Steuererklärung. Vor ihm lagen nur zwei graue Aktendeckel und die Quittung, die die Spurensicherung bei Tante Hedda gefunden hatte. Ein Telefonanruf hatte seinen Verdacht bestätigt. Der Greetsieler Supermarkt hatte nur einen Titel zum Preis von 14,90 Euro im Angebot, den Bildband *Greetsiel – Ein weltbekanntes Dorf*. Ein Muss für jeden Urlauber. Er hatte Akkermann mit der Aufgabe betraut, den Käufer zu finden. Den

Obduktionsbericht und die Analyse der Haare hatte ihm der Montag verweigert, nicht aber die Telefonnummer von Aline.

Für Greven war Aline eine Vertreterin jenes Modells der saturierten Arztfrau, die ihren Beruf aufgegeben hatte, um sich, zumindest eine Zeit lang, fast ausschließlich über ihren Mann, dessen Beruf und Einkommen zu definieren. Nachdem sie sich mehrere Jahre dem Rausch der angesagten Marken, Urlaubsorte und Partys hingegeben hatte, machte ihr das Postulat der ewigen Jugend immer mehr zu schaffen. Mit Ende Vierzig hatte sie sich auf die Figur eines Teenagers heruntergehungert, wobei die gegenwärtigen Teenager zumeist ja ganz andere Figuren hatten. Ohne Vorwarnung war dann Alines Geburtstagsfeier mit der ihrer achtzehnjährigen Tochter zusammengelegt worden, von deren Gästen sie den ganzen Abend nicht wegzulocken gewesen war. Wie selbstverständlich hatte sie sich im Kreis der angehenden Abiturienten bewegt, kichernd zweideutige Witze zum Besten gegeben, mit affektierten Armbewegungen Tanzunterricht erteilt, Wodka-Lemon aus der Flasche getrunken, Fahranfängern kumpelhaft den Schlüssel ihres Cabrios zugeworfen.

Nach der Trennung von Jochen war sie nicht in ihren erlernten Beruf als Grafikerin zurückgekehrt. Zu viel hätte sich inzwischen verändert, und dann die fehlenden Kontakte ... Stattdessen hatte sie in der Auricher Fußgängerzone einen kleinen Kosmetik- und Wellnessladen eröffnet. Um endlich unabhängig zu sein.

»Danke, dass du Zeit hast«, begann Greven, der sich freute, einen leeren Laden vorzufinden.

»Für dich doch immer!« Aline strahlte mit neuer, jedenfalls ihm unbekannter Haarfarbe. Aubergine, wie sie ihm erklärte. Ganz ohne die übliche Chemie. Ihre schwarze Lederhose saß wie eine zweite Haut, während die erste im Gesicht kaum zu erkennen war und in den vorsätzlich ausgezehrten Wangen versank. Am Hals tauchte sie als fleckiges Leder wieder auf, das unter der Sonnenbank gegerbt worden war. Ihre Wimpern waren stattliche schwarze Kämme, die es auf die schmalen Augenbrauen abgesehen zu haben schienen, sie aber bei jedem Aufschlag knapp verfehlten. Kurz fahndeten Grevens Augen nach der unverzichtbaren Zigarette, auf die Aline offensichtlich doch verzichtet hatte, wahrscheinlich auch verzichten musste, um der Intention ihres Ladens nicht die Glaubwürdigkeit zu entziehen.

»Das mit Frau Bogena tut mir so leid. Auf ihrem Gebiet war sie ein Genie. Und dass ausgerechnet du …?«

»Es war für mich auch das erste Mal. Wenn man von dem ein oder anderen Mordversuch auf mich absieht«, sagte Greven.

»Was willst du über sie wissen?«

»Eigentlich nichts«, erklärte Greven, »denn ich kannte sie schon als Kind. Aber soweit ich weiß, hat sie noch eine Schwester …?«

»Almuth. Aber die reden seit ewigen Zeiten kein Wort miteinander. Die konnten sich nie ausstehen.«

»Ich wusste, da war doch was. Weißt du, wo sie wohnt?«

»In Marienhafe. Die Adresse kann ich dir geben. Doch es ist nicht die Richtige für dich, denn Almuth Bogena hat sich auf Wunder spezialisiert«, lächelte Aline.

»Sag bloß, die arbeitet im selben Gewerbe?«

»So könnte man das ausdrücken. Nur gibt es bei Almuth keine sensiblen Griffe ins Kreuz, sondern echte Magie.«

»Warst du mal bei ihr?«

»Wo denkst du hin?! Ich meine: Was denkst du von mir?«

Greven wich ihrem Blick nur kurz aus, sah sie wieder an und sagte: »Woher hast du deine Informationen?«

»Von einer Freundin, die an MS leidet. Ich habe ihr schon mehrfach abgeraten, aber sie schwört, dass Almuth Bogena ihr hilft.«

»Weißt du, wie alt sie ist?«

»Noch keine vierzig.«

»Ich meine die Bogena.«

»Sie ist deutlich jünger als Hedda. So um die sechzig, aber unglaublich fit«, antwortete Aline.

»Kennst du noch mehr Knochenbrecher?«

»Alle kenne ich natürlich nicht, aber fünf oder sechs schon. Da wäre Ulf Frerichs in Hagermarsch, Herbert Cassens hier in Aurich, Hermine Müller in ... Dornum, Erich Visser in Canhusen und ein Wiebrands in Esens. Und in Wiesmoor muss es auch noch einen geben. Aber wie gesagt, das sind bestimmt nicht alle. Glaubst du, einer von denen war's?«

»Ich muss zumindest auch an diese Möglichkeit denken«, antwortete Greven. »Ich kenne das Gewerbe zu wenig.«

»Dann solltest du dir den einen oder anderen Termin geben lassen«, schlug Aline mit ironischem Unterton vor. »Um Almuth Bogena wirst du wohl kaum herumkommen.«

»Das will ich auch gar nicht«, nickte Greven. »Du kannst mir einen großen Gefallen tun. Da du ja immerhin einige aus der Knochenbrecherzunft kennst, und diese Zunft in den Gelben Seiten und im Internet nicht so leicht zu finden ist: Vielleicht kannst du mir eine Liste zusammenstellen. Hör dich ein bisschen um, frag deine Kunden.«

»Wenn du mich nicht für eine Patientin all dieser Scharlatane hältst, ist das kein Problem«, antwortete Aline mit kritischem Blick. »Nur weil ich zu alternativen Heilverfahren ein anderes Verhältnis habe als du, renne ich noch lange nicht zu jedem Handaufleger.«

»Keine Sorge«, versicherte Greven, »aber du hast nun mal einen Draht zu der Szene, den ich nicht habe.«

Aline entließ ihn mit gemischten Gefühlen, die sich deutlich in ihrem Gesicht abzeichneten. Er nahm sie in die Arme und drückte sie.

Da Greven noch ein Buch besorgen musste, kam er ein paar Minuten später noch einmal an ihrem Geschäft vorbei. Aline stand vor dem Hintereingang in der schmalen Lohne, die zu einem kleinen Teeladen führte, und rauchte mit ernster Miene eine Zigarette. Obwohl Greven kurz stehen blieb, bemerkte sie ihn nicht. Kraftvoll blies sie den Rauch aus der Nase. Ihre Figur war drahtig und durchtrainiert. Rauchen und Fitnessstudio waren für sie kein Widerspruch.

8

Dreimal musste Greven den Klopfer aus blankpoliertem Messing betätigen, ehe sich die die grüne Holztür öffnete. Als Almuth Bogena aus dem Dunkel des Flurs heraustrat, wich Greven unwillkürlich einen Schritt zurück. Vor ihm stand das jüngere Ebenbild von Tante Hedda. Das gleiche Gesicht, die gleichen grauen Haare, die gleichen blauen und wachen Augen. Nur das Kleid hatte einen deutlich moderneren Schnitt. Greven zückte seinen Ausweis, stellte sich so höflich wie möglich vor und kondolierte ihr.

»Ich habe ein paar Fragen, wie Sie sich denken können.«

»Und ein kaputtes Knie«, entgegnete Almuth Bogena trocken, drehte sich um und schlurfte in viel zu großen Hausschuhen in den Flur zurück. Greven schloss die Tür und folgte ihr. Der Raum, in dem sie ankamen, war abgedunkelt und mehr Kuriositätenkabinett als Museum. Offensichtlich hatte Frau Bogena ein Faible für ausgestopfte Tiere. Auf einer Anrichte stand ein Mungo, mit einer Schlange kämpfend. An den Wänden hingen Fasanen, Eulen und Hasen. Das größte Exponat war ein Fuchs, der ungemein lebendig wirkte und seinen Kopf nach hinten richtete. Als hätte die Heilerin seine Gedanken erraten, erklärte sie: »Alles Geschenke von meinen Patienten. Sind viele Jäger dabei, wissen Sie. Die Bauern sind ja fast alle Jäger.«

Zwischen den Tieren stapelten sich, als wolle sie ein gängiges Klischee bedienen, zahllose, zumeist in Leder gebundene, alte Bücher, in denen Unmengen Lesezeichen steckten. Greven dachte an die leuchtenden Augen mancher Filmrequisiteure, denn nach Requisite sahen die Folianten aus. Noch dazu konnte er auf einigen Buchrücken lateinische Titel erkennen. Inzwischen aber wusste er, dass weder Hedda noch Almuth eine höhere Schule besucht hatten. Wo immer sie diese Bücher her hatte, auf die meisten ihrer Kunden machten sie bestimmt Eindruck. Das traf auch auf die Armillarsphäre zu, die neben einem kleinen Schreibtisch stand. Greven konnte nur laienhaft raten, was dieses alte astronomische Gerät wert war, mit dem man die Umlaufbahnen und Winkel der Gestirne bestimmen konnte.

»Legen Sie sich da hin!«, unterbrach Frau Bogena seine Inspektion und wies mit dem Finger auf eine rote Chaiselongue, die an einer fensterlosen Wand unter einer alten, gerahmten Weltkarte stand. Ob es eine Reproduktion war, konnte er nicht erkennen.

»Frau Bogena, entschuldigen Sie, aber ich bin nicht gekommen, um ...«

»Wollen Sie die Schmerzen in Ihrem Knie loswerden oder nicht?«, ermahnte ihn die Wunderheilerin. »Um Ihre Leber ist es auch nicht gut bestellt.«

Greven nahm den Blick von der Weltkarte und sah Frau Bogena an. Dass er ganz leicht humpelte, war nicht zu übersehen, doch die Leberdiagnose traf ihn völlig überraschend und verdrängte mühelos andere Gedanken. Vielleicht hatten es ihr seine Augen verraten? Er hatte von dieser Möglichkeit irgendwo gelesen. Oder die Farbe seiner Haut? Oder ...?

»Jetzt legen Sie sich endlich hin!«

Ihr blauer Blick jonglierte ihn auf die Chaiselongue, ließ ihn die Beine anheben. Kaum war sein Kopf in dem weichen Kissen versunken, spreizte sie die Finger beider Hände und ließ sie mit geschlossenen Augen über seinem zerschossenen Knie kreisen. Er spürte nichts und glaubte auch an nichts, trotzdem stieg eine unbestimmte Spannung ihn ihm auf. Er ertappte sich bei dem Gedanken, dass die kreisenden Hände zwar sinnlos seien, andererseits aber auch nicht schaden konnten.

»Ihr Knie ist durchlässig für Erdstrahlen«, murmelte die alte Dame mit einer Stimme wie in Trance. »Kein Wunder, dass Sie unter Schmerzen leiden. Sie müssen die Kreuzungspunkte der Strahlenlinien meiden oder die Strahlen abschirmen.«

Greven verstand kein Wort. Doch obwohl seine Gedanken sich langsam wieder fanden, blieb er erst einmal liegen. Die Hände kreisten noch einige Sekunden über dem Knie und wanderten dann zur Leber, wo sie sofort anfingen, intensiv zu zucken. Frau Bogena stimmte einen Summton an, während die Bewegungen der Hände gröber und scheinbar unkontrollierter wurden. Greven war sich jetzt nicht mehr so sicher, ob diese Art der Behandlung nicht doch schädliche Nebenwirkungen haben könnte. Je länger die Hände über seiner Leber zuckten, umso lächerlicher kam er sich vor. Warum hatte er sich überhaupt auf die Chaiselongue begeben? Die Antworten, die er sich anbot, waren alles andere als schmeichelhaft.

»Frau Bogena«, sagte er vorsichtig.

»Liegen bleiben! Ihre Leber ist völlig zerfressen. Die muss ich erst wieder revitalisieren. Das dauert eine Weile.«

Wieder schwoll der Summton an. Ihre Hände begannen nun, in der Luft eine Art Kloß zu formen und zu kneten. Greven spürte, wie eine Schweißperle seine Stirn verließ. Seine Beine hatten genug von der Chaiselongue.

»Frau Bogena!«

»Liegen bleiben! Ihre Leber wird es Ihnen danken.«

Der Summton hob noch einmal ab, die Hände quetschten Luft zusammen, dann verschwand die Anspannung aus Frau Bogenas Gesicht.

»Ihre Leber ist jetzt wieder wie neu. Trotzdem sollten Sie Alkohol und Fett meiden. Und was die Erdstrahlen betrifft, so habe ich hier diesen Ring für Sie. Legen Sie ihn unter ihr Bett. Er wird wenigstens in der Nacht die Strahlen abschirmen«, sagte die Heilerin und zog einen Messingring von der Größe einer Langspielplatte aus einem Karton.

Greven wischte sich die Schweißperle aus dem Gesicht. Seine Beine erreichten die Polsterkante.

»Frau Bogena, eigentlich bin ich wegen Ihrer Schwester hier. Sie wollen doch auch, dass wir den Mörder finden?«

»Interessiert mich nicht. Für mich ist Hedda sowieso schon lange tot«, wies sie die Frage barsch zurück.

»Wann haben Sie Ihre Schwester zuletzt gesehen?«, fragte Greven, während er versuchte, möglichst unauffällig seiner Lage zu entkommen.

»Vor etwa dreißig Jahren. Genau kann ich Ihnen das nicht sagen«, antwortete die Heilerin widerwillig.

»Wie ist es zu dem Zerwürfnis zwischen Ihnen gekommen?« Greven saß schon fast.

»Nur ich habe die Kraft von unserem Vater geerbt. Nur ich. Und trotzdem wollte auch sie heilen. Ein paar Wirbel einrenken. Was hat das mit heilenden Kräften zu tun? Nichts. Rein gar nichts. Sie oder ich. Das habe ich ihr oft genug gesagt. Immer nur einer erbt die Kraft. So ist es in unserer Familie seit Generationen gewesen. Vor dreißig Jahren habe ich die Kraft in mir entdeckt ...«

»Als Ihre Schwester schon in Greetsiel als Heilerin gearbeitet hat«, unterbrach Greven sie.

»Aber ich hatte die Kraft bekommen, verstehen Sie, ich hatte die Kraft, nicht Hedda. Sie wollte es einfach nicht wahrhaben und hat trotzdem geheilt. Dabei hat sie die Kraft gar nicht geerbt. Wie konnte sie also heilen?«

»Sagen Sie es mir!«

»Gar nicht, natürlich. Ohne die Kraft kann man nicht heilen. Ein Quacksalber war sie, weiter nichts. Ein billiger Quacksalber, der die Leute ausgenommen hat.«

»Sie waren also in den vergangenen dreißig Jahren nicht einmal bei ihr?« Seine Schuhe berührten den Teppich. Er saß.

»Ich war nicht einmal in ihrer Nähe, nicht mal in Leybuchtpolder, geschweige denn in Greetsiel«, versicherte Almuth Bogena und fixierte Greven mit ihren blauen Augen, die denen ihrer toten Schwester auf so unheimliche Weise glichen.

»Wer wird diese ... Kraft einmal erben?«

»Mein Sohn«, antwortete die alte Frau selbstbewusst. »Noch hat er sie nicht bei sich entdeckt. Aber ich musste auch erst dreißig werden. Eines Tages wird er es merken. Glauben Sie mir.«

»Wo lebt Ihr Sohn?«

»In Norden. Er ist Sportlehrer am Gymnasium. Noch. Dieses Zimmer steht jederzeit für ihn bereit. Jederzeit.«

»Er heißt auch Bogena?«

»Klaus Bogena. Ich war nie verheiratet, falls Sie darauf anspielen.«

»Hat Ihr Sohn Hedda mal in Greetsiel besucht?«

»Das müssen Sie ihn schon selbst fragen. Ich habe ihm immer davon abgeraten. Noch eine Frage? Meine Zeit wird knapp.«

»Nein, das hat mir erst einmal gereicht. Aber wahrscheinlich komme ich noch mal wieder. Oder einer meiner Mitarbeiter.«

»Vergessen Sie die Sache. Den Mörder finden Sie sowieso nicht«, sagte Frau Bogena nüchtern.

»Woher wollen Sie das denn wissen?«, fragte Greven erstaunt und erhob sich.

»Das sagt mir die Kraft. Die Behandlung macht dreißig, der Ring fünfundzwanzig.«

Auf dem Weg zum Auto, das er auf dem Marktplatz unterhalb des Störtebekerturms geparkt hatte, achtete er bewusst auf sein Knie. Er spürte keinerlei Schmerz. Allerdings hatte er auf dem Hinweg auch keinen Schmerz wahrgenommen. Während der Fahrt tauchten noch einmal die blauen Augen vor ihm auf, wobei er nicht wusste, ob es Heddas oder Almuths waren. Augen, die mehr sahen als andere, dessen war er sich sicher. Augen, die kaum ein Psychologe oder Detektiv besaß, die offenbar winzige Details blitzschnell erfassen und analysieren konnten. Wenn sie darüber hinaus noch eine Kraft besaßen, war es die der Suggestion. Als Täterin kam Almuth nicht in Frage, dank ihres Alters und ihrer Figur schied sie zweifelsfrei aus. Das Rennen am Deich hätte sonst er gewonnen.

Auf dem Gang überlegte Greven, wie er nun seine Mitarbeiter am besten einsetzen konnte. Doch das hing von den Ergebnissen der noch ausstehenden Berichte und Ackermanns Fahrt nach Greetsiel ab. Er hoffte, wenigstens den Fall Bogena schnell zu lösen, um sich dann wieder auf die beiden harten Brocken konzentrieren zu können, in denen er seit Wochen feststeckte.

Vor der Kantine kam ihm Pütthus entgegen, der ihn kurz taxierte und plötzlich vor ihm in die Knie ging. Greven fiel zum zweiten Mal an diesem Tag aus seinen Gedanken. Mit verstellter Stimme, mutierter Mimik und gebückter Haltung hüpfte Pütthus auf ihn zu und packte den Messingring, den Greven achtlos in der Hand hielt: »Unser Schatz. Endlich haben wir ihn wieder. So lange haben wir auf ihn verzichten müssen. Jetzt ist er wieder bei uns. Gib ihn uns, Frodo, es ist unser Geschenk. Du darfst ihn nicht vernichten!«

Greven schüttelte den Kopf und überließ den Ring Gollum, der mit seinem Schatz in der Kantine verschwand, aus der gleich darauf ein schallendes Gelächter zu hören war. Während der ostfriesische Meister des skurrilen Humors seinen Kollegen das fade Essen würzte, suchte Greven seine letzten Gedanken.

9

»Ein Ring, sie zu knechten, sie alle zu finden, ins Dunkel zu treiben und ewig zu binden«, zitierte Mona, als Greven den Ring im Flur auf die kleine Kommode legte.

»Nicht schlecht, aber auch nicht neu«, kommentierte Greven. »Herbert war schneller als du. Es war gar nicht so leicht, ihm den Schatz wieder abzujagen.«

»Ein Schatz? Dieser stumpfe Messingring?«

»Am Vormittag hat er noch geglänzt. Außerdem habe ich fünfundzwanzig Euro dafür bezahlt.«

»Als Heiligenschein ist er zu schwer.«

»Man legt ihn unters Bett«, lächelte Greven überlegen.

»Als Verhütungsmittel?«

»Zur Abschirmung von Erdstrahlen«, korrigierte Greven.

»Das ist nicht dein Ernst!«

»Aber der von Almuth Bogena. Sie hat übrigens auch meine Leber revitalisiert. Wenn es nach ihr geht, bin ich fast wie neu.«

»Es geht aber nicht nach ihr. Die Prohibition bleibt bestehen«, erklärte Mona ebenfalls lächelnd, aber bestimmt. »Im Atelier wartet frisch gepresster Orangensaft auf dich. Falls Frau Bogena nichts dagegen hat.«

»Davon hat sie nichts gesagt. Die lebt in einer anderen Welt. Da haben Säfte keine Bedeutung, sondern Kräfte.«

»Mittelerde.«

»Jedenfalls nicht weit davon entfernt.«

Da Musik von dem Gesundheitsprogramm ausgenommen war, schob Greven Joe Lovano, der es auf Kompositionen von Theolonius Monk abgesehen hatte, in den CD-Spieler. Der Orangensaft war fast süß, die Radieschenkeime auf dem Vollkornbrot knackig, der Balsamico mild, mit dem Mona den Salat angemacht hatte. Mehr konnte Greven auf dem niedrigen Tisch nicht entdecken. Während er die Pfeffermühle malträtierte, spielte Lavano *Straight, No Chaser*. Mona stand hinter einer großen Leinwand und arbeitete. Ab und zu zeigte sie ihr konzentriertes Gesicht, warf ihm einen zufriedenen

Blick zu und quetschte frische Farben auf ihre Palette. Seit Wochen schuf sie ein Gesicht nach dem anderen, für den Zonenzyklus, wie sie das Gesamtwerk nannte, wobei mit Zone die Fußgängerzone gemeint war. Das Revier moderner Jäger, die Mona mit Pfeil und Bogen und Plastiktüten bewaffnete, mit Zielfernrohren und durchlöcherten Fernsehgeräten, beim Spurenlesen in Schaufenstern zeigte und Deckung hinter Felsen aus Schuhen suchen ließ.

»Du kennst doch Aline sehr gut, viel besser als ich«, begann Greven, als er die Salatsoße aus der Glasschüssel gelöffelt hatte. »Wie sehen eigentlich ihre medizinischen Ambitionen aus?«

»Hat das was mit dem Fall zu tun?«

»Eigentlich nicht. Aber immerhin arbeitet sie ja als IM für mich«, antwortete Greven.

»Viel kann ich dir auch nicht sagen. Seit ihrer Krise, nennen wir sie mal vorsichtig Selbstfindungskrise, und seit der Trennung von Jochen hat sie ein gesteigertes Interesse an alternativer Medizin.«

»Quasi als Gegenentwurf zu Jochens beruflichem Standpunkt?«

»Kann sein, ich bin kein Psychologe. Ab und zu erzählt sie von Seminaren über Schüßler-Salze, Bachblüten, Ohrenkerzen und so weiter, die sie in Oldenburg besucht. Vieles taucht dann in ihrem Laden auf. Aber ein hartes Thema ist das nicht, wenn wir uns treffen. Da geht's mehr um andere Dinge.«

»Zum Beispiel?«

»Geht dich nichts an«, grinste Mona.

»Okay, okay. Und darüber hinaus?«

»Nicht, dass ich wüsste. Für Wunderheiler ist sie dann doch wieder zu bodenständig.«

»Abgesehen von Tante Hedda.«

»Die kannst du ja wohl kaum mit ihrer Schwester vergleichen, die Herrin der Ringe mit ihrer ererbten Kraft«, sagte Mona und klatschte hörbar mit einem breiten Pinsel Farbe auf die Leinwand.

»Wie steht Jochen zu Alines Ambitionen?«

»Jochen redet nicht über Aline, das weißt du doch.«

»Aber vielleicht hat er dir was erzählt?«

»Nein«, antwortete Mona, »Aline ist für ihn Tabu. Aber ich kann mir nicht vorstellen, dass er von ihrem Laden begeistert ist. Jochen ist zwar ein Kritiker der eigenen Zunft, aber immer aus wissenschaftlicher und sozialer Perspektive. Er ist ein Gegner der Pharmaindustrie und der Strukturen unseres Gesundheitssystems, da kann er richtig ausrasten, doch Kerzen oder magische Steine würde er deswegen seinen Patienten noch lange nicht in die Ohren stopfen.«

»Oder Ringe unters Bett legen.«

»Apropos Bett und Schatz ...« Mona lugte hinter ihrer Leinwand hervor. »Habt ihr inzwischen Bogenas Sparstrumpf gefunden?«

»Fehlanzeige. Hansen hat sogar einen Metalldetektor eingesetzt. Das Bankgeheimnis, das längst keins mehr ist, hat uns auch nicht geholfen. So, wie es aussieht, hat die gar kein Konto gehabt. Noch dazu hat sich bislang keine Menschenseele für das Hexenhaus interessiert.«

»Aber irgendwo muss sie ihr Geld ja gebunkert haben.«

»Peter wird es schon auftreiben. Ausgegeben hat sie es bestimmt nicht, und der Mörder kann es auch nicht haben. Selbst in großen Scheinen hätte er es in einem Koffer oder Rucksack tragen müssen.«

»Dann bleibt das Geld ein mögliches Motiv?«

»Und was für eins.«

Greven stand auf und wechselte die CD. Lovano hatte Monk abgearbeitet und musste Xhol Caravan weichen, deren Konzert in Altena von 1970 erst jüngst auf einem kleinen Label erschienen war, das sich auf progressive deutsche Bands spezialisiert hatte. Trotz des Alters klang die Band frisch und nicht nach mellotronschwerem, mühsam komponiertem Krautrock. Greven bedauerte, sie nie live gesehen zu haben. Als die beiden Bläser davonzogen, war Mona ganz in ihr Bild eingetaucht. Es war besser, sie nun nicht mehr zu stören. Eine unbestimmte Zeit lang beobachtete er ihre rechte Hand, die immer wieder neben der Leinwand auftauchte, um den Pinsel zu wechseln. Den Zonenzyklus wollte Mona in einer Weihnachtsausstellung in Oldenburg zeigen, die die jährliche Konsumwut konterkarieren sollte. Greven legte ein zweites Mal an diesem Tag die Beine auf eine Couch, diesmal jedoch nicht wegen seiner Leber, sondern um nachträglich ins Konzert zu gehen. Die Orgel nahm ihn mit in vergangene psychedelische Sphären, die heute kaum noch von Musikern besucht wurden.

Während er sich mit geschlossenen Augen unter das Publikum mischte, tauchte Sven Rogall auf dem Podium auf, um Streichholzbriefchen in die Luft zu werfen. Greven drängte ihn zwar von der imaginierten Bühne, denn er wollte mit der Musik allein sein, doch die Streichholzbriefchen hatten sich irgendwie in seinem Kopf festgesetzt. Greven ließ sie schließlich gewähren. Wie in Zeitlupe flog eines nach dem anderen zu den wilden Improvisationen des Organisten durch die Luft und landete in griffbereiten Händen oder auf dem Boden. Ein Briefchen, das eine besonders ausgeprägte Kurve in den Raum zeichnete, wurde von einer drahtigen Person mit schwarzen Jeans, blauer Windjacke und Pudelmütze gefangen, die sich sofort umdrehte und mit ihrer Beute davonlief. Ihr Gesicht war nicht zu erkennen, dafür aber ihr Ziel, denn das Konzert fand am Deich statt, auf dem das Hexenhaus mit den zwei Giebeln stand. Dort wurde der Unbekannte bereits von Sven erwartet, der ihm den Weg zum seitlichen Hintereingang wies. Der sportliche Überbringer der Briefbotschaft hätte ihn sonst verfehlt. Als er die Tür öffnete, war Sven verschwunden und erschien auch nicht wieder auf der Bühne, die nun ganz der Band gehörte.

Nachdem die endlos scheinenden Improvisationen mit einem kräftigen Applaus belohnt worden waren, ging Greven in den Flur und zog aus einer Seitentasche das Streichholzbriefchen, mit dem Manfred Garrelt nichts hatte anfangen können. Wie das am Tatort gefundene trug es eine gestempelte Nummer: 110. Abgesehen davon schien es sich nicht von anderen Streichholzbriefchen mit aufgedruckter Werbung zu unterscheiden. Nur die Nummerierung machte aus jedem ein Original, machte es einmalig. Zu nichts anderem dienten die fortlaufenden Nummern, abgesehen von der Botschaft, dass die Anzahl limitiert war. Greven spreizte die beiden Streichholzreihen und fragte sich, wie die Briefchen ihren Stempel erhalten hatten, der sich innen auf der Lasche befand. Gerade hatte er die Spur eines Gedankens aufgenommen und sich mit den Zahlen selbst befasst, als Mona im Flur erschien.

»Was machst du denn hier?«, fragte sie.

»Mir ist da eine Idee gekommen«, antwortete Greven und jonglierte das Briefchen zwischen den Fingern.

»Mir auch«, entgegnete sie, »das Trimmrad braucht dringend Bewegung. Außerdem fördert Fahrradfahren die Durchblutung. Ideal, um Ideen nachzujagen. So, ich muss jetzt unter die Dusche. Bin ganz voller Farbe.«

10

Ungewohnt ausgeschlafen machte sich Greven am nächsten Morgen auf den Weg nach Greetsiel. Monas Kur schien erste Folgen zu haben. Er wollte sich noch einmal den Tatort ansehen, den alten Ysker befragen und sich dann mittags mit Häring, Jaspers und Ackermann treffen.

Vor dem Hexenhaus marschierte gelangweilt ein ihm unbekannter Beamter in Uniform auf und ab, der ihn erst passieren ließ, nachdem er seinen Ausweis vorgeholt hatte. Eine ganze Stunde lang stellte er die beiden Räume mit den Augen auf den Kopf, öffnete die von der Spurensicherung längst durchsuchten Schubladen und ließ auch die kleine Dachkammer nicht aus, die Hedda als Schlafzimmer gedient hatte. Trotz fundierter Kenntnisse im Durchsuchen von Wohnungen stieß er auf keinen Anhaltspunkt. Auch das Gefühl, etwas übersehen zu haben und die Suche noch einmal von vorne beginnen zu müssen, stellte sich nicht ein. Das Hexenhaus hatte all seine Geheimnisse preisgegeben. Selbst die Magie, die es in seinen Kindertagen ausgestrahlt hatte, war erloschen, das verwunschene Haus zu einem ganz normalen Haus geworden. Angesichts des Hasses auf ihre Schwester konnte sich Greven auch nicht vorstellen, dass Almuth Bogena hier einziehen würde, um nun Greetsiel mit Ringen zu versorgen. Er tippte auf einen baldigen Verkauf und ein Schicksal als Ferienwohnung, von denen es noch immer nicht genug zu geben schien. Bei fast jedem Besuch in seinem Heimatdorf entdeckte er neue Baustellen, auf denen Hinweistafeln Ferienhäuser und -wohnungen anpriesen, die bereits in der nächsten Saison bezugsfertig seien. Längst war der industrielle wie pathologische Charakter dieses anhaltenden Baubooms im und rund um das einst kleine Fischerdorf so offenkundig, dass er in den Hochglanzprospekten der Touristik GmbH aufwändig kaschiert werden musste.

Auf dem Weg zum alten Ysker verfiel er den drei Plattbodenschiffen, die im südlichen Teil des Hafens lagen. Die beiden größeren Besanewer, klassische Eineinhalbmaster mit imposanten Seitenschwertern, trugen niederländische Flaggen; die einmastige, etwa fünfzehn Meter lange Tjalk war in Deutschland beheimatet. Allen Schiffen waren die Gaffeltakelung und das flache Unterwasserschiff gemein. Greven schätzte das Alter der drei für den Einsatz im Wattenmeer gebauten Schiffe auf rund hundert Jahre. Alle waren hervorragend restauriert, so dass er einfach nicht von ihnen lassen konnte. Dabei waren sie keine Seltenheit in Greetsiel, denn der geschützte und tidenunabhängige Hafen wurde oft von den Eignern solcher Schiffe angelaufen, die fast immer aus den Niederlanden stammten. Greetsiel war ein attraktives Ziel für Freizeitkapitäne.

Auf dem größten Ewer wurde gerade das Deck geschrubbt. Neben vier Erwachsenen konnte er auch zwei Kinder erkennen. Als sie ihn und seine Neugier bemerkten, winkten sie ihm zu. Nicht ohne Neid erwiderte er den Gruß von der Deichkrone aus. Auch die Frau auf der Tjalk hatte ihn bemerkt. Von der Freundlichkeit der Holländer getragen, winkte er auch ihr zu, doch die Frau sah ihn nur mürrisch an und verschwand unter Deck. Auf dem zweiten Ewer hantierten zwei Männer am Klüverbaum, der bei einigen Schiffen dieser Bauart hochgeklappt werden konnte. Sie warfen ihm einen kurzen Blick zu, bevor sie ihre Arbeit fortsetzen.

Ein Schiff schöner als das andere, dachte Greven und stellte sich nicht zum ersten Mal eine längere Fahrt an Bord eines Ewers oder einer Tjalk vor. Von Hafen zu Hafen, und doch ohne wirkliches Ziel. Heute eine Insel, am Wochenende einen Sielhafen. Zwischendurch konnte man Makrelen angeln oder sich im Watt trockenfallen lassen. Da Plattbodenschiffe keinen Balkenkiel besaßen, wie faktisch alle anderen Segelschiffe, war dies jederzeit möglich. Das Schiff setzte einfach, ohne sich auf die Seite zu legen, auf dem Wattboden auf. Mühelos hielt der Rumpf den Belastungen stand. Bei Flut reichte ein guter Meter Wasser unter dem nicht vorhandenen Kiel, um die Fahrt fortzusetzen. Nie waren bessere Schiffe für das Watt gebaut worden.

Bevor er den Jachthafen erreichte, drehte er um und schlenderte auf dem Deich noch einmal an den Schiffen vorbei zurück ins Dorf. Die Familie war noch immer hochaktiv, die Frau und die beiden Männer waren nicht mehr zu sehen. Die Schiffe setzten sich derart in seiner Fantasie fest, dass er das Alte Siel verfehlte und stattdessen über den Marktplatz in Richtung Kattrepel schlenderte, einem Ortsteil, der vorwiegend aus kleinen, alten Fischerhäusern bestand. Dank der Nachsaison kreuzten nur wenige Menschen seinen Weg. Im Kattrepel war er sogar ganz allein. Auf hoher See. Und reffte bei kräftigem Nordostwind das Focksegel. Gischt klatschte ihm ins Gesicht, Salz klebte auf der Haut. Er musste sich beeilen, denn das eingehakte Ruder hielt das Schiff nur grob auf Kurs. Dann lief er, kurz vor der noch immer geschlossenen Galerie *Steenbikker*, plötzlich auf Grund. Er hatte keine Sandbank erwischt, sondern ungewöhnlich anmutende Schritte, deren Rhythmus nicht in seinen Tagtraum passte. Er ging auf langsame Fahrt und stoppte schließlich. Die störenden Schritte verstummten abrupt. Weder vor noch hinter ihm war jemand zu sehen. Greven lachte kurz und schüttelte die See und den Anflug von Paranoia ab, den er auf den ausgefallenen Sommerurlaub und Monas Kur zurückführte.

Ein Blick auf die Uhr sagte ihm, dass es höchste Zeit wurde, den alten Ysker zu besuchen, wollte er seine Kollegen nicht warten lassen. Ohne Nordostwind, aber mit Neugier auf die Ergebnisse seines Teams marschierte er zurück in Richtung Hafen. Als er das *Witthus* passierte, beschlich ihn erneut das diffuse Gefühl, beobachtet zu werden. Schritte konnte er aus den Geräuschen, die nun von der Mühlenstraße verstärkt in den Kattrepel drangen, nicht herausfiltern. Er rang lediglich mit der vagen Ahnung, ein Augenpaar im Schlepptau zu haben. Dabei ärgerte er sich mehr über das unbestimmte Gefühl als über die Möglichkeit, tatsächlich verfolgt zu werden. Er weigerte sich, der Ahnung nachzugeben und sich blitzartig umzudrehen, konnte aber doch nicht widerstehen. Die schmale, geklinkerte Lohne hinter ihm war menschenleer, nur ein paar Ahornblätter tanzten über die roten Ziegel, als hätten sie sich einen Spaß mit ihm erlaubt. Grevens Ärger über sich selbst schwoll merklich an. Warum hatte er diesem blöden Gefühl bloß nachgegeben?!

Wütend drehte er sich um und stand unvermittelt vor Thea Woltke, der er fast in die Arme fiel. Die attraktive Dorfschöne hatte er in einem nicht lange zurückliegenden Fall als Zeugin vernommen.

»Beim letzten Mal waren Sie nicht so stürmisch, Herr Kommissar«, sang die langhaarige, dunkelblonde Frau mit heller Stimme und setzte ihre Wimpern in Bewegung.

»Entschuldigung«, sagte Greven und machte einen Schritt zurück, »ich war in Gedanken.«

»Hoffentlich in … angenehmen.«

»Kann man so nicht sagen«, gestand er, noch immer mit sich selbst hadernd.

»Vielleicht kann ich Sie auf andere Gedanken bringen? Ich wollte mir sowieso gerade einen Tee machen.«

Greven zögerte nur kurz. Doch es waren nicht alleine ihre großen, braunen Augen, die ihn dazu verführten, den alten Ysker zu versetzen, es war vor allem die ungewohnte Gefühlslage, in die er gerade geraten war. Noch dazu waren es bis zu Thea Woltkes kleinem Fischerhaus nur ein paar Schritte. Er lächelte sie an, nickte, zog das Handy aus der Tasche und löste die Tastensperre.

Ihr Wohnzimmer mit der niedrigen Decke hatte er noch gut in Erinnerung, insbesondere die vielen Landkarten, Landschaftsbilder und Portraits, die fast jeden Zentimeter der Wände bedeckten. Erbstücke, soweit er sich erinnern konnte. Während Woltke in ihrer kleinen Küche den Tee zubereitete, vertiefte er sich in eine der Karten, die ihn schon damals fasziniert hatten. Dann fiel sein Blick auf einen Handzettel, auf dem die von Thea Woltke gegründete esoterische Vereinigung *Lü van Gordum* für eine ihrer Veranstaltungen warb, ein Vortrag über heilige Linien und Erdstrahlen in Ostfriesland. Sein Knie kam ihm in den Sinn, das noch immer schmerzfrei war, obwohl er den Ring zu Hause im Flur hatte liegen lassen. Sein Blick wanderte weiter und verfing sich erneut in einer Karte, bis die Sirene mit dem Tee kam.

»Ein oder zwei Kandis?«

»Danke, einer reicht. Ich bin auf Diät.«

»Das haben Sie doch gar nicht nötig«, entgegnete Woltke schmeichelnd und goss den Tee ein.

»Rahm?«

»Sie meinen, echten Rahm?«

»Von bester Rohmilch. Darin bin ich sehr eigen.«

Mit einem kleinen, silbernen Schöpflöffel nahm sie behutsam den Rahm von der Milch und gab ihn ebenso behutsam auf den Tee. Besser hätte das der alte Ysker auch nicht hinbekommen. Der Rahm war noch kühl, als Greven die dünnwandige Tasse aus japanischem Porzellan an den Mund setzte.

»Was machen Ihre Gedanken nun?«, sang Woltke.

»Sind wieder auf Kurs«, antwortete Greven und lehnte sich auf dem Sofa zurück. Thea Woltke verstand es noch immer, Kleidungsstücke auszuwählen, die ihre atemberaubende Figur unübersehbar machten.

»Dann darf ich Sie vielleicht fragen, wie Sie vorankommen?«

»Viel haben wir noch nicht«, erklärte Greven, der mit dieser Frage gerechnet hatte. »Im Moment sind wir mit ihrem sozialen Umfeld beschäftigt. Familie, Nachbarn, Patienten. Kannten Sie Frau Bogena eigentlich?«

»Natürlich. Ich bin sogar zwei oder drei Mal bei ihr gewesen. Wegen eines Überbeins. Abscheulich. Wie kann man nur so eine alte Frau umbringen? Die keinem etwas getan hat.«

»Kennen Sie eigentlich auch ihre Schwester?«, fragte Greven neugierig.

»Die jedem diese wertlosen Ringe andreht? Nur dem Namen nach.«

»Sie halten nichts von den Ringen? Ich dachte, Erdstrahlen sind ein wichtiges Thema für Sie?«, sagte Greven erstaunt und wies mit dem Finger auf den Handzettel, der noch immer auf dem Tisch lag.

»Das schon. Nur dass Almuth Bogena von Geomantie keine Ahnung hat. Diese Ringe hat sie auch nicht erfunden, sondern von irgendeinem anderen Windmieger abgekupfert. Ihre sind nur etwas größer, das ist alles. Wirkungslos sind sie so oder so. Erdstrahlen lassen sich nicht mit einem Kreis abschirmen oder umleiten. Das schafft nur eine Pyramide.«

»Eine Pyramide?«

»Interessiert Sie das wirklich, Sie unverbesserlicher Positivist? Ich dachte, Sie halten nicht viel ...?«

»In diesem Fall mach ich mal eine Ausnahme. Erklären Sie mir das mit der Pyramide«, sagte Greven, die Tasse Tee in der Hand.

Thea Woltke stand auf und verließ das Wohnzimmer. Als sie keine Minute später zurückkam, hielt sie ein Drahtgestell aus Messing in Form einer Pyramide in Händen. Die Kantenlänge der Grundfläche schätzte Greven auf etwa 25 Zentimeter.

»Neben dem Material ist in erster Linie die Form entscheidend«, dozierte die Fachfrau für Esoterik. »Nur die Pyramide ist in der Lage, die Erdstrahlen in ihrer Spitze zu bündeln und geschlossen zu reflektieren. Der Ring dagegen ist durchlässig wie ein Scheunentor. Die reflektierende Eigenschaft der Pyramide war vielen Hochkulturen bekannt, nicht nur den Ägyptern. Auch in Mittel- und Südamerika, in China und der Mongolei wurden Pyramiden gebaut. Und was viele nicht wissen: Sogar in Italien, Griechenland und auf Teneriffa gibt es antike Pyramiden.«

»Der Ring ist aber auch nicht unbedingt eine neue Form«, warf Greven laienhaft ein.

»Er ist sogar die ältere Form und wurde auch für Gräber und Observatorien verwendet. Denken Sie nur an Stonehenge, Merry Maidens und andere Cromlechs.«

Thea Woltke war in ihrem Element. Fasziniert bemerkte Greven das Aufleuchten ihrer Augen.

»Durchsetzen konnte sich der Ring jedoch nur in Nordeuropa, vor allem auf den britischen Inseln. Die Sammelbezeichnung Megalithkultur wird Ihnen ja sicherlich bekannt sein. Sie ist zwar sehr ungenau, doch jeder weiß, was gemeint ist. Die meisten Hochkulturen haben jedoch die Pyramide als einzig wahre Form erkannt, um Erdstrahlen zu beherrschen und zu nutzen. Nur sie kann die Strahlen lenken, bündeln und reflektieren. Diese Pyramide hier entspricht in ihren

Proportionen genau denen der Cheops-Pyramide. Da sie nicht aus Stein ist, sondern aus Messing, reicht ihre Größe aus, um einen Raum abzuschirmen. Es gibt sie übrigens nur im seriösen Fachhandel.«

»Wie beruhigend«, meinte Greven.

»Sie haben doch nicht etwa einen Ring gekauft?«

»Nein, nein, keine Sorge«, wehrte Greven entschieden ab. »Schließlich bin ich doch ... ein alter Positivist.«

»Habe ich auch nicht anders erwartet«, lächelte Woltke und stellte das Drahtgebilde demonstrativ auf den Tisch. »An Ihnen hat sich die Bogena bestimmt die Zähne ausgebissen. Noch eine Tasse?«

11

Bevor Greven seine Kollegen treffen konnte, musste er noch schnell ein fragiles Messinggebilde im Wagen verschwinden lassen, das Thea Woltke ihm trotz höflicher Gegenwehr geschenkt hatte. »Auch wenn es für Sie nur ein Anschauungsobjekt ist«, hatte sie gemeint. Sicherheitshalber hatte er sich den kantigen Strahlenschutz in einen Karton packen lassen, um ihn vor Beschädigungen und fragenden Blicken zu schützen. Dann erst war er zum *Hohen Haus* gelaufen, einem ehemaligen Amtsgebäude aus dem 17. Jahrhundert, das aber schon seit Generationen als Hotel und Restaurant diente. Seine drei Kollegen entdeckte er in der hintersten Ecke an einem der kleineren Tische. Jeder hatte ein Pils in Arbeit.

»Die Rechnung geht heute auf dich«, begrüßte ihn Häring.

»Wie kommst du denn auf die absurde Idee?«, schnaufte Greven.

»Wir warten seit viertel vor zwei auf dich«, sagte Jaspers. »Weißt du eigentlich, wie spät es ist? Dein Handy könntest du auch mal einschalten.«

»Dann muss ich wohl«, gab Greven nach und setzte sich. »Habt ihr schon was gegessen?«

»Haben wir. Wie ausgemacht«, sagte Ackermann, der vom Rauschgift endgültig zum Mord gewechselt war.

»Entschuldigung. Hatte ich schon vergessen«, sagte Greven und hielt Ausschau nach der Bedienung.

»Tut mir leid, die Küche hat leider schon zu«, erklärte ihm eine freundliche Kellnerin, statt ihm die Karte zu reichen. Seine Kollegen tauschten verdächtige Blicke.

»Eine Bemerkung über meine Diät, und ihr dürft selber zahlen«, brummte Greven und bestellte ein großes Mineralwasser. »Wer fängt an?«

»Du wirst nicht sehr begeistert sein«, begann Jaspers, der sich diese Woche für eine blonde Frisur und einen Eimer Gel entschieden hatte. »Die Haare stammen tatsächlich von drei verschiedenen Personen, alle weiblichen Geschlechts, und sind mit einer sehr scharfen Schere, also wahrscheinlich einer Friseurschere, geschnitten worden. Die Haare einer Person wurden blondiert. Mehr kann das Labor nicht sagen. In Greetsiel gibt es zwei Friseure, illegale Heimarbeiter kann man in der Branche nicht ausschließen.«

»Ich weiß«, kommentierte Greven und griff sich mit der Hand ins Resthaar. Die Bedienung brachte ihm das Wasser, während seine Kollegen noch ein Pils orderten.

»Mehr haben die über die Herkunft der Haare nicht feststellen können?«

»Da stößt unser Labor an seine Grenzen.«

»Hat jemand eine Idee, wie diese Haare in unser Puzzle passen?«, fragte Greven und sah seinen Kollegen der Reihe nach in die Augen.

»Keine Ahnung«, sagte Ackermann achselzuckend, während die anderen stumm blieben. »Ich weiß nur, dass sie eine Bedeutung haben, denn sonst hätten wir sie nicht am Tatort gefunden.«

»Was ist mit dem Auto?«, fragte Greven.

»Die beiden Fahrzeuge, die zum Tatzeitpunkt im Hafen geparkt waren, gehören hiesigen Fischern. Beide haben eine gültige Sondergenehmigung. Der Täter muss sein Auto auf einem der umliegenden Parkplätze abgestellt haben ...«

»... oder ist zu Fuß gekommen, weil er in Greetsiel lebt oder Urlaub macht«, ergänzte Greven. »Wie sieht es mit den Büchern aus?«

»Die Bücher wurden von einem Mann gekauft, schlank, etwa meine Größe, zwischen dreißig und vierzig, kurze, dunkle Haare, blaue Sportjacke. Die Kassiererin kann sich an ihn erinnern, weil er es besonders eilig hatte und gleich drei Bücher auf einmal gekauft hat. Von einer Kundin hat er verlangt, ihn vorzulassen«, berichtete Ackermann. »Der Mann ist kein Greetsieler. Sie weiß nicht, ob sie ihn wiedererkennen würde. Ihre sehr vage Beschreibung reicht meiner Meinung nach nicht für ein Phantombild aus.«

»Bleiben der Terminkalender, die Nachbarn und *Meta*«, wandte sich Greven Peter Häring zu.

»So, wie es aussieht, war das halbe Dorf bei ihr in Behandlung«, sagte Häring und öffnete seinen Klapprechner, da er vor kurzem beschlossen hatte, so weit wie möglich auf Anglizismen zu verzichten. »Bislang konnte ich nur den Rücken von neun Uhr fünfzehn identifizieren: Stina Müller, eine Nachbarin, Mitte sechzig. Wohnt zwei Häuser vor dem Hexenhaus. Nach eigener Aussage eine Dauerpatientin der Bogena. Ansonsten hat keiner der Nachbarn etwas bemerkt. Auch dein Erscheinen ist ihnen übrigens entgangen. Da auf dem Deich immer jemand spazieren geht, haben sie es sich abgewöhnt, darauf zu achten, hat mir der Mann von Frau Müller erklärt. Der Rest sind Standardaussagen über das Leben und den Charakter von Hedda Bogena, die ich euch ersparen will. Nichts, was uns weiterbringt. Kein auffälliger Wagen, keine verdächtige Person, die ums Haus geschlichen ist.«

Greven machte eine kleine Pause, die seine Kollegen nutzten, um ihre Gläser zu erheben. Dabei tauschten sie eindeutige Blicke, die Greven nicht entgingen, denn sein Magen knurrte wie der von Charlie Allnut. Er kippte das Wasser in sich hinein, doch es reichte nicht aus, die innere Rebellion zu beenden. Die mauen Ergebnisse, die er gerade gehört hatte, waren auch nicht geeignet, seine Stimmung zu heben. Seine Hoffnung, den Fall schnell lösen zu können, musste er aufgeben. Statt einer heißen Spur zu folgen, mussten sie wieder einmal auf hartnäckige Routinearbeit setzen, die Zeit kostete. Greven dachte über eine Zeugensuche mit Hilfe der Presse nach, die sich schon oft als sinnvoll erwiesen hatte, wenn sie nicht vorankamen. Leider signalisierte man dem Täter damit zugleich auch, dass genau dies der Fall war.

»Lasst uns weitermachen«, beendete er schließlich die Pause, »und einen Blick auf Svens Liste werfen.«

»Einunddreißig Namen«, antwortete Häring mit einem schaumweißen Moustache, »laut Herrn Rogall alles *Meta*-Stammgäste aus Norden, dem Brookmerland und der Krummhörn. Mehr sind ihm namentlich nicht bekannt, auch wenn er viele dem Gesicht nach kennt.«

»Uns bleibt nichts anderes übrig, als diese einunddreißig zu befragen und so die Liste zu vervollständigen«, entschied Greven, ohne sich große Hoffnungen zu machen. Er misstraute dem Zufall, den sie diesmal so gut gebrauchen konnten. »Peter wird die Namen gerecht unter euch aufteilen. Ich werde mich um die wenigen Verwandten von Hedda kümmern, vor allem um ihren Neffen.«

»Auf der Liste steht ein Klaus Bogena«, warf Häring ein, ohne den Blick von seinem Klapprechner zu heben.

»Wenn man vom Teufel spricht«, schmunzelte Greven. »Warum hast du das nicht eher gesagt?«

»Der Name ist mir erst jetzt aufgefallen«, gestand Häring mit einem Anflug von Rot ein, da seine bisweilen gefürchtete Penibilität für einen Moment ins Wanken geraten war.

»Bleiben für jeden zehn, wobei wir uns bekannte Personen auch anrufen können«, entschied Greven. »Und auf den Neffen bin ich nun besonders gespannt. Bleibt noch der letzte Punkt, Heddas mutmaßliches Vermögen.«

»Da muss ich weiterhin passen«, sagte Häring, diesmal ohne rot zu werden. »Du weißt, was ich alles unternommen habe, aber von dem Geld fehlt jede Spur. Die Nachbarn bestätigen lediglich, dass sie sehr sparsam gelebt hat. Wenn sie das Geld nicht verschenkt hat, muss das Vermögen wirklich stattlich sein. Vielleicht haben wir eine Chance, wenn wir ihren Alltag besser kennen. An jedem dritten oder vierten Wochenende ist sie in den Bus nach Emden gestiegen. Wohin sie gefahren ist, konnte mir bislang niemand sagen.«

»Gut, bleib auf jeden Fall an dem Geld dran. Das hat Vorrang vor Svens Gästeliste«, sagte Greven, dessen Magen sich noch einmal lautstark zu Wort meldete. Er überspielte die Forderung seines Körpers, indem er Häring nach verschiedenen Details fragte, die dessen Rechner bereitwillig ausspuckte. Ohne sein künstliches Gedächtnis konnte er sich den immer adrett gekleideten Krawattenträger gar nicht vorstellen. Wenn jemand mit Excel zaubern konnte, dann war es Peter Häring. Nachdem sie Sven Rogalls Liste durchgegangen waren, löste sich die kleine Gruppe auf. Obwohl er nur ein Wasser erwischt hatte, blieb die Rechnung tatsächlich bei Greven hängen. Sein Magen quittierte sie mit einem weiteren Knurren.

Erst als Greven in seinen Wagen eingestiegen war, bemerkte er das Stück Papier, das hinter dem rechten Scheibenwischer steckte. Es war die gefaltete Seite einer drei Wochen alten Zeitung. Mit einem schwarzen Filzstift hatte der unbekannte Zusteller einen längeren Artikel umkreist, in dem ein Arzt mit klaren Worten auf Knochenbrecher und Wunderheiler schoss. Das Foto zeigte einen Mann um die vierzig mit markantem Gesicht und entschlossener Miene. Aus dem Artikel ging auch hervor, dass der zitierte Dr. Weygand schon mehrere Beiträge in Fachzeitschriften zum Thema veröffentlicht hatte und ab und zu in Gemeindehäusern Vorträge hielt, die sich mit den Methoden der nicht approbierten Konkurrenz auseinandersetzten.

Die Zeitung war klamm, als hätte sie schon einige Zeit hinter dem Scheibenwischer verbracht. Eine Handvoll Menschen war auf dem kleinen Parkplatz aktiv, verstaute Einkäufe oder lud Kinderwagen aus. Doch keiner von ihnen erregte in ihm den Verdacht, vor kurzem als Zeitungsbote gearbeitet zu haben. Sein Wagen stammte aus dem Fuhrpark der Polizei und war als Dienstfahrzeug nicht ohne weiteres zu erkennen. Greven musterte ein weiteres Mal den Parkplatz und die wenigen, mit allem Möglichen beschäftigten Menschen. Er konnte sich nicht daran erinnern, den Wagen schon einmal gefahren zu sein. Nach einem kurzen Gedankenspiel sah er auf die Uhr und änderte seine Pläne. Mona war den ganzen Tag in Oldenburg und würde sowieso erst spät zurück sein.

12

»Geiht nix over Tung«, sagte der alte Ysker und legte Greven mit einem ebenso stumpfen wie verbogenen Pfannenwender eine zweite Seezunge auf den viel zu kleinen Teller. Die hatte der pensionierte Fischer gerade erst abgezogen und in Butter gebraten. Außer Salz und Pfeffer war ihr nichts zugefügt worden, vor allem keine Zitrone. »Blot ohn Zitroon is lecker in't Eten. Zitroon is de Dood van't Smaak«, war die Devise des Fischexperten, der sich Greven ohne Rücksicht auf bekannte Küchentraditionen und gustatorisch scheinbar allwissende Fernsehköche anschloss. Auch mit der einfachen Beilage – Pellkartoffeln und geschmolzene Butter – war er einverstanden, ganz zu schweigen von dem Pils, dem er nicht länger hatte widerstehen können. Nicht zum ersten Mal war der alte Ysker seine Rettung gewesen. Greven war sich sicher, dass der über Achtzigjährige kaum mehr zubereiten konnte als Fisch und friesische Hausmannskost. Das aber konnte er. Die Zunge war auf den Punkt, die Bräunung perfekt.

»Ik heb noch een.« Der alte Ysker kam mit der Pfanne an den Tisch, auf dem ein Wachstuch mit einem grauenhaften Muster lag. Die Gabel mit ihren abgenutzten und verschieden langen Zinken, das abgewetzte Messer und der stumpfe Teller hätten in der Gastronomie nicht den Hauch einer Überlebenschance gehabt. Dafür zählte sich Greven nach der dritten Seezunge zu den Überlebenden. Sein Magen machte zwar noch immer Geräusche, allerdings ganz andere als vorhin im *Hohen Haus*. Als er auch noch den Mut aufbrachte, das dritte Pils dankend abzulehnen, fühlte er sich wie neugeboren. Nicht einmal die eisgekühlte Flasche Aquavit, die der alte Fischer aus einem Nebenraum holte, um ein Schnapsglas mit Goldrand zu füllen, konnte ihm etwas anhaben. Ysker leerte es in einem Zug und füllte es erneut, bevor er die Flasche wieder zurückbrachte.

»Warst du eigentlich mal bei Tante Hedda?«, fragte Greven, als sich sein Gastgeber zu ihm setzte.

»Nee, Hedda was een leve Nahberske, aber en Töverhex«,

war das eindeutige Urteil des alten Ysker, dem er nichts hinzuzufügen hatte. Außer einem nicht weniger wohlwollenden Urteil über die Ärzteschaft: »De weten ok ne all und verschrieben ok ne immer de rechten Pillen. Und de mesten hebben sowieso keen Wirkung oder de verkehrte, und du büst in't Mors. Am besten, du brukst overhoopt keen Dokter. Denn geiht di dat good. Und Knakenbrekers sind de schlimmsten van all.«

»Dann warst du bestimmt auch noch nicht bei Dr. Weygand?«

»Uns neei Dokter? Holl mi up mit de Kerl. De is blot an proten und geiht an as 'n Meester.«

»Wie lange ist der eigentlich schon in Greetsiel?«, fragte Greven mit halbvollem Mund und stippte das letzte Kartoffelstück in das fast leere Butterpfännchen. Von den Seezungen waren nur noch die typischen Gräten übrig, die wie Kämme auf dem Teller ineinander steckten.

»Dat sünd nu bold dree Johr«, antwortete der alte Ysker.

Greven half dem Kutterkapitän noch beim Abwasch, dann wollte er zurück nach Aurich fahren. Er kam gerade einmal bis zur Sielmauer am Hafen, dessen Lichter ihn auf die Uhr schauen ließen. Die Luft war ausgesprochen mild, fast sommerlich, die Kakophonie der Hochsaison war abgeklungen. Statt tausend Stimmen, Fahrradglocken und Autos waren nun wieder Möwen und andere Seevögel zu hören. Nur sechs Kutter lagen im Hafen, dafür waren aus den drei Plattbodenschiffen zwei geworden. Einer der holländischen Ewer fehlte. Bis 1991 hatten Ebbe und Flut das Leben im Hafen bestimmt, dann hatte das neu gebaute Leysiel die Tiden für immer ausgesperrt. Von der Sielmauer beobachtete Greven die kaum vorhandenen Bewegungen des Wasserspiegels. Der Schlick, der hier lange Zeit das Siel verstopft und unpassierbar gemacht hatte, war ausgebaggert worden. Und mit ihm die Geschichten über ihn. Denn die waren keineswegs ein Privileg des Hexenhauses.

Unmittelbar vor der Sturmflut im Februar 1962 sollte ein dorfbekannter Trinker bei Ebbe in den Hafen gestürzt und vom bodenlosen Schlick verschlungen worden sein. Niemand habe dem schreienden und um sich greifenden Opfer helfen können, das schließlich spurlos in dem zähen und unnachgiebigen Grau verschwunden sei. Die Sturmflut habe dann die Feuerwehr daran gehindert, den Leichnam zu bergen. Erst zwei Wochen nach dem tragischen Unfall hätten angeleinte Freiwillige versucht, den Toten mit Schaufeln und bloßen Händen aus dem Schlick zu graben. Doch immer wieder habe die Flut das amorphe Grab mit frischen Sedimenten zugedeckt. Selbst mit einem Bagger des Bauunternehmens Holzkämper habe man die Leiche nicht bergen können. Der Grund für diesen Misserfolg sei die Grundlosigkeit des Schlicks gewesen, der jeden Gegenstand und somit auch jeden Körper, der einmal in ihn hineingefallen war, immer tiefer in sich hineinzog. So hatten die Bergungsarbeiten schließlich eingestellt werden müssen, da der Aufwand, das halbe Hafenbecken metertief auszuheben, weder durchführbar noch bezahlbar gewesen sei. Der Tote, so die Pointe der Geschichte, ruhe also noch immer an jener Stelle, an der er in den Hafen hineingestürzt sei. Begraben unter Tonnen von Schlick, der ihn konservierte wie eine Mumie. Natürlich konnte einem jeder Erzähler den genauen Ort dieses ungewöhnlichen Grabes zeigen, was zu einem großen Angebot sehr verschiedener, unbedingt zu meidender Positionen im Hafen führte. Denn selbstverständlich brachte der Aufenthalt in der Nähe des Toten Unglück.

Nächtelang hatte er nach den ersten Berichten nicht schlafen können. Später hatte er die Geschichte an Jüngere weitergegeben, die seinen Mut bewunderten, bei Flut mit einem Boot über die besagte Stelle zu wriggen. Als der Hafen dann zu Beginn der 1990er Jahre ausgebaggert und restauriert worden war, war er fast ein bisschen enttäuscht gewesen, dass keine Leiche ans Tageslicht kam. Aber vielleicht war sie inzwischen so tief gesunken, dass sie für die Riesenklauen der Sanierer unerreichbar geblieben war und noch immer im Schlick steckte. Metertief unter dem Hafen.

Als Greven vom undurchdringlichen Brackwasser aufsah, begann die Dämmerung bereits, in Dunkelheit überzugehen.

Dennoch beschloss er, nicht direkt zum Wagen zu gehen, sondern den kleinen Umweg über den Deich zu nehmen. Schließlich musste er die Spuren des kleinen Imbisses beim alten Ysker abarbeiten. Um seinem Spaziergang wenigstens den Anschein einer sportlichen Aktivität zu geben, wählte er eine mittlere Geschwindigkeit und ließ die Häuser der Sielstraße links liegen, ohne einen Blick in den neuen Weinladen von Adolf Korth zu werfen. Von der Deichkrone aus hatte man einen hervorragenden Blick auf die Kutter und Plattbodenschiffe, die jedoch bereits fast im Dunkeln lagen, so sehr er auch mit den Augen darin herumstocherte. Die Luft roch frisch und salzig, das Konzert der Vögel war noch nicht verstummt. Um das Hexenhaus machte er einen Bogen, um nicht auf den armen Kollegen zu treffen, der es im Auge behalten musste. Über dem Horizont im Norden zuckten ab und zu Lichter. Die Inseln waren nicht weit. Greven genoss die Einsamkeit dieser Spaziergänge bei Dunkelheit, die Erinnerungen, die ihm dabei kamen, und die ihn immer weiter von seinem Alltag entfernten.

Auf der Höhe des einzigen außendeichs stehenden Hauses von Greetsiel wurden die Erinnerungen an ähnliche, lange zurückliegende Spaziergänge mit Freunden, von denen einige schon nicht mehr lebten, schleichend aufgelöst. Statt ihrer Gesichter und Überzeugungen nisteten sich Schritte in seinen Gedanken ein. Er versuchte, sie abzuschütteln, um nicht wieder einer billigen Paranoia auf den Leim zu gehen, doch es gelang ihm nicht. Auf dem Deich ist man nie allein, auch andere drehen um diese Uhrzeit noch eine Runde, sagte er sich, es gibt also keinen Grund, sich umzudrehen.

Bis zum Knick des Deiches in nordöstliche Richtung hielt er durch, dann gab er nach und vollführte eine halbe Pirouette. Ein Schatten verschwand hinter dem Haus, das er gerade passiert hatte. Für einen Sekundenbruchteil hatte er ihn noch erwischt, auch wenn er sich nicht völlig sicher war, dass ein Mensch diesen Schatten geworfen hatte. Doch das ließ sich ja feststellen. Leise und geduckt schlich sich Greven zu dem außendeichs stehenden Haus, das ein schmaler Gang von der Deichkrone trennte. Dieser Gang wäre der nächste Weg zum Schatten gewesen, aber auch der vorhersehbarste. Greven wählte den Weg ums Haus, auch wenn er mit dieser Taktik am Samstag baden gegangen war. Diesmal konnte er jedoch, anders als bei dem Kutter auf der Slipanlage, auf die Immobilität des Objektes vertrauen, hinter dem er Deckung suchte. Und das war nicht das erste Mal, denn vor langer Zeit hatten rund um dieses Haus erbitterte Kämpfe zwischen Apachen und der US-Kavallerie getobt.

Geduld war eine der wichtigsten Eigenschaften, die man für dieses Spiel mitbringen musste, und davon hatte Greven eine ganze Menge zu bieten. Mit nicht mehr ganz jungen, aber alles andere als nachtblinden Augen suchte er den Garten hinter dem Haus ab und wurde schließlich fündig. Fast zu einer Kugel zusammengekauert hockte jemand an der gegenüberliegenden Hausecke. Statt auf die ihm nur bedingt mögliche Schnelligkeit setzte Greven auf langsame Schleichfahrt. Der Schatten rührte sich nicht, auch nicht, als er unmittelbar über ihm war. Keine Sekunde später erfuhr Greven den Grund. Knackend und knisternd brach ein kleiner Busch unter Greven zusammen. Im selben Augenblick fuhr der Schatten aus einem der keine zwei Meter entfernten Sträucher und flog davon. Als Apache war ihm das nie passiert.

Als er sich von den abgebrochenen Zweigen des kleinen Buschs befreit hatte, den sein Besitzer noch vor dem Winter austauschen sollte, war der Schatten auf der anderen Seite des Deiches verschwunden. Immerhin stand nun außer Frage, dass es weder ein Hund noch eine Katze gewesen war, denn der Schatten hatte zwei Beine. Von der Deichkrone aus konnte Greven gerade noch sehen, wie er von einem Lichtkegel zum nächsten hüpfte, ohne von den Straßenlaternen wirklich erwischt zu werden. Ihm zu folgen, war sinnlos. Wenn überhaupt, so hatte Greven nur eine Chance, wenn er auf dem Deich zum Hafen lief, um dort mit etwas Glück auf seinen Verfolger zu treffen. Noch dazu konnte er versuchen, den Beamten zu mobilisieren, dem das Hexenhaus anvertraut war. Doch der war nicht auf den ersten Blick aufzuspüren, und rufen wollte ihn Greven auch nicht, um den Schatten nicht endgültig zu verscheuchen. Ohne sich weiter umzusehen, joggte er weiter auf der Deichkrone und erreichte wenig später mit bereits reduzierter Geschwindigkeit den *Hafenkieker*, in dem einige Gäste verzweifelt *La Paloma* grölten, als sei es das einzig verbliebene Seemannslied.

Bei der Sielmauer, an der sein Abendspaziergang begonnen hatte, blieb er keuchend stehen, die Hände für einige Sekunden auf die Knie gestützt. Die Restaurants rund um den Marktplatz waren hell erleuchtet, die Straßen jedoch menschenleer. Nicht einmal ein Schatten huschte vorbei. Die Seevögel hatten ihr Konzert eingestellt, die Nachsaison den Ort übernommen. Eine Weile horchte Greven noch in die milde Nachtluft hinein, dann ging er, ab und zu einen Blick um sich werfend, zurück zum Wagen.

13

»Mona, wir müssen los!«
»Eine Minute!«
»Das sagst du seit zwanzig Minuten!«
»Nur noch schnell aufs Klo!«
»Das wäre die erste Beerdigung, auf die ich zu spät komme!«
»Bin schon fertig«, erwiderte Mona und bearbeitete den Reißverschluss ihrer Jeans, während sie mit kleinen Schritten durch den Flur tippelte.
»Deine Handtasche!«
»Ja, ja, wir werden es schon noch schaffen!«
Greven und Mona sprangen mehr zum Wagen, als zu laufen, einem weißen Passat Kombi mit stumpfem Lack, der farblich dem bevorstehenden Anlass nicht ganz gerecht wurde. Nach drei roten Ampeln hatten sie Aurich verlassen und rasten mit Tempo siebzig Richtung Georgsheil.
»Versprichst du dir wirklich so viel von der Beerdigung?«
»Was heißt versprechen? Ich folge einfach der alten kriminalistischen Binsenweisheit, dass sich mit etwas Glück auch der Mörder blicken lässt. Das ist mir in meiner Laufbahn zwar noch nicht passiert, aber man weiß ja nie.«
»Genau das meinte ich«, antwortete Mona. »Es wird doch kein Mörder so blöd sein und auf die Beerdigung seines Opfers gehen.«
»Ist alles schon vorgekommen.«
»Fahr nicht so schnell! Du weißt, wie oft hier geblitzt wird.«
»Jedenfalls sollte man sich die Chance nicht entgehen lassen«, fuhr Greven fort. »Es muss ja auch nicht immer gleich der Täter sein, auf den man trifft.«
»Glaubst du etwa, dass dein geheimnisvoller Verfolger auftaucht? Du sollst nicht so schnell fahren!«
»Hier ist längst hundert.«
»Das weiß ich. Darum sag ich's ja! Und wie willst du ihn wiedererkennen? An dem eleganten Aufsetzen seiner Sohlen auf dem Klinker?«

»Mona, das weiß ich nicht. Vielleicht reichen mir seine Bewegungen. Die waren übrigens wirklich elegant«, verteidigte sich Greven und sah auf den Tacho. Ohne eine weitere Geschwindigkeitsüberschreitung würde es kaum noch möglich sein, rechtzeitig in Greetsiel einzutreffen. Noch dazu gab es in unmittelbarer Nähe der Kirche keine Parkplätze. Er nahm den Fuß vom Gas und visierte nun den Gang zum Friedhof an, der ohne Mühe zu schaffen war. Mona sank erleichtert in den Sitz und schloss für einen Augenblick ihre Augen.

Sie warteten hinter dem kleinen, freistehenden Kirchturm. Als sich die Tür der Kirche öffnete und die Trauergemeinde den Fußweg zum etwa fünfhundert Meter entfernten Friedhof antrat, gelang es ihnen, sich unauffällig dem Zug anzuschließen. Greven schätzte die Teilnehmer an Tante Heddas letztem Gang auf über hundert, von denen er mehr als die Hälfte kannte, da kaum jüngere darunter waren. Auf dem Friedhof löste sich der schweigsam disziplinierte Zug in kleine Grüppchen auf, die sich in unterschiedlichen Abständen um das Grab platzierten. Direkt am Grab fanden sich nur der Pastor, zwei Frauen im fortgeschrittenen Alter, ein ebenfalls älterer Rollstuhlfahrer und ein schlanker Mann um die dreißig ein, den Greven als Klaus Bogena ansah. Die Ähnlichkeit mit seiner Mutter war offensichtlich. Almuth Bogena konnte er unter den Trauergästen nicht ausmachen. Er hatte auch nicht mit ihr gerechnet. Dafür entdeckte er ein anderes bekanntes Gesicht inmitten eines Dreiergrüppchens: Aline. Auch Mona hatte sie schon entdeckt und flüsterte erstaunt: »Sie hat mir nichts gesagt.«

»Weißt du, wer die beiden anderen sind?«

»Die Blonde ist Hilde Siebert, eine bekannte Architektin, die andere kenne ich nicht.« Mona winkte ihrer Freundin verhalten zu, die jedoch so in ein Tuschelgespräch vertieft war, dass sie nichts bemerkte.

Greven war inzwischen auf Thea Woltke gestoßen, die ihm ein Lächeln zuwarf, das er vorsichtig erwiderte. Mona entging es dennoch nicht: »Die schon wieder. Sag bloß, die hat auch was mit dem Fall zu tun?«

Greven schüttelte den Kopf.

»So ein Pech für dich.«

»Mona!« Sein kleiner Appell an Monas Eifersucht fiel so laut aus, dass einige der Trauergäste ihre Köpfe hoben. Auch Alines Blicke fanden jetzt zu ihnen. Ihr Lächeln fiel zurückhaltender aus als das von Thea Woltke. Greven nutzte die durch ihn hervorgerufene Störung, um noch einmal nach seinem Verfolger Ausschau zu halten, aber die wenigen Bewegungen und Umrisse, die bei ihm hängen geblieben waren, reichten nicht aus, jemanden in die engere Wahl zu ziehen. Noch dazu trugen fast alle schwarze Kleidung, die einen Abgleich unmöglich machte, viele sogar leichte Mäntel. Er versuchte sogar, sich Klaus Bogena mit Pudelmütze und blauer Windjacke vorzustellen, musste sich jedoch eingestehen, dass diese Kostümierung auch anderen der Anwesenden mühelos stand.

Nach dem Ende der Zeremonie drittelte sich die Trauergemeinde.

Während die Mehrheit im Dorf verschwand, marschierte der kleinere Teil zum Gemeindehaus, in dem bereits die übliche Teetafel vorbereitet worden war. Mona schloss noch auf dem Friedhof zu Aline und deren Freundinnen auf, während Greven es vorzog, in ein paar Metern Abstand zu folgen. Als er die vier Frauen vor sich in Gespräche eintauchen sah, keimte in ihm das Gefühl auf, möglicherweise als Störfaktor angesehen zu werden, als ewig Diensttuender, der die Redefreiheit einschränkte. Ein Irrtum, wie sich auf halbem Wege herausstellte, denn Aline nabelte sich von dem Quartett ab, ließ sich zurückfallen und ging plötzlich neben ihm.

»Warum so schüchtern, Gerd? Das ist doch sonst nicht deine Art.«

Greven suchte einige Sekunden nach der passenden Rechtfertigung: »Wie du dir denken kannst, bin ich beruflich hier, während ihr ganz andere Motive habt.«

»Den Mörder wollen wir alle hinter Gittern wissen«, entgegnete Aline und hakte sich zu seiner Überraschung bei ihm ein. »Warum sollte uns da ein Kommissar der Mordkommission nicht willkommen sein?«

Greven fiel keine bessere Antwort ein, als zu schweigen und Alines beschleunigten Schritten zu folgen. Nachdem er sich den ihm noch unbekannten Mitgliedern vorgestellt hatte, wies ihm das neu gebildete Quintett die mittlere Position zu. Die Stimmung war für den Anlass, der sie zusammengeführt hatte, außerordentlich gut. Aline, die Architektin und Inge Gronewoldt, eine Werbegrafikerin, tauschten auf dem Weg Anekdoten aus, die von Besuchen bei Tante Hedda handelten. Und wie es sich für diese Gattung gehört, steigerten die drei Frauen die Pointen durch leichte Übertreibungen oder dramaturgisch notwendige Korrekturen. So wurde von Aline der Behandlungsraum auf die Größe ihres Flures reduziert, während die Architektin Anhaltspunkte für die Vermutung gefunden zu haben glaubte, dass Tante Hedda wesentlich älter gewesen sei, als von amtlicher Seite angenommen. Greven war nicht unglücklich, aktuelle und noch unbekannte Geschichten über das Hexenhaus zu hören, Geschichten, die im Gegensatz zu den klassischen eher komischer Natur waren. Da tat nach einer erfolgreichen Behandlung einer rechten Schulter am darauf folgenden Tag plötzlich die linke weh. Auch die Verwechslung von Patienten durch die ansonsten wache Heilerin hatte offenbar schon zu sehr kuriosen Situationen geführt.

Vor dem Gemeindehaus hatten sie Mühe, halbwegs ernste Gesichter abzuliefern, als sie von dem Pastor und den wenigen Angehörigen empfangen wurden. Als Greven Heddas Neffen die Hand reichte, wich die ernste Miene des Mannes augenblicklich einem freundlichen Ausdruck. Er ließ Grevens Hand nicht los und zog ihn in die gegenüberliegende Ecke des Foyers.

»Sie müssen der Kommissar sein, der den Mord an meiner Tante untersucht«, sagte der Mann, dem die blauen Augen seiner Mutter ebenso fehlten wie deren Ausstrahlung. Dafür waren ihm seine dreißig Jahre dank seines vollen Haares und seines schmalen, jugendlichen Gesichtes nicht anzusehen. Seine Stimme klang so energisch, wie Greven es von einem Sportlehrer erwartete, dessen Kommandos Turnhallen und Sportplätze beherrschen mussten. »Falls ich Ihnen irgendwie helfen kann, stehe ich Ihnen gerne zur Verfügung. Ich hätte mich sowieso noch bei Ihnen gemeldet. Aber in den letzten Tagen... Das können Sie sich ja denken. Meine Mutter hat sich ja um nichts gekümmert. Die Freigabe der Leiche, die Beerdigung...« Noch immer drückte der kräftige Sportlehrer Grevens Hand und nahm nun sogar noch die zweite zu Hilfe. Seine weit geöffneten Augen und sein nicht ganz so weit geöffneter Mund verlangten nach einer Stellungnahme.

»Danke für das Angebot, das ich gerne annehme«, sagte Greven und versuchte, seine Hand zurückzugewinnen. »Sagen Sie mir zunächst, wer Ihre drei Begleiter sind.«

»Zwei Kusinen und ein Vetter meiner Tante ... und meiner Mutter natürlich auch. Ich habe sie heute Vormittag aus Leer und Emden abgeholt und muss sie gleich auch wieder zurückfahren.«

»Demnach waren sich nur Ihre Mutter und Hedda nicht grün?«

»So kann man es auch ausdrücken. Aber Sie haben recht. Der Rest der Familie, die sehr klein ist, wie Sie sehen, hat über den ewigen Streit immer nur den Kopf geschüttelt.«

»Die Sache mit der vererbten Kraft.«

»So ein Schwachsinn, finden Sie nicht auch? Noch dazu ist meine Mutter fest davon überzeugt ...«

»... dass Sie diese Kraft eines Tages erben werden.«

»Ich sehe, Sie waren schon bei ihr. Das hat Sie mir gar nicht erzählt. Typisch. Na, dann brauche ich Ihnen ja nicht mehr viel zu sagen«, stöhnte Klaus Bogena, als sei er bei irgendeiner frevelhaften Tat erwischt worden.

»Sie haben also mit Wunderheilerei ...?«

»... rein gar nichts am Hut, das kann ich Ihnen sagen. Obwohl ich als Kind damit regelrecht gefüttert worden bin. Der schönste Tag meines Lebens war der, an dem ich mein Abiturzeugnis überreicht bekam. Kein gutes Zeugnis. Aber gut genug, um auszuziehen und Sport studieren zu können. Ich hatte von ihren magischen Händen die Nase so was von voll. Inzwischen lässt sie mich damit weitgehend in Ruhe. Nur ab und zu fragt sie mal nach den Kräften. Sie wissen schon.«

»Und das Verhältnis zu Ihrer Tante?«, nutzte Greven die Redseligkeit des smarten Sportlehrers.

»War immer ungetrübt. Und das nicht nur, weil sie mich mit dem ganzen Spuk verschont hat. Tante Hedda ist ... war ein ganz anderer Mensch als meine Mutter. Warmherziger und bodenständiger, wenn Sie wissen, was ich meine. Die Überheblichkeit meiner Mutter dürfte Ihnen ja wohl kaum entgangen sein. Hedda war da ganz anders. Auf die habe ich mich immer verlassen können. Vor allem im Studium. Ohne ihre gefütterten Briefe hätte ich das nicht geschafft. Meine Mutter hat ja keinen Pfennig rausgerückt.«

»Was ist mit Ihrem Vater?«

»Als ich drei Jahre alt war, hat er die Reederei gewechselt, ist in Bremerhaven an Bord eines Frachters gegangen und hat sich für immer verabschiedet.«

Das Foyer füllte sich zusehends. Greven manövrierte Klaus Bogena in eine andere, ruhigere Ecke und sprach mit gedämpfter Stimme weiter: »Unseren Vermutungen nach muss Ihre Tante ein kleines Vermögen verdient haben. Bislang jedoch fehlt jede Spur von dem Geld. Ein Konto hat sie nie besessen. Können Sie uns da einen Tipp geben? Als einer der Erben haben Sie schließlich auch einen Anspruch darauf.«

»Ja, die hat nicht schlecht verdient«, schmunzelte der Lehrer. »Wie gesagt, mein Studium. Aber da kann ich Ihnen auch nicht weiterhelfen. Das Thema war bei ihr tabu. Darüber hat sich nie ein Wort verloren. Keine Ahnung, tut mir leid.«

Greven hatte noch eine letzte Frage, die er hübsch verpackte, um nicht gleich mit der Tür ins Haus zu fallen: »Etwas ganz anderes. Ich bin mir sicher, dass ich Sie schon einmal irgendwo gesehen habe. Die ganze Zeit überlege ich, wo das hätte sein können. Gehen Sie vielleicht ab und zu mal zu *Meta*?«

»Ich schon«, lachte Bogena verhalten, »aber Sie bestimmt nicht, denn sonst würden wir uns wirklich kennen. Da bin ich nämlich Stammgast, seit ich sechzehn bin. Und was für einer. Warten Sie mal, ich kann Ihnen da was zeigen.«

Er zog seine Brieftasche aus dem Trenchcoat und nahm

vorsichtig ein Streichholzbriefchen aus dem Fach für Visitenkarten.

»Das gab's kürzlich als so eine Art Abschiedsgruß für die echten Fans. Sind alle nummeriert. Ich habe meins von Sven Rogall persönlich. Und jetzt raten Sie mal die Nummer!«

Klaus Bogena öffnete das Briefchen wie Jack Nicholson die Umschläge bei der letzten Oscar-Verleihung und präsentierte mit ersichtlichem Stolz die Nummer 001.

»So, jetzt muss ich mich dringend wieder um meine Verwandten kümmern. Die vermissen mich bestimmt schon. Wie gesagt, wenn ich Ihnen irgendwie helfen kann, rufen Sie mich einfach an. Ich stehe im Telefonbuch.«

14

Alles war noch genau so, wie Greven es bei seinem ersten Besuch vorgefunden hatte, der kämpfende Mungo, der seine Verfolger im Auge behaltende Fuchs, die in Leder gebundenen Bücher voller Lesezeichen, die Armillarsphäre, die jeden Besucher in ihren Bann schlug, die durchgelegene Chaiselongue, über der die Weltkarte die imperialen Perspektiven und Besitzansprüche eines längst vergangenen Jahrhunderts aufzeigte.

Nichts hatte sich verändert, nicht einmal die Falte in dem bestickten Kissen auf dem Polstersessel. Der Raum lag im Halbdunkel, die Atmosphäre war dicht und ließ Bogenas anderen Zugang zur Welt als den der Aufklärung erahnen. Zumindest für Greven lag der Mythos in der Luft, genauer gesagt, die Rückkehr des Mythos. Oder die Resistenz des Mythos in der ostfriesischen Provinz, was er für wahrscheinlicher hielt.

Kontinuität also, wohin das Auge sah. Bis auf eine Ausnahme, die verkrümmt auf dem ausgetretenen Teppich für Diskontinuität sorgte. Neben der Leiche lag eine der schweren Buchstützen, eine kitschige Eule aus einem fast schwarzen Stein, der er bei seinem ersten Besuch keine Beachtung geschenkt hatte. Die Bücher, die sie bis vor wenigen Stunden zu bewachen gehabt hatte, standen auch ohne sie still. Obwohl die Eule auf den ersten Blick keine Blutspuren aufwies, waren sich alle sicher, dass Almuth Bogena mit der Buchstütze der Schädel eingeschlagen worden war. Viel Blut war auch auf dem Teppich nicht zu sehen, dessen rote Fasern das meiste wohl aufgesogen hatten. Während Dr. Behrends dem Fotografen noch ein paar Wünsche mitteilte, lauschte Greven den Ausführungen des Chefs der Spurensicherung.

»Die Schlösser an der Vorder- und Hintertür sind auf den ersten Blick unversehrt, ebenso die Fenster. Aber das sehe ich mir noch genauer an. Anzeichen eines Kampfes konnte ich nicht feststellen. Die Tat ist jedoch zweifelsfrei hier passiert. Keine Schleifspuren oder ähnliches. Auf der Buchstütze konnten wir mehrere Fingerabdrücke sichern. Vielleicht ist ja diesmal was dabei.«

»Es spricht also vieles dafür, dass Frau Bogena ihrem Mörder selbst die Tür geöffnet und ihn in dieses Zimmer geführt hat. Dann hat er sich einfach die Buchstütze gegriffen und zugeschlagen.«

»Viel mehr dürfte sich aller Wahrscheinlichkeit nach nicht abgespielt haben. Länger als fünf bis zehn Minuten hat der Tathergang also nicht gedauert, es sei denn, die beiden hatten ein längeres Gespräch.«

»Oder der Täter musste sich zuvor noch auf die Couch legen und einen Ring kaufen.«

»Was für einen Ring?«

Greven zeichnete mit beiden Händen den Umriss in die Luft: »Einen etwa so großen Messingring gegen Erdstrahlen. Frau Bogena hat ihn offenbar jedem angedreht, der ihr Haus betreten hat.«

»Herbert hat letzte Woche in der Kantine wieder mal den Clown gespielt. Dabei hatte er einen großen Messingring in der Hand«, fiel Hansen spontan ein.

»Das war einer von Bogenas Ringen. Ich hatte ihn mir extra geben lassen. Als Anschauungsobjekt. Um mein Verständnis für die Wunderheilerbranche zu vertiefen.«

»Verstehe«, nickte Hansen halbtrocken.

»Neben der Chaiselongue muss ein ganzer Karton voll stehen«, erklärte Greven, den Unterton seines Kollegen ignorierend.

»Der muss mir entgangen sein«, wunderte sich Hansen und sah umgehend nach. Greven folgte ihm und stellte schnell fest, dass die Leiche doch nicht die einzige Diskontinuität war. Der Karton war verschwunden. So viele Ringe konnte das Opfer kaum in den paar Tagen verkauft haben. Da sich weder ein leerer Karton noch ein zweiter mit Nachschub finden ließ, setzten sie die Ringe auf die Vermisstenliste.

Während Greven eine Erklärung dafür suchte, warum der Mörder ausgerechnet die Ringe hatte mitgehen lassen, fand Dr. Behrends beim Anheben der Leiche ein weiteres Element, das die Kontinuität unterminierte.

»Ein modernes Brillenetui«, stellte Hansen verwundert fest. »Aus billigem Kunststoff, nichts Teures, eher aus dem Supermarkt, mit einem Klipp für die Jackentasche, also mehr für männliche Brillenträger gedacht. Der Größe nach zu urteilen, wahrscheinlich für eine Lesebrille.«

»Frau Bogena war keine Brillenträgerin, soweit ich weiß«, sagte Greven und hob den Kunststoffbeutel ins Licht, in den die Spurensucher das Etui gesteckt hatten. »Oder habt ihr irgendwo eine Brille gefunden?«

»Haben wir nicht«, war die Antwort von einem der Weißgekleideten, der gerade seinen Koffer schloss.

»Dann ab ins Labor«, ordnete Hansen an. »Vielleicht finden wir Haare oder Hautschuppen.«

Als Häring, der sich im oberen Stockwerk umgesehen hatte, den Raum betrat, wurde er sofort von Greven überfallen: »Was machen die Finanzen?«

»Sind gesichert, denn Almuth Bogena hat alle ihre Einnahmen ordnungsgemäß in ein Buch eingetragen, auf ein Konto eingezahlt und versteuert. Kontoauszüge und Steuererklärungen stehen sauber abgeheftet und beschriftet in ihrem Büro unterm Dach.«

»Letzter Kontostand?«, fragte Greven provokativ.

»Hält sich in Grenzen, falls du darauf anspielst«, antwortete Häring. »Auf ihrem Geschäftskonto sind rund zweitausend Euro, auf dem Privatkonto fast tausend.«

»Irgendwelche Anlagen? Aktien, Investmentfonds, Kapitallebensversicherungen, Pfandbriefe?«

»Ich bin froh, die Auszüge so schnell gefunden zu haben«, wehrte sich Häring gegen das Tempo seines Vorgesetzten, »aber für mehr brauche selbst ich noch ein paar Minuten.«

»In ihrer Kasse waren hundertfünfzig Euro. Einen Raubmord können wir also mit großer Wahrscheinlichkeit ausschließen«, dachte Greven laut, ohne auf Häring einzugehen.

»Die Ringe darfst du nicht vergessen«, warf Hansen ein.

»Ja, die Ringe. Ein Karton mit zehn, vielleicht fünfzehn Messingringen, die sie für Stück 25 Euro verkauft hat.

Wahrscheinlich ein Fantasiepreis. Egal, was die im Einkauf gekostet haben, sie stellen keinen großen Wert dar.«

»Warum wurden sie dann gestohlen«, dachte Häring mit, »wenn die nichts wert sind? Messing ist schwer. Hier gibt es doch weitaus lohnendere Beute, etwa die Bücher oder dieses astronomische Gerät.«

»Aus einem anderen Grund als einem materiellen«, antwortete Greven, ohne eine konkrete Vermutung über diesen Grund zu haben. »Vielleicht hat unser Mörder ein größeres Strahlungsleck unter seinem Bett entdeckt und wollte sofort handeln. Doch das ist nicht die Frage, sondern die, wie die beiden Morde zusammenhängen. Wenn der finanzielle Aspekt ausscheidet ...«

»Das ist nicht gesagt«, unterbrach ihn Häring. »Der Mörder könnte ebenso wenig wie wir gewusst haben, dass Almuth Bogena mit ihren Einnahmen gänzlich anders verfährt als ihre Schwester. Wenn er nun doch bei Hedda den Jackpot gefunden und sich irgendwie in die Jacke gestopft hat, dann könnte er auch bei Almuth reiche Beute vermutet haben.«

»Da hast du natürlich recht«, stimmte ihm Greven zu, »obwohl ich das mit der Jacke eigentlich ausschließe. Aber denkbar ist es, ohne Frage. Erinnere dich nur mal an den Fall Bekker. Der hat gleich drei Rentner umgebracht, und das für ein paar hundert Euro, die er schon nach ein paar Tagen versoffen hatte. Aber hier liegt die Sache anders, und das sagt mir nicht nur mein höchstsensibles Knie. Ein Täter wie Bekker hätte sich nie vor seiner Tat behandeln lassen, hätte die Ringe nicht mitgenommen und auch keine abgeschnittenen Haare drei verschiedener Menschen zurückgelassen. Nee, Peter, hier geht es um etwas ganz anderes.«

»Was vermutest du? Ich kann mir auf alles noch keinen Reim machen«, gab Häring freimütig zu.

»Ich leider auch nicht«, sagte Greven, »obwohl wir zwei eindeutige Gemeinsamkeiten der beiden Opfer kennen: Sie waren Geschwister und sie waren als Wunderheiler tätig.«

»Wenn es jemand aus der Familie war, dann kommt eigentlich nur Klaus Bogena in Frage«, setzte Häring den

Gedankengang fort, »da die anderen drei noch lebenden nahen Verwandten viel zu alt und gebrechlich sind. Und die wenigen entfernten Verwandten, die ich auftreiben konnte, leben in Hamburg und Schleswig-Holstein und haben längst keine Kontakte mehr nach Ostfriesland. Ich habe doch erst gestern mit Hinrich Bogena telefoniert. Übrigens der einzige, der überhaupt noch Bogena heißt.«

»Gut, deren Alibis sollten wir trotzdem überprüfen lassen. Von den lieben Kollegen vor Ort. Mehr interessiert mich natürlich das Alibi von Klaus Bogena.«

»Fährst du selbst hin?«

»Ich bin zwar kein guter Überbringer schlechter Nachrichten, aber da ich schon mit ihm gesprochen habe, ist es besser, ich mach das selbst.«

»Und wenn er ein Alibi hat?«

»Dann sollten wir uns diese sonderbare Branche sehr genau ansehen«, sagte Greven. »Ich habe da meine Fühler schon mal vorsorglich ausgestreckt.«

»Das klingt ja fast so, als hättest du doch schon eine Ahnung.«

»Pures Misstrauen«, brummte Greven.

»Zur Branche gehören auch die Kunden, falls dir das Wort Patienten nicht gefällt.«

»Nur, dass wir diese Kunden nicht namentlich kennen«, bedauerte Greven.

»Nicht im Fall von Hedda«, lächelte der ansonsten eher ernste Häring überlegen, »aber die von Almuth kennen wir schon. Korrekt, wie sie war, hat sie nicht nur die Honorare ordnungsgemäß in ihre Bücher eingetragen, sondern auch die Gebrechen ihrer Kunden und deren Namen.«

»Warum hast du das nicht gleich gesagt?«, murrte Greven ungehalten. »Okay, weil ich dich nicht danach gefragt habe.«

»Nein, weil du dich so auf ihr Vermögen gestürzt hast und wir erst jetzt auf diesen Aspekt gekommen sind«, bemerkte Häring trocken. »Ich werde mir die Namen gleich vornehmen und mit denen der *Meta*-Liste vergleichen.«

»Die Chancen sind gering«, sagte Greven, »aber wir vervollständigen unser Puzzle.« Um sich für seinen doch etwas ruppigen Ausfall zu entschuldigen, fügte er zwei Worte hinzu, die in amerikanischen Fernsehkrimis häufig fielen, und die ihm daher schon wieder peinlich vorkamen, als sie ausgesprochen hatte: »Gute Arbeit.«

»Warst du schon oben?«, fragte Häring unbeeindruckt. »Wenn nicht, musst du dir unbedingt etwas ansehen. Vielleicht auch ein Puzzleteil.«

Häring führte ihn in das Schlafzimmer des Opfers, das schlicht und mit gängigen Möbeln aus dem Kaufhaus eingerichtet war, cremefarben und mit pflegeleichten Kunststoffoberflächen, kein Doppelbett, die Tapete geblümt wie die Wachsdecke vom alten Ysker. Das magische Flair des abgedunkelten Behandlungszimmers fehlte völlig. Ohne dass Häring ein Wort zu sagen brauchte, wusste Greven gleich, was seinem Kollegen aufgefallen war. Auf der Spiegelkommode stand ein ganzer Wald gerahmter Fotografien, die ausnahmslos Klaus Bogena zeigten, und zwar in allen bisherigen Lebensphasen, vom Baby bis zum Lehrer. Auf einem war er mit Schultüte zu sehen, ein anderes zeigte ihn mit etwa zehn Jahren beim Angeln am Ufer eines Tiefs. Ob als pubertierender Gymnasiast oder trainierender Student, als Referendar im T-Shirt einer Göttinger Schule oder auf einem Norder Sportplatz, keine Station hatte die kleine große Ausstellung ausgelassen. Noch dazu hatte die Mutter alle Fotos auf der Rückseite beschriftet und mit einem Datum versehen. Greven ging alle Fotos durch und wandte sich dann Häring zu: »Fällt dir was auf?«

»Keine anderen Menschen, wenn man von dem Foto mit seinen Kollegen absieht. Und somit auch keine Frau.«

»Genau das meine ich.«

»Denkst du, er ist schwul?«

»Schwer zu sagen. Glaub ich aber nicht und spielt auch keine Rolle. Einen Ehering trägt er jedenfalls nicht. Andererseits ist auch kein anderer Mann auf den Fotos zu sehen. Viel interessanter finde ich die Anzahl. Jede Mutter hat irgendwo Bilder ihrer Kinder an der Wand oder auf einem Regal. Aber das sind mindestens dreißig Fotos. Alle staubfrei. Das ist ja der reinste Altar.«

»Wenn du damit hinkommst. Und nun sieh dir das einmal an«, sagte Häring und ging auf den Kleiderschrank zu, der dem Bett gegenüber an der Wand stand. Er öffnete die beiden Türen, auf deren Innenflächen je ein lebensgroßes, farbiges Portraitfoto von Klaus Bogena mit Reißzwecken befestigt war. »Das sind professionelle Fotos von einem Fotografen.«

»Und aktuelle noch dazu. Die sind bestimmt kein Jahr alt«, staunte Greven und popelte die Reißzwecken des rechten Fotos aus der Hartfaserplatte. Die Rückseite trug den Stempel eines Marienhafer Fotostudios und eine handgeschriebene Datumsangabe.

»Sag ich doch, kein Jahr alt«, stellte er fest und fuhr mit den Fingern über die zahllosen Einstiche in der Schranktür, die hinter den Ecken des DIN-A4-großen Fotos zum Vorschein gekommen waren. »Es sind nicht die ersten Portraits von Klaus, die sie hier angebracht hat. Hansen wird die anderen schon finden.«

Einer Eingebung folgend, ging Greven in die Knie und sah zunächst unter das Bett und anschließend unter den Schrank. »Alle Ringe hat der Mörder nicht erwischt, sofern er wirklich der Dieb ist. Unter dem Bett liegen sogar zwei, unter dem Schrank einer.«

»Drei Ringe den Elbenkönigen hoch im Licht«, zitierte Häring.

»Jetzt fängt der auch noch an«, stöhnte Greven. »Reich mir lieber mal deine Hand und hilf mir aufstehen. Die Kraft der Ringe scheint nachzulassen. Ich spür das Atlantiktief in meinem Knie, das die Meteorologen seit Tagen beschwören.«

»Oder doch den Mord«, unkte Häring.

15

»Was ist denn das für ein Ding?«

»Ach das ... das ist auch so ein Objekt, das einige der hiesigen Wunderheiler einsetzen, um Erdstrahlen den Garaus zu machen«, erklärte Greven beiläufig.

»Ich dachte, dafür gibt's die Ringe?«, wunderte sich Mona.

»Da gehen die Meinungen der Esoteriker weit auseinander. Manche schwören eben auf diese Pyramiden. Und da bei Almuth Bogena ein ganzer Karton mit Ringen gestohlen worden ist, haben wir uns umgehört und dieses Alternativmodell besorgt.«

»Um was damit zu machen, wenn ich das als Laie fragen darf?«

»Das wissen wir auch noch nicht genau. Aber da diese obskuren Objekte irgendeine Rolle zu spielen scheinen, haben wir uns einfach einmal umgesehen. Schließlich wissen wir nicht, wie weit manche Wunderheiler ihre Konkurrenz treiben.«

»Erdstrahlen als Motiv.« Dieser Ansatz gefiel ihr. »Das wäre ja wie beim Malteser Falken, dem alle nachjagen, obwohl es nur ein Modell ist, und man nie erfährt, ob er wirklich einmal existiert hat.«

»So in der Art kann man sich das vorstellen«, stimmte Greven ihr zu. Dabei verstaute er den Ring im Karton der Pyramide und trug ihn dann nach oben in sein Arbeitszimmer, das er, so wie es juristisch aussah, nicht mehr von der Steuer absetzen konnte.

Als er wieder im Atelier eintraf, grübelte Mona noch immer über das Motiv nach: »Das Imaginäre führt zu einem realen Mord.«

»Mona, das ist allerdings sehr häufig der Fall, denn bei Eifersucht oder Rache spielt das Imaginäre in Form einer Vorstellung oder eines Vorurteils oft eine entscheidende Rolle.«

»Aber hier hat das Imaginäre einen Namen: Erdstrahlen. Kein Physiker kennt sie oder kann sie messen. Doch was weiß ich, wie viele Menschen ihre Betten verrücken oder

Ringe und sonst etwas kaufen, um ihnen zu entgehen. Und wie unterschiedlich oder sich sogar eindeutig widersprechend die Methoden der Wunderheiler sind. Da ist ein Streit quasi programmiert.«

»Darum werden wir uns die Damen und Herren ja auch näher ansehen«, sagte Greven.

»Und das Alibi von diesem Klaus Bogena ist wirklich wasserdicht?«

»Treffender könnte man es nicht ausdrücken. Bogena ist seit gestern mit einer neunten Klasse als männliche Begleitperson auf Juist. Als die erste Fähre heute Mittag in Norddeich angekommen ist, war seine Mutter schon gut eine Stunde tot.«

»Hendrik lebt auch auf Juist und fährt nie mit der Fähre. Er hat, wie so viele Insulaner, ein eigenes Boot.«

»Das wäre natürlich eine Möglichkeit. Doch hätte Bogena mehr drehen müssen, als sich nur ein Boot zu besorgen. Denk nur mal an die Schulklasse.«

Genau an die hatte Greven seit dem Telefongespräch denken müssen, das er mit Klaus Bogena geführt hatte, nachdem er ihn weder in seiner Wohnung noch im Ullrichsgymnasium angetroffen hatte. Bogena hatte die Nachricht mit Fassung aufgenommen, war zumindest für die Dauer des Gesprächs ruhig und gefasst geblieben. Nur zu gerne hätte Greven sein Gesicht gesehen, doch darauf hatte er nun mal verzichten müssen. Unmittelbar danach hatte sich Bogena zum kleinen Flugplatz im Osten der Insel begeben, um auf dem schnellsten Weg zum Festland zurückzukehren. Auf dem schnellsten Weg. Der Flug dauerte nicht lang, wie Greven aus eigener Erfahrung wusste, denn er hatte vor gut einem Jahr seiner Kollegin Wencke Tydmers auf diese Weise einen dienstlichen Blitzbesuch abgestattet. Noch dazu konnten auf dem Flugplatz auch Privatmaschinen landen. Dennoch schob sich immer wieder die Schulklasse vor alle Varianten, die er durchspielte, und die Klasse hatte zur Tatzeit eine Wanderung durch die Dünen absolviert. Mit ihrer Klassenlehrerin und Bogena als Aufsichtspersonen.

Greven suchte noch immer nach Wegen aus den Dünen,

als er sich an den kleinen Tisch im Wohnzimmer setzte, den Mona japanisch eingedeckt hatte. Auf einem schlichten Brett aus Ahornholz warteten verschiedene Nigiri- und Maki-Sushi auf die schwarzen Essstäbchen. Mona hatte sich für Thunfisch, Jakobsmuschel, Tintenfisch, Shrimp, Gurke und Hokkaidokürbis entschieden. Die viel zu große Menge Wasabi, die Greven gleich beim ersten Bissen erwischte, schoss durch seine Nase und riss ihn im Bruchteil einer Sekunde aus den Dünen. Tränen krochen aus seinen Augen, seine Stimme versagte.

»Das ist nicht der angerührte, sondern der aus der Tube«, kommentierte Mona seinen Versuch, die überschüssigen Senföle der japanischen Wurzel, die seine Schleimhäute attackierten, durch wildes Ausatmen loszuwerden.

»Das habe ich gemerkt«, hauchte er nach kurzer Pause und stattete die nun ausgewählte Jakobsmuschel äußerst sparsam mit der grünen Paste aus, obwohl er deren Schärfe eigentlich sehr schätzte. Er neutralisierte den Geschmack mit frischem Gari, den Mona wie das Sushi immer selbst zubereitete, und wandte sich dem Tintenfisch zu. Im Gegensatz zu anderen kalorienarmen Gerichten zählte Sushi zu seinen absoluten Favoriten, seit er während seiner Ausbildung das erste Mal in einer Sushi-Bar gewesen war. Damals hatte Sushi noch als exotisch gegolten und war nicht in jeder besseren Kaufhauskühltruhe zu haben gewesen.

»Noch Tee?«

»Danke«, sagte Greven mit vollends wiederhergestellter Stimme.

»George hat übrigens vorhin angerufen. Unsere Vernissage ist um zwei Tage verschoben worden. Wegen Reparaturen am Stromnetz«, begann Mona ein neues Thema.

»Spielt das eine Rolle für dich? Deine Bilder sind doch fertig.«

»Ich wollte an dem Tag eigentlich Henny besuchen, bevor sie nach London fliegt.«

Greven war bei den Shrimps angekommen. »Wann kommt sie zurück?«

»Anfang März. Sie nimmt doch an diesem europäischen Kunstprojekt teil«, erklärte Mona, die sich vor allem um den Kürbis kümmerte, dessen Aroma sie liebte. Dann erzählte sie von der Tate Modern, die sie ebenso liebte, und die am Samstag bis 22.00 Uhr geöffnet hatte. Dort wurde vor den Bildern diskutiert und gestritten, wie es in deutschen Museen kaum zu beobachten war. Bei ihrem letzten Besuch im März hatte der VW-Bus von Joseph Beuys, aus dem gut ausgerüstete Schlitten quollen, die Gemüter besonders erhitzt.

Erst nach dem japanischen Abendessen, zwei Kannen grünen Tees und einer fast geleerten Tube Wasabi kehrten Grevens und Monas Gedanken wieder zu den beiden Morden und dem Zeitungsausschnitt zurück.

»Der Artikel? Eine gute Frage. Unverkennbar ein Tipp. Doch warum anonym? Wir haben doch die ganze Nachbarschaft befragt. Warum hat uns niemand auf diesen engagierten neuen Arzt hingewiesen?«, sagte Greven.

»Weil niemand auf einen möglichen Zusammenhang gekommen ist«, meinte Mona, »das ist doch klar. Für den anonymen Hinweis habe ich auch Verständnis. Für so einen vagen Tipp will doch niemand seinen Ruf verlieren.«

»Da hast du auch wieder recht«, nickte Greven, dessen Zunge begonnen hatte, nach einem Grappa zu suchen, der nicht zu finden war, obwohl der Zeitpunkt absolut passend gewesen wäre. »Der Informant muss auf jeden Fall mein Auto gekannt haben.«

»Muss er nicht«, entgegnete Mona. »Er hat dich zufällig gesehen, wie du ausgestiegen bist. Und da hat er sich gedacht, der weiß bestimmt nicht, dass unser neuer Arzt es auf Tante Hedda und ihre Kollegen abgesehen hat. Das wäre doch bestimmt interessant für ihn. Dann ist er nach Hause gegangen und hat dir den Artikel unter den Wischer geklemmt. Mit Wissen und Spionieren hat das gar nichts zu tun.«

»So kann es natürlich auch gewesen sein«, gab Greven nach.

»Hast du schon einen Termin?«

»Hätte ich fast vergessen. Morgen um halb acht. Sonst halte ich den Praxisbetrieb auf, hat seine Helferin gemeint.«

»Da musst du ja früh raus«, meinte Mona. »Keine leichte Aufgabe.«

War es auch nicht, denn sechs Uhr war einfach nicht Grevens Zeit. Er brauchte im Normalfall eine gute halbe Stunde, um zu dem vorzudringen, was gemeinhin Wirklichkeit genannt wurde. Mürrisch und mit drei Tassen Kaffee im Magen machte er sich auf den Weg, den er schon so oft gefahren war. Die Luft war kalt, die Straßen waren ungewohnt leer. Der Berufsverkehr hatte noch nicht eingesetzt. Unmittelbar vor Marienhafe kam ihm ein Tieflader mit einer Jacht entgegen. Die auswärtigen Hobbykapitäne verließen die Küste, bevor die ersten Herbststürme über das Land zogen. Ein modernes Boot, das nach einem Messekauf aussah. Teuer, luxuriös und schnell. In seinen Träumen fuhr er andere Schiffe.

Als Greven in Greetsiel eintraf, kämpfte er noch immer mit den Resten der kurzen Nacht, obwohl der Grappa rein virtuell gewesen war. Vor ein paar Tagen hatte er sich morgens irgendwie lebendiger gefühlt. Vielleicht hatte Monas Programm ja auch unbekannte Nebenwirkungen?

Die Praxis des Facharztes für Allgemeinmedizin befand sich im Erdgeschoss eines erst wenige Jahre alten Friesenhauses, das echten, aber viel kleineren Vorbildern nachempfunden worden war. Auf dem reservierten Parkplatz stand ein silbernes BMW-Kabrio mit geschlossenem Verdeck. In einem der Räume brannte Licht. Greven rieb sich noch einmal die Augen, fuhr sich mit der Hand durch das Resthaar und drückte auf den Klingelknopf.

»Kommen Sie rein, Herr Kommissar«, sagte der Arzt zur Begrüßung und verpasste ihm einen kräftigen, kurzen Händedruck. Der gut zehn Jahre jüngere Mann wirkte auf Greven wie höchstens fünfunddreißig. Er war bauchlos und sah viel besser aus als auf dem Zeitungsfoto. Vor allem sein volles Haar, dem jeder Grauton fehlte. Seine braunen Augen, die denen von Greven nicht eine Sekunde lang auswichen, signalisierten ein ausgeprägtes Selbstbewusstsein, das die tiefe, kräftige Stimme noch unterstützte.

»Sie untersuchen den Fall der ermordeten Frau Bogena?

Wie kann ausgerechnet ich Ihnen da weiterhelfen?«, fragte Dr. Weygand, nachdem er sich auf seinen Ledersessel geschwungen hatte, während er Greven erst einmal mitten im Raum stehen ließ. »Entschuldigen Sie, nehmen Sie doch bitte Platz.«

»Sie haben sich doch mit der Materie näher befasst?«, begann Greven das Gespräch.

»Welcher Materie?«

»Die Branche der Wunderheiler«, spezifizierte Greven, obwohl er sicher war, dass sein Gegenüber das Gemeinte genau verstanden hatte.

»Ja, das ist in der Tat eines meiner Anliegen«, sagte der Arzt, der einen klassischen weißen Kittel trug. Er sprach langsam, als sei er ein wenig gelangweilt und seine Ambition längst allgemein bekannt. »Ich versuche lediglich zu verhindern, dass ein gutes Drittel der hiesigen Bevölkerung seine Gesundheit ruiniert. Denn wer sich unter die Hände dieser selbsternannten Doktoren begibt, kann sich allenfalls auf einen Placeboeffekt berufen, das wissen Sie so gut wie ich. Geholfen wird ihm auf keinen Fall. Ganz im Gegenteil. Viele der Methoden der Wundermedizin, wobei das Wort Medizin bereits irreführend ist, sind eher geeignet, das Leben zu verkürzen. Allein die diversen Arzneien, die diese Alchemisten zusammenrühren. Ich könnte Ihnen da Analysen zeigen, die ich habe machen lassen. Und dann die Chiropraktiker. Das Interview mit Prof. Hamann dürften Sie wohl gelesen haben. Stand ja in jedem besseren Blatt.«

Greven entschied sich, kurz zu nicken.

»Ein schneller Griff an den Hals, und schon ist die Arteria vertebralis beschädigt.«

»Wer ist beschädigt?«

»Die Wirbelarterie. Fünfzig bis sechzig Menschen erleiden aufgrund derartig verursachter Gefäßeinrisse pro Jahr einen Schlaganfall. Nur weil so ein Amateur an einer Halswirbelsäule herumgefummelt hat. Am schlimmsten finde ich jedoch die unterlassene Hilfeleistung, auf die die meisten Behandlungen hinauslaufen. Da werden Menschen mit ernsthaften Symptomen als geheilt nach Haus geschickt, um irgendwann mit starken Schmerzen doch in der Klinik zu landen, wenn es bereits zu spät ist. Und die Schuld an ihrem nun unvermeidlichen Ableben bekommt natürlich die Apparatemedizin, während die Pfuscher von der Presse zu Alternativmedizinern verklärt werden, auf deren Warnungen vor der etablierten, wissenschaftsgläubigen Medizin der Patient nur hätte hören müssen. So sieht es doch aus. Gegen diese Missstände vorzugehen, halte ich in der Tat für die Aufgabe eines Landarztes. Meinten Sie dies mit Ihrer Frage nach der Vertrautheit mit der Materie?«

»Genau das habe ich gemeint«, antwortete Greven nach dem kleinen Vortrag mit mühsam ausbalancierter Stimme und wollte zur nächsten Frage übergehen. Doch Weygand kam ihm zuvor.

»Sie brauchen nicht um den heißen Brei herumzureden. Ich war joggen. Auf dem Deich.«

»Wie bitte?«

»Das wollten Sie doch wissen? Mein Alibi. Wo ich mich am Samstag während der Tatzeit aufgehalten habe. Ich war joggen. Auf dem Deich.«

Die Überheblichkeit, mit der der Arzt das Gespräch an sich gerissen hatte, und insbesondere der Ton, der signalisierte, für wie überflüssig er dieses Gespräch gleichzeitig hielt, ließen Greven fast explodieren. Während ihn die braunen Augen fixierten, tauchten Tante Heddas blaue Augen vor ihm auf, die etwas ganz anderes ausstrahlten, etwas, das er in diesem Moment beschützen und verteidigen wollte. Der innere Kampf war kurz und heftig, dann lockerten seine Hände den Würgegriff und gaben den Sessellehnen ihre gewohnte Form zurück.

»Das war gar nicht meine Frage, aber wenn Sie es schon ansprechen, nehme ich es natürlich zur Kenntnis. Hat Sie jemand auf dem Deich gesehen?«

»Zwei weitere Jogger und ein Mann mit Hund. Niemand, den ich kenne. Aber das ist ja für Sie kein Problem. Mich können Sie jedenfalls getrost von Ihrer Liste streichen. Ich streite mit dem Wort, nicht mit der Waffe«, dozierte Weygand leicht gereizt, die Beine übereinander geschlagen und sich langsam auf seinem Ledersessel hin- und herdrehend. »Wie es sich für einen gebildeten Menschen gehört.«

»Ich hatte Sie gar nicht auf diese Liste gesetzt«, erwiderte Greven, »doch wenn Sie so sehr darauf bestehen, werde ich dies natürlich nachholen. Ich wollte nichts weiter, als Ihre Ansicht über die Wunderheilerbranche erfahren. Als Experte auf diesem Gebiet. Ich schicke Ihnen einen Kollegen vorbei, der Ihre Beschreibung der Personen aufnimmt, denen Sie zur Tatzeit begegnet sind. Nun will ich Sie nicht länger aufhalten. Ihre Mitarbeiterin hatte mir ohnehin nur ein paar Minuten eingeräumt.«

»Vernehme ich da etwa einen Misston? Wie soll ich mir denn den erklären, Herr Kommissar? Nehmen Sie es mir etwa übel, dass Ihre Gedanken so leicht zu erraten sind? Bleiben wir doch sachlich. Hier, vielleicht kann ich damit einen Stimmungswandel in Ihnen hervorrufen«, sagte der Arzt therapierend und öffnete eine blaue Aktenmappe, die er aus einer Schublade holte. »Ich habe gleich nach Ihrem Anruf diese Mappe mit relevanten Beiträgen aus Zeitungen und Zeitschriften für Sie zusammenstellen lassen. Sie werden sehen, ich habe meine Hausaufgaben gemacht«, wobei die Betonung auf dem »ich« lag.

Greven rang nun noch heftiger mit einem möglichen Ausbruch, erhob sich mit zusammengepressten Lippen und nahm die Mappe entgegen. Nach einem kurzen, oberflächlichen Durchblättern war er wieder in der Lage, eine Frage zu stellen: »Kannten Sie eigentlich Hedda Bogena oder ihre Schwester?«

»Da muss ich Sie leider enttäuschen, ich bin den beiden Opfern nie persönlich begegnet. Nur ihre ... Aktivitäten waren mir bekannt, wobei ich die von Almuth Bogena angepriesenen Ringe für einen ganz besonderen, verzeihen Sie den Ausdruck, Schwachsinn gehalten habe. Wie kann man sich nur so etwas andrehen lassen?«

»Da bin ich überfragt«, sagte Greven. »Kennen Sie denn einen der anderen in Ostfriesland aktiven Wunderheiler?«

»Auch da muss ich Sie enttäuschen. Ich habe meine Informationen in erster Linie von meinen Patienten, die mir hier und da über ihre Besuche bei einem dieser Magier berichten. Eine andere Quelle sind meine Kollegen. Noch eine Frage? Wir müssen nun doch langsam zum Ende kommen. Ich muss noch mehrere Berichte diktieren, bevor meine Damen erscheinen.«

»Gehen Sie eigentlich manchmal zu *Meta*?«

»*Meta*? Das ist doch diese Norddeicher Diskothek? Wie kommen Sie denn jetzt darauf?«

So leicht waren seine Gedanken also doch nicht zu erraten. Ein Lächeln huschte über Grevens Gesicht, das Dr. Weygand nicht zu deuten wusste. Greven blieb stumm und wartete die Antwort ab.

»Nein, ich gehe nicht in Diskotheken. Ich bevorzuge andere Lokalitäten.«

Kaum hatte sich Greven erhoben, begann der Arzt auch schon, seine Berichte in ein kleines Diktiergerät zu sprechen, ganz so, als sei er bereits allein im Raum. Sein Redefluss war gewaltig. Greven hatte keine Ahnung, wie er ohne Unterlagen Namen, Diagnosen und Therapiemaßnahmen auswendig herunterrattern konnte. Die Sekretärin tat ihm spontan leid, die diese Informationen bändigen musste. Als er das weiße Resopalreich der Arzthelferinnen durchquert hatte, drang die markante Stimme noch immer durch die Tür, die nicht ins Schloss gefallen war, an sein Ohr. Verstehen konnte er jedoch nichts mehr. Bis auf einen Namen, den seine selektive Wahrnehmung herausfilterte: Manfred Garrelt.

16

Zum vierten Mal hintereinander ging das Telefon. Zum vierten Mal meldete sich eine Frau Wurtel, die sich über ihren Nachbarn beschweren wollte. Zum vierten Mal versuchte Peter Häring ihr zu erklären, dass ihr in dieser Sache die Mordkommission nicht helfen könne.

»Hoffentlich hat sie es diesmal kapiert«, stöhnte Häring, der an seinen Klapprechner zurückkehrte, um eine Exceldatei zu vervollständigen. Greven hatte inzwischen die Artikelsammlung des Greetsieler Apparatemediziners durchgesehen, die sehr enttäuschend ausfiel. Die meisten Beiträge behandelten Weygands Vorträge über die Methoden der Wunderheiler im Allgemeinen und der ostfriesischen im Besonderen. Die Gefahren, die er darin heraufbeschwor, schienen mit denen globaler Katastrophen vergleichbar zu sein. Jedenfalls hatten seine Ausführungen bei dem einen oder anderen Journalisten diesen Eindruck hinterlassen. Auch der Emder Redakteur Bönhase befand sich unter den Autoren. Doch die Frage, wie die Wunderheiler zueinander standen, wurde in keinem der Artikel thematisiert.

»Das bringt uns auch nicht weiter«, murrte Greven schließlich und machte aus der Aktenmappe den Grundstein für einen frischen Aktenberg. »Wie sieht es mit deiner Liste aus?«

»Die dürfte nicht mehr wachsen. Jetzt kommen nur noch Dubletten. Die Diskobesucher müssten komplett oder fast komplett sein. Nur ein völlig Unbekannter kann noch fehlen«, antwortete Häring, ohne seinen Blick vom Monitor abzuwenden. »Fraglich bleibt natürlich der Wert dieser Fleißarbeit.«

»Das weiß ich auch«, stimmte ihm Greven zu. »Da der Fall im Moment auf ein Puzzle hinausläuft, zählt jedes Teil. Nachdem auf der Eule keine verwertbaren Fingerabdrücke zu finden waren und das Brillenetui kaufhausfrisch zu sein scheint, ist diese Liste vielleicht besser, als wir denken.«

Ein Trost, den Greven keineswegs nur Häring spendete. Das Zwischenergebnis ihrer Ermittlungen war trotz ausgiebiger

Befragungen und grafisch aufbereiteter Beziehungsgeflechte sehr dürftig. Selbst die Staatsanwältin hatte akzeptiert, dass sich der Einsatz eines Profilers nicht lohnte, da Kontext und Fakten nicht für die Erstellung eines Täterprofils ausreichten.

»Wenn wir wenigstens das Motiv einkreisen könnten«, dachte Greven laut. »Aber das Angebot ist einfach viel zu groß.«

Das Telefon klingelte zum fünften Mal.

»Peter, das ist deine Klientin.«

Widerwillig erhob sich Häring, stapfte zum gegenüber liegenden Schreibtisch und nahm den Hörer ab: »Gute Frau, jetzt ist selbst meine Geduld aufgezehrt, ich ... was? Wiederholen Sie das bitte noch einmal. Herbert Cassens, Herrengasse 6. Wir sind schon unterwegs!«

Allein der Name ließ Greven aufspringen.

»Jemand versucht, in sein Haus einzudringen«, erklärte Häring auf dem Weg zur Tür.

»Wenn die Kollegen schnell genug sind, haben wir eine Chance«, sagte Greven. »Wir nehmen den Radbodweg. Dann sind wir in fünf Minuten da. Sag den Kollegen Bescheid, sie sollen von der anderen Seite kommen. Und ohne Reklame!«

Nicht ganz gleichzeitig erreichten die Einsatzfahrzeuge das stattliche Einfamilienhaus aus den frühen sechziger Jahren, das von einer großen Rasenfläche umgeben war, die wiederum von verschiedenen Ziersträuchern, einigen Buchen und zahlreichen Nadelbäumen gesäumt wurde. Besonders ins Auge fiel die Panoramascheibe des Wohnzimmers, die das Haus fast zu einer Villa machte. Während sich fünf Beamte auf das Grundstück stürzten, rannte Häring zur Hintertür. Greven brauchte nur ein paar Schritte zu machen, um mit entsicherter Waffe die Vordertür zu erreichen, die sich öffnete, noch bevor er die Klingel drücken konnte. Ein Mann Mitte sechzig mit wüster, grauer Mähne, moosgrüner Strickjacke, schwarzer Hose und ausgetretenen Hausschuhen hob vor Freude beide Hände und strahlte ihn erleichtert an: »Das ging ja wie der Blitz. Auf die Polizei ist eben immer noch Verlass! Kommen Sie rein! Sie und Ihre Kollegen!«

»Wo ist der Einbrecher?«, fragte Greven voller Adrenalin.

»Der ist weg. Kurz bevor Sie gekommen sind«, antwortete Cassens, als spräche er von einem Gast, der gerade gegangen war.

»In welche Richtung ist er geflohen?«

»Ich glaube, er ist da lang«, sagte der Mann und wies mit der rechten Hand auf das Nachbargrundstück im Osten.

Greven ließ die Waffe verschwinden und zückte das kleine Sprechfunkgerät: »Peter? Unser Mann ist in südlicher Richtung geflohen. Sieh dich mal um. Für eine weiträumige Umstellung ist es wahrscheinlich schon zu spät. Falls er mit dem Auto gekommen ist, ist er schon weg. Und sag Hansen Bescheid. Auf der großen Rasenfläche neben dem Haus müssten sich Abdrücke finden lassen. Sorg dafür, dass die nicht platt getreten werden. Das wäre im Moment alles.«

»So, und jetzt erzählen Sie mir der Reihe nach, was passiert ist«, wandte sich Greven wieder dem Mann zu und drängte ihn ins Haus. In dem Wohnzimmer mit der Panoramascheibe – der Raum hatte mindestens achtzig Quadratmeter – blieben sie stehen.

»Bitte«, sagte der Grauhaarige und wies Greven ein schwarzes Ledersofa als Sitzplatz an. Der Form und Qualität nach ein Modell von Rolf Benz. Auch die übrige Einrichtung war alles andere als aus den üblichen Katalogen. Noch dazu schien Herbert Cassens einen modernen Geschmack zu haben. Die schlichten Schränke waren außergewöhnlich gute Schreinerarbeiten aus Obsthölzern, der Teppich einem Kandinsky nachempfunden. An der Wand hingen mehrere großformatige Zeichnungen von Horst Janssen und anderen namhaften Zeichnern.

»Originale?«

»Selbstverständlich.«

»Gut, dann legen Sie mal los.«

»Ich war gerade in der Küche, um mir einen Tee zu kochen. Die Küche ist gleich nebenan. So vor einer halben Stunde. Da hörte ich dieses Geräusch. Eine Art Kratzen. Als würde ein Tier ins Haus wollen. Als ich dann um die Ecke geschaut habe, war da dieser Mann. Er hat versucht, die Verandatür dort zu öffnen. Mit einer Brechstange.«

»Können Sie ihn beschreiben?«

»Er trug so eine schwarze Strumpfmaske. Wie man das im Fernsehen immer sieht. Der Rest der Kleidung war auch schwarz. Oder dunkelblau.«

»Größe? Figur? Alter?« Das Adrenalin war der Routine gewichen.

»Er war schlank und etwa so groß wie ich«, sagte Cassens, dem keine Aufregung anzumerken war. »Das Alter konnte ich nicht erkennen. Er trug ja diese Mütze.«

»Was haben Sie gemacht, nachdem Sie ihn entdeckt hatten?«

»Also, zunächst habe ich ihn eine Weile beobachtet, weil ich nicht glauben konnte, was ich da sah. Am helllichten Tag. Der muss doch gesehen haben, dass mein Auto vor der Tür steht und ich zu Hause bin. Dann ist mir das mit den Bogenas eingefallen. Da hab ich plötzlich gedacht: Du bist der Nächste. Der will gar nicht einbrechen und was stehlen, der will dich umbringen. Da habe ich sofort bei Ihnen angerufen.«

»Woher hatten Sie eigentlich die Durchwahl?«

»Von der freundlichen Dame, die sich bei der Polizei gemeldet hat. Da habe ich einfach Ihren Namen gesagt. Der stand ja oft genug in der Zeitung.«

»Und der Einbrecher?«

»Der war plötzlich an der Vordertür. Als ich aufgelegt habe, hörte ich ihn vorne kratzen.«

»Darf ich mich kurz umsehen?«

»Aber selbstverständlich. Das ist ja Ihr Beruf.«

Greven rutschte vom Ledersofa und ging zur Verandatür. Sie ließ sich ohne großen Kraftaufwand öffnen. Zunächst mit den Augen, dann mit den Fingern tastete er den Rahmen ab. In etwa einem Meter Höhe stieß er auf einige bescheidene Kratzer im Mahagoni. Ein paar Mal ließ er seine Finger über die Vertiefungen gleiten und kontrollierte dann das Holz der Tür, das keine spürbare Beschädigung aufwies. Auf der Veranda selbst war nichts Ungewöhnliches zu entdecken. Auf den roten Betonplatten hatten sich mehrere Ahornblätter festgesetzt, von denen der Einbrecher keines erwischt zu haben schien.

An der Vordertür konnte Greven auf den ersten Blick keine

Beschädigungen ausmachen. Die grüne Farbe war an einigen Stellen aufgeplatzt und von der Witterung unterwandert worden. Das war alles. Greven fuhr mit den Fingern einmal um den ganzen Rahmen, der vollkommen in Ordnung war.

»Mit einer Brechstange, sagten Sie?«

»Ja, mit einer schwarzen Brechstange«, bekräftigte Cassens, der ihm schlurfenden Schrittes gefolgt war.

»Wie lang war die etwa?«

Zwischen den Händen des Wunderheilers taten sich gute fünfzig Zentimeter auf, die Greven nachdenklich mit den Augen vermaß. Die Hände des Mannes zitterten leicht, sein Bauch bewegte sich ruhig, er atmete ohne jede Aufregung. Seine Haare standen noch immer in alle Richtungen vom Kopf ab. Nur sein rundes Gesicht verhinderte, dass er Albert Einstein ähnelte. Seine konservative Kleidung stand eindeutig im Widerspruch zu seiner Inneneinrichtung. Er war unrasiert, vielleicht noch nicht lange auf den Beinen. Sein Blick war erwartungsvoll.

»Bleiben Sie bitte im Haus. Ich sehe mich draußen um«, sagte Greven und zog die Tür hinter sich zu. Auf mögliche Spuren achtend, stelzte er um das Gebäude und traf an der Hintertür, die in einen Keller oder eine Kellerwohnung führte, auf Häring, der gerade von seiner Exkursion zurückkehrte.

»Irgendetwas gefunden?«

»Nicht einmal einen Lufthauch«, keuchte Häring. »Auch die Kollegen nicht. Vielleicht findet Hansen etwas?«

»Das glaube ich kaum«, vermutete Greven.

»Wie meinst du das?«

»Wenn ein halbwegs kräftiger Mann eine große Brechstange ansetzt, sieht das hinterher anders aus. Noch dazu hätte er sie gar nicht einzusetzen brauchen, sondern nur auf die Klingel drücken müssen. Wie bei Hedda und Almuth. Warum also sollte er bei Herrn Cassens einen ganz anderen Weg wählen, der seinem Opfer reichlich Gelegenheit gibt, die Polizei anzurufen? Apropos Opfer. Für jemanden, der gerade einem Attentat entgangen ist, ist der verdammt gelassen.«

»Das heißt, die Sache ist faul«, raunte Häring. »Aber warum

sollte er diesen Überfall inszenieren?«

»Das werden wir morgen sehen. Ich habe da so eine Ahnung. Trotzdem müssen wir das volle Programm durchziehen. Vielleicht können wir ihm ja die Irreführung nachweisen. Wenn du das Protokoll aufnimmst, sehe ich mich noch mal im Haus um.«

Nicht nur das Wohnzimmer war großzügig und hochwertig eingerichtet, auch die Zimmer im Obergeschoss waren stilvoll ausgestattet. Maßgenaue Handwerksarbeiten, wohin er auch sah. Neben dem riesigen Bad mit Whirlpool und Bidet stieß Greven auf das Behandlungszimmer, das von dem eines Arztes kaum zu unterscheiden war. Cassens hatte bei der Einrichtung auf Weiß Wert gelegt, hatte sich für nüchterne Resopalschränke und eine weiße Behandlungsliege entschieden. An den Wänden hingen Portraits berühmter antiker Ärzte: Hippokrates, Galenos von Pergamon, Herophilos, Celsus. In einem Schrank mit Glastüren warteten Essenzen, Tinkturen und Salben auf ihren Einsatz. Von der Decke ragte an zwei Gelenken eine Lampe in den Raum, die er eher in einem Operationssaal erwartet hätte. Im hinteren Teil des Raums standen ihm unbekannte Messgeräte älterer Bauart.

Cassens' Konzept war offensichtlich ein ganz anderes als das der Bogenas. Nicht esoterische Tradition und unerklärliche Kräfte prägten den Raum, sondern Wissenschaftlichkeit, wie auch immer sie tatsächlich eingesetzt wurde. Vor dem Verlassen des Zimmers fiel Grevens Blick auf ein Tablett mit verschiedenen Gegenständen, deren Verwendung er nicht zuordnen konnte. Am auffälligsten war ein großes, sternförmiges Gebilde aus Messing, das auf den nach unten gebogenen Spitzen der vier Zacken oder Strahlen ruhte, während das Zentrum des Sterns aus einem etwa zehn Zentimeter großen Dorn bestand. Immerhin weckte das Material eine vage Ahnung in ihm.

Im Schlafzimmer entdeckte er auf dem Nachttisch die gerahmte Fotografie einer jugendlich wirkenden Frau, die er auf Anfang bis höchstens Mitte vierzig schätzte. Sie trug eine blonde Kurzhaarfrisur und Jeans. Der Damenmantel, der an einem Bügel an einer Schranktür hing, gehörte mit großer Wahrscheinlichkeit ihr. Kinderzimmer oder zumindest erkennbare Spuren, dass Kinder in dem Haus aufgewachsen waren, fand er nicht.

»Darf ich dich kurz unterbrechen?«, sagte Greven zu Häring, als er wieder im Wohnzimmer eintraf, und fuhr gleich mit einer Frage fort, die er an Cassens richtete: »Wo ist eigentlich Ihre Frau?«

»Meine Frau? Ja, die ist in Marienhafe. Bei ihrer Schwester.«

Der Ton, in dem Cassens diese Frage beantwortete, ließ Greven eine zweite formulieren: »Wie lange ist sie schon bei ihrer Schwester?«

»Seit gut sechs Wochen. Wieso interessiert Sie das? Sie hat doch mit dem Einbruch gar nichts zu tun«, antwortete der Grauhaarige, der plötzlich doch Nerven zeigte.

»Sie haben sich also getrennt?«

»Das geht Sie gar nichts an. Das ist meine Privatsache«, wehrte sich Cassens energisch und wandte sich wieder Häring zu.

»Gut, lassen wir das Thema«, gab Greven nach. »Sagen Sie mir lieber, ob Sie in Ihrem medizinischen Angebot auch Objekte zur Abwehr von Erdstrahlen haben.«

Häring reagierte auf diese Frage mit dem Gesicht eines Schulkindes, das der wiederholten Erklärung eines Mathelehrers trotz großer Konzentration nicht folgen kann.

»Selbstverständlich«, antwortete Cassens, nun wieder äußerst wohlwollend, und sprang fast aus dem Sofa, um das riesige Wohnzimmer für einen kurzen Augenblick zu verlassen. Als er zurückkehrte, hielt er einen sonderbar geformten Stern aus Messing in Händen: »Der Stern des Erasistratos. Eine bessere Abschirmung gegen Erdstrahlen werden Sie kaum finden.«

»Dann lehnen Sie also Ringe oder Pyramiden ab?«, fragte Greven.

»Das kann man so nicht sagen«, antwortete Cassens, »denn auch sie haben sich durchaus bewährt. Ich hatte die Pyramiden auch jahrelang im Angebot. Auf den Stern wurde ich auf einer Esoterikmesse in Köln aufmerksam. Die Form des Sterns basiert übrigens auf der in der Antike entwickelten

Humoralpathologie oder Viersäftelehre, die wiederum mit der Vorstellung der vier Elemente korrespondiert. Daher auch die vier Zacken. Erfunden hat den Stern, soweit man weiß, Erasistratos, ein griechischer Arzt, der um 280 vor Christus gelebt hat. Die Mediziner der Antike haben ohnehin viel mehr gewusst, als wir ihnen heute zutrauen. In allen Bereichen akzeptieren wir ihr Wissen, in der Astronomie, in der Mathematik, in der Philosophie. Nur in der Medizin gelten sie als völlig überholt. Dieser Stern ist ein Beweis dafür, wie falsch dieses Urteil ist. Meine Patienten und auch ich selbst haben nur beste Erfahrungen mit ihm gemacht.«

17

»Ich konnte zwar keine typischen Abdrücke einer Kuhfußklaue entdecken, doch das beweist noch lange nicht, dass kein Einbruchsversuch stattgefunden hat«, erklärte Hansen am Telefon mit Nachdruck. »Mahagoni ist ein sehr hartes Holz. Außerdem muss man die Brechstange richtig ansetzen. Geschieht dies nicht, verursacht man nur Kratzer. Falls die von Cassens angegebene Länge stimmt, könnte es sich um ein so genanntes Halligan-Tool gehandelt haben. Diese Art Brechstange gibt es nämlich in einer Fünfhundert-Millimeter-Ausführung. Seine Aussage könnte also durchaus stimmen.«

»Gut, hast du sonst noch etwas gefunden?«, fragte Greven ernüchtert.

»Der Rasen schließt sich unmittelbar an die Terrasse an. Er ist so dicht, dass wir dort keine Abdrücke sichern konnten. Rund ums Haus war auch nichts zu finden, tut mir leid.«

»Danke«, sagte Greven und legte auf.

»Ich glaub ihm trotzdem nicht«, meinte Häring, der mitgehört hatte. »Der Einbruch ist eine Luftnummer.«

»Aber beweisen können wir es nicht«, ärgerte sich Greven. »Wo bleibt denn Acki mit den Zeitungen?«

»Meinst du wirklich, Cassens hat die Medien mobilisiert?«

»Ich bin mir sicher«, murrte Greven, der an diesem Morgen erneut mit der Wirklichkeit zu kämpfen hatte. »Ich irre mich gelegentlich, wie du weißt, aber diesmal bin ich mir sicher. Und mein Knie auch. Das ist weiter nichts als eine riskante, aber geschickte PR-Aktion eines Trittbrettfahrers. Ich brauch noch einen Kaffee. Aber einen mit Koffein.«

»Das ist die Sorte, die wir immer haben«, meinte Häring seinen Einkauf rechtfertigen zu müssen. »Ich kann ja bei der nächsten Kanne einen Löffel drauflegen.«

Greven hatte den Becher fast geleert und fühlte sich endlich auf dem richtigen Weg, als Ackermann ins Büro platzte und einen Stapel regionaler Blätter vor Greven auf den Schreibtisch klatschen ließ, der sofort auseinandergerissen wurde.

»Da haben wir es schon«, sagte Greven kopfschüttelnd. »Auf der Titelseite: *Killer schlug wieder zu. Heilpraktiker konnte dem Attentäter in letzter Sekunde entkommen.* So ein Quatsch!«

»Das hier ist auch nicht besser«, meinte Häring. »*Dritter Anschlag auf Knochenbrecher. Unbekannter jagt sanfte Mediziner.*«

»*Serienkiller noch immer auf freiem Fuß. Wer ist der Nächste?*«, las Ackermann vor.

»Du hattest recht«, sagte Häring. »Dieser geballte Medienauftritt ist kein Zufall. Cassens muss unmittelbar nach unserem Abzug die Redaktionen aus ihrem Mittagsschlaf gerissen haben.«

»Seht euch die Fotos an«, fuhr Greven fort. »Klar, der Mann ist kein Dummkopf und sehr eloquent. Der hat sie alle antreten lassen und ist ab sofort ausgebucht.«

»Kein Wunder«, meinte Ackermann, »so wie seine Fähigkeiten in den Himmel gelobt werden. Wenn man dem *Norder Anzeiger* glaubt, heilt der fast alles. Der wird sich vor Patienten kaum retten können.«

»Das war ja auch der Sinn der Aktion«, sagte Greven und legte seine Zeitung zur Seite.

»Was wohl der Täter davon hält?«, fügte Ackermann hinzu.

»Das kommt ganz auf das Motiv an«, griff Greven den Gedanken auf. »Eigentlich müsste Cassens' Aktion dem Täter bestens in den Kram passen, denn sie lenkt von ihm ab. Aus unserem spezifischen Täter wird ein großer Unbekannter, der überall zuschlagen kann und es auf jeden abgesehen hat, der jenseits der approbierten Medizin Trost spendet.«

»Dann wollen wir hoffen, dass Cassens keine Nachahmer findet«, meinte Häring, »vor allem keine, die bessere Vorstellungen abliefern.«

»Mal den Teufel nicht an die Wand«, stöhnte Greven. »Der Staub, den das aufwirbeln würde, ist das Letzte, was wir gebrauchen können.«

»Und das heißt für uns?«, fragte Ackermann.

»Plan B!«, antwortete Greven lustlos.

»Plan B?«

»Ja, der uralte und schon oft strapazierte Plan B. Noch nie gehört? In unserem Fall heißt das: Durch nichts irritieren lassen und weiterermitteln!«

Das Geräusch der sich öffnenden Tür ließ das Trio die Köpfe heben. Jaspers stand mit einem Stapel Akten vor ihnen und wusste nicht so recht, was er von der kleinen Versammlung halten sollte.

»Hab ich was verpasst?«

»Plan B«, antwortete Häring.

In diesem Augenblick meldete sich einer der Telefonapparate mit standardisiertem, elektronischem Klingelton. Häring, auf der Tischkante sitzend, angelte sich den Hörer, meldete sich und hörte eine Weile nur zu. Dann wiederholte er den Namen des Anrufers: »Ulf Frerichs, Dornumergrode, Störtebekerweg 1. Ja, wir kümmern uns um alles. Machen Sie sich keine Sorgen. Ja, ja ... auf Wiederhören.«

»Der Nächste?«, fragte Greven und stand vorsorglich auf. Ackermann erhob sich ebenfalls, wenn auch nicht ganz so schnell.

»Eher der Erste«, antwortete Häring und blieb sitzen.

»Er bittet um Personenschutz«, riet Greven.

»Aber mit Nachdruck. Er hält sich für eine Art bedrohter Spezies, seit er heute Morgen die Zeitung gelesen hat.«

»Da haben wir den Staub«, sagte Greven. »Umso besser, dass wir uns für Plan B entschieden haben. Ich werde also Herrn Frerichs gleich mal einen Besuch abstatten. Ihr haltet euch für die nächsten Kandidaten bereit. Falls sie sich nicht freiwillig melden, lost die Namen aus. Peter hat die Liste. Wir sehen uns hier um ... spätestens vierzehn Uhr wieder.«

Kaum hatte sich die Tür hinter Greven geschlossen, richtete Jaspers eine Frage an seine Kollegen, die ihn seit gut zehn Minuten quälte: »Was ist eigentlich dieser Plan B?«

Greven fuhr über Westerholt und Dornum nach Dornumergrode. Fast die ganze Strecke war wie mit dem Lineal durch die Geest gezogen, immer Richtung Norden auf die Küste zielend, wo die großen Gulfhöfe standen. In einem der größten von ihnen hatten sie, als das Abitur fast schon in Reichweite gewesen war, auch die größten Partys gefeiert. Bei Didi, dessen Vater nicht nur Landwirt, sondern auch MdB und daher gelegentlich außer Haus gewesen war. Das riesige Wohnzimmer konnte spielend mit dem von Herbert Cassens konkurrieren. Jedenfalls in seiner Erinnerung, die ihn dazu verleitete, nach dem Hof zu suchen, als er Dornumergrode erreichte. Nicht nur die Größe des Wohnzimmers machte die Partys zu Ereignissen, die sich in sein Gedächtnis eingebrannt hatten, es waren eine ganze Reihe von Faktoren wie die feudale Ausstrahlung des Hauses, die unübersichtliche Anzahl der Zimmer, in die man sich bei Bedarf zurückziehen konnte, oder die mehr als gute Verpflegung, die es sonst auf keiner Party gab. Gebratene Hähnchen und Buletten im Überfluss, ganz zu schweigen von Bier und Martini, für einige Zeit eine Art Modegetränk. Der Clou aber war die Musikanlage, die größte, die er bis dahin gesehen und gehört hatte. An die Marke konnte er sich nicht mehr erinnern, nur an den satten, warmen Klang, der sich wohltuend von dem Geschepper und Gekrächze unterschied, das die meisten ihrer Anlagen von sich gegeben hatten, sobald Verstärker und Boxen ihre Grenzen erreicht hatten. Noch dazu verfügte Didi über ältere Geschwister, die wiederum über eine stattliche Schallplattensammlung und eine Lichtorgel verfügten.

Zwar war bei Didi auch heftig über neue Flugblattaktionen und die richtige Richtung diskutiert worden, die jener seines Vaters diametral entgegengesetzt war, doch war dies meist ein kleiner Zirkel gewesen, der damals ohnehin nichts anderes mehr zu tun zu haben schien. Ob auf dem Schulhof, in der *Borke*, beim Konzert einer bretonischen Folkband in der Aula der Spietschule oder eben auf Partys (die noch nicht Feten hießen): Die Befreiung portugiesischer Kolonien in Afrika oder die Situation in Chile hatte für einige Gesichter immer Vorrang. Einigen dieser Allespolitisierer gelang es mühelos, im Prinzip Gleichgesinnten binnen weniger Minuten ein schlechtes Gewissen zu verpassen und ihnen einzureden, zu wenig zu tun und somit unbemerkt und schleichend zum Komplizen rechter und imperialistischer Kräfte zu werden. Auch Greven hatte einige Zeit auf dieser Leimrute verbracht, bevor er sich aus den rhetorischen Fallen hatte befreien können. Zwei Gesichter tauchten vor ihm auf, deren Namen er vergessen hatte, von denen er aber gerne gewusst hätte, was sie heute propagierten und taten.

Ein anderes Gesicht erschien, an das er ebenso lang nicht mehr gedacht hatte: Katja. Aus der Ostermarsch. Und aus der Parallelklasse. Lange, blonde Haare, meist als Pferdeschwanz getragen. Sie hatte schon eine ganze Weile dazugehört, er hatte sich aber nie näher für sie interessiert. Doch auf einer der Partys bei Didi war er plötzlich in ihre Augen gefallen, war hineingetrudelt, ohne es zu wollen, ohne sich wehren zu können, war schlicht abgestürzt. Es gelang ihm, sie zum Sofa zu manövrieren und sie in ein Gespräch zu entführen, das kein bestimmtes Thema hatte und das auch keine Rolle spielte. Er hatte nur ihre Augen im Kopf, in die er immer noch stürzte, während sie lachte, erzählte, trank und wieder lachte. Sie tauschten Lebenspläne und Reiseträume, die sie weit in der Zukunft ansiedelten. Dann sprang sie plötzlich auf und zog ihn mit. *A Whiter Shade of Pale*. Besser hätte es nicht kommen können. Matthew Fishers Orgel führte seine Hände. Katja fühlte sich sonderbar vertraut an, als würde er ihren Körper bereits kennen. Er stürzte weiter. Auf dem Rückweg zum Sofa kam der jähe Aufschlag. Ohne Vorwarnung materialisierte sich im Zigarettennebel ein großes, unbekanntes, widerlich gut aussehendes, bärtiges Wesen, das ein paar Jahre älter als Greven war, und aus dem roten Partylicht heraus die Arme um Katja schlang, die sich sofort umdrehte und dem Zudringlichen mit einem Freudenschrei um den Hals und auf den Mund sprang. Ohne sich umzudrehen, verschwand sie mit dem offenbar sehnsüchtig Erwarteten aus dem Wohnzimmer und blieb die ganze Nacht verschwunden. Wahrscheinlich in einem der oberen Zimmer, die Grevens Fantasie von dieser Sekunde an belagerten, obwohl er versuchte, ihnen auf der Tanzfläche zu entkommen und sie mit Martini zu vertreiben.

Erst gegen Mittag, gegen Ende der allgemeinen Reanimationsphase, standen die beiden, kaum bekleidet, plötzlich in der Küche und tranken Kaffee, als wäre nichts geschehen. Katja lächelte ihn sogar an, winkte zaghaft, doch dank der unerträglichen Kopfschmerzen war Greven damals nicht in der Lage gewesen, auf gleichem Niveau zu antworten.

Dafür schlich nun ein Lächeln auf seinen Mund. Ein Standarderlebnis, dachte er, das fast jeder in seiner Erinnerung finden wird. Nichts Ungewöhnliches. Aber das hatte er damals nicht gewusst, und selbst wenn, hätte ihn das kaum getröstet. Kurze Zeit darauf hatte Katja die Schule verlassen und war irgendwohin zu ihrem Studenten gezogen. Greven hatte lange gebraucht, dieses Erlebnis zu verdauen, aber keine bleibenden Schäden zurückbehalten, abgesehen von einer bis in die Gegenwart reichenden Aversion gegen Martini.

Den Gulfhof fand er nicht wieder, sein Gedächtnis hatte die Außenansicht nur halbherzig gespeichert. Auch der Störtebekerweg verweigerte sich lange und stellte sich dann als unbefestigter Feldweg heraus, den kein einziges Haus zierte, sondern lediglich ein marineblauer Bauwagen mit Blechdach, an dem Greven die gesuchte Hausnummer fand. Es war keiner von den kleinen Bauwagen, die gerade Platz für eine Handvoll Arbeiter boten, sondern einer von der Größe eines alten Schaustellerwagens. Er war gepflegt und sah frisch gestrichen aus, die Fenster wurden von Fensterläden gesäumt, neben der dreistufigen Treppe standen immergrüne Sträucher in großen Terrakottatöpfen. Neben dem Wagen stand ein betagter, offenbar von Hand lackierter VW-Bus, schon fast ein Oldtimer. Nach zweimaligem Klopfen öffnete ein schlanker Mann, Ende dreißig, mit nicht mehr vollem, aber schulterlangem, dunkelblondem Haar. Er war barfuß, trug eine indische Pluderhose, ein dazu passendes Hemd und eine Weste. Das schmale Lippenbärtchen verlieh ihm eine entfernte Ähnlichkeit mit Johnny Depp in *Chocolat*.

»Nur ein Mann?«, stellte Frerichs enttäuscht fest, nachdem sich Greven vorgestellt hatte.

»Und der geht auch gleich wieder, denn den gewünschten

Personenschutz können wir Ihnen beim besten Willen nicht bieten, zumal wir keine akute Gefahr für Sie sehen«, erklärte Greven, noch auf der Treppe stehend.

»Zwei Heilerinnen sind ermordet worden, dieser Cassens ist nur mit viel Glück davongekommen, und Sie sehen keine akute Gefahr?«

»Können wir uns nicht erst einmal setzen?«

Fast ein Drittel des Wagens nahm ein selbst gezimmertes Bett ein, auf dem eine Tagesdecke lag, die es zum Behelfssofa machte. Am anderen Ende befand sich die Küche, die Mitte war eine Art Universalzimmer. Eine Toilette oder Dusche konnte er nicht ausmachen.

»Hinterm Wagen«, sagte Frerichs.

»Wie bitte?«

»Das Klo. Ich hab ein Klohäuschen hinterm Wagen.«

Greven setzte sich auf das Bett, über dem verschiedenfarbige Tücher einen Himmel bildeten. Frerichs nahm auf einem kleinen Hocker Platz und machte ein hilfloses Gesicht.

»Ich kann Ihnen nicht einmal einen Beamten als Bodyguard zur Verfügung stellen«, erklärte Greven. »Dazu ist die Bedrohung einfach zu vage und unsere Personaldecke viel zu dünn. Außerdem ist der dritte Vorfall höchstwahrscheinlich nur ein versuchter Einbruch, der mit den beiden Morden gar nichts zu tun hat. Eine Serie lässt sich daraus nicht ableiten.«

»Das liest sich in der Zeitung aber ganz anders«, konterte Frerichs sichtlich nervös. »Sie haben doch die Zeitung gelesen?«

»Ja, ich habe sie gelesen. Aber ich war auch bei Herrn Cassens. Glauben Sie mir, wenn wir eine Gefährdung sehen würden, stünden hier sogar zwei Uniformierte. Sie kennen doch die hiesigen Blätter. Die suchen genauso nach Sensationen wie die großen. Und sie übertreiben manchmal genauso wie die großen.«

Frerichs schwieg einige Sekunden und schien den negativen Bescheid schließlich zu akzeptieren.

»Haben Sie denn irgendwelche konkreten Hinweise auf eine Bedrohung?«, kam ihm Greven entgegen.

»Wie meinen Sie das? Ein Brief mit aufgeklebten Buchstaben oder so was in der Art? Nein, ich habe nur die Zeitung gelesen. Das hat mir gereicht.«

»Uns aber nicht. Ich rate Ihnen dennoch, die Augen offen zu halten. Die Bogenas haben ihrem Mörder selbst die Tür geöffnet. Sehen Sie sich also neue Klienten genau an. Oder solche, die sich ungewöhnlich verhalten. Sagen Sie, behandeln Sie Ihre ... Patienten hier?«

»Nein, ich mache nur Hausbesuche. Wie sollte ich sonst das Karma eines Hilfesuchenden erfassen, das eng an seinen Lebensraum geknüpft ist?«, antwortete Frerichs.

»So gesehen, haben Sie natürlich recht.«

»Also nichts gegen gewisse Kollegen, aber allein schon aus diesem Grund liegen sie ja oft genug falsch. Trinken Sie einen Tee mit?«

»Warum nicht, vielen Dank.« Greven gefiel es in dem Bauwagen. Karma hin, Karma her, die indische Enklave auf Rädern hatte etwas, zumal der Wagen innen so gepflegt wie außen war. Ein kleiner Kanonenofen sorgte für eine angenehme Wärme an diesem kalten Tag. Eine Wärme, die sich von der allgemein üblichen Zentralheizungswärme auf eine Weise unterschied, die er nur schwer in Worte fassen konnte. In einer Nische hinter der Tür entdeckte er eine Sitar. Am liebsten hätte auch er seine Schuhe ausgezogen und die Füße in dem dicken, allem Anschein nach selbst geknüpften Teppich versenkt, der den ganzen Boden bedeckte. Während Frerichs einen Kessel auf den Kanonenofen stellte und Tee in eine Kanne gab, musterte Greven die beiden schmalen Regale am Fuß- und Kopfende des Bettes. Die Autoren der Bücher und auch die meisten Titel sagten ihm nichts, abgesehen von Begriffen wie »Mantras«, »Buddhismus« oder »Reinkarnation«. Hermann Hesses *Siddharta* und James Hiltons *Verlorener Horizont* gehörten zu den wenigen Ausnahmen. Die hatte er schon als Schüler gelesen. Auf der anderen Seite entdeckte er postkartengroße Bilder verschiedener Gottheiten oder ihrer Avatare. Aus einem kleinen, mit Sand gefüllten Tongefäß wuchs ein Igel aus abgebrannten Räucherstäbchen.

Als Frerichs in zwei Toncups den Tee brachte, taxierte Greven kurz seine Figur, brach den Versuch aber umgehend wieder ab, da er ebenso sinnlos war wie alle vorangegangenen. Der Tee war ungesüßt, aber nicht bitter, sondern mild und aromatisch. Greven schmeckte Ingwer und Zitronengras. Eine Weile saßen sie wortlos voreinander und pusteten über den heißen Tee, dann kehrte Greven ohne rechte Lust zu seiner Arbeit zurück.

»Herr Frerichs, haben Sie eigentlich auch mit Erdstrahlen zu tun?«

Der Wahlinder schmunzelte, nahm einen kleinen Schluck und antwortete abgeklärt: »Die Erde schießt keine Strahlen auf ihre Geschöpfe ab, nur die Taten bestimmen den Menschen und sein Schicksal, nicht messbare Kräfte. Ich weiß natürlich, auf was Sie anspielen, aber dieses mechanistische Denken lehne ich ab. Ich habe eine ganz andere Sichtweise auf das Wesen des Menschen, seine Seele und seine Gesundheit, eine ganzheitliche, aber das würde wahrscheinlich zu weit führen, Ihnen das jetzt zu erklären.«

»Wahrscheinlich«, stimmte ihm Greven zu. Die nächste Frage lag ihm schon auf den Lippen, nämlich die nach dem Alibi. Doch dann beschloss er, erst eine weitere Tasse Tee zu trinken.

»Können Sie eigentlich Sitar spielen, oder dient sie nur als Dekoration?«

»Ich habe sechs Jahre in Indien gelebt«, antwortete Frerichs, dessen Anspannung inzwischen gewichen war, stellte die henkellose Tasse zur Seite und nahm die Sitar aus der Nische hinter der Tür. Er setzte sich auf ein Kissen auf dem Boden und platzierte das außergewöhnliche Instrument gekonnt auf seinem Schoß. Die Tonfolgen, die Frerichs den Saiten entlockte, ließen erneut Erinnerungen in Greven aufflackern, Erinnerungen an andere Partys, über die er heute einerseits den Kopf schütteln musste, die andererseits aber auch ein gewisses Maß an Sentimentalität in ihm wachriefen. Wie schon während der Herfahrt tauchten Gesichter vor ihm auf, die er nicht mehr alle mit Namen versehen konnte. Inmitten der Gesichter stand eine als Tisch aufbereitete Apfelsinenkiste, auf der eine Tropfkerze ihre Wachstränen vergoss und Räucherstäbchen glommen. Die Intensität der Musik steigerte sich noch, als hätte der Musiker seinen kleinen Ausflug in die frühen Siebziger Jahre registriert, die Frerichs selbst gar nicht bewusst erlebt hatte. Dabei hätte er problemlos in diese Zeit gepasst. Ein unvorsichtiger, kräftiger Schluck von dem noch immer heißen Tee verscheuchte die Geister und ließ Greven auf die Uhr sehen, die sich nicht hatte verführen lassen.

»Sie spielen ausgezeichnet«, bemerkte Greven, »doch nun muss ich leider wieder aufbrechen. Danke für den Tee. Ach ja, hätte ich fast vergessen, aus reiner Routine muss ich Ihr Alibi für die beiden Morde überprüfen. Wie gesagt, reine Routine. Fangen wir mit der ersten Tat an. Wo waren Sie am Samstag, den …?«

»In Berlin. Ich war eine Woche in Berlin und habe an einem Seminar über indische Philosophie teilgenommen«, lächelte Frerichs im Lotussitz, die Saiten seines Instruments streichelnd. »Das Beste, was ich je erlebt habe. Der Typ hat sich wirklich ausgekannt.«

18

»Du willst doch wohl nicht schon wieder zu spät kommen«, mahnte Mona. »Das ist ja wie in einem billigen Film. Dem Drehbuchautor ist nichts Besseres eingefallen, also macht er aus dem Zuspätkommen einen Running Gag, wobei er ab und zu die Rollen tauscht.«

»Bin gleich fertig, muss nur noch schnell aufs Klo«, sagte Greven.

»Na bitte, genau das meine ich.«

»Das schaffen wir schon noch«, klangen Grevens Worte durch die halb geöffnete Tür. »Marienhafe liegt ja fast vor der Haustür.«

»Durch die wir aber bald mal gehen müssten.«

»Bin schon da!«, strahlte Greven, als er endlich in den Flur trat.

»Das ist nicht dein Ernst!«, sagte Mona und musterte ihn von oben bis unten.

»Mona, glaub mir, wir schaffen es!«

»Aber nicht in dieser Jacke. Die sollte doch in die Reinigung. Die kannst du nicht anziehen, die müffelt ja bis hier.«

Greven zuckte mit den Schultern und lief die Treppe hinauf, um zwei Minuten später mit einer anderen Jacke im Flur zu erscheinen.

»Die geht, nicht die Beste, aber die geht.«

Ohne moderate Geschwindigkeitsüberschreitungen war Marienhafe bis vierzehn Uhr nicht zu erreichen. In Moordorf konnte Greven gerade noch einer Radarfalle entgehen, bevor er wieder aufs Pedal trat.

»Was hast du eigentlich so lange im Büro gemacht?«, fragte Mona.

»Endlos mit Hansen telefoniert. Wir sind noch mal die gesammelten Asservate durchgegangen.«

»Mit welchem Ergebnis?«

»Mit keinem. Was auch immer wir uns zurechtgebastelt haben, es ergibt keinen Sinn. Woher kommen diese verfluchten

Haare?«, schimpfte Greven und schlug mit der flachen Hand aufs Lenkrad.

»Vom Friseur«, sagte Mona trocken.

»Selbstverständlich. Aber von welchem Friseur? Und wie sind sie an den Tatort gekommen? Wenn wir diese Frage beantworten könnten ...«

»Hat die Überprüfung von Almuth Bogenas Patientendatei nichts ergeben? Nicht eine Spur?«

»Ihr Mörder hatte jedenfalls keinen Termin. Den ersten hätte sie erst um sechzehn Uhr gehabt. Ihre Patienten kommen aus halb Ostfriesland, die meisten sind über sechzig. Peter hat nur zwölf im fraglichen Alter gefunden, von denen einer im Rollstuhl sitzt, drei ausgesprochen korpulent sind und der Rest halbwegs akzeptable Alibis besitzt, die gerade noch genauer abgeklopft werden. Die Chancen sind also denkbar gering, hier den Mörder zu finden. Die Datei wurde auch nicht manipuliert. Peter vermutet zu Recht, dass sie der Täter weder gesehen noch sich überhaupt dafür interessiert hat. Er hat geklingelt, ist mit Almuth ins Behandlungszimmer gegangen, hat sie ermordet und ist wieder verschwunden.«

»Mit den Ringen«, warf Mona ein.

»Nicht einmal das wissen wir zuverlässig. Die Ringe kann auch jemand anders am Vortag aus uns unbekannten Gründen abgeholt haben. Auch das Etui ...«

»Wir sind da«, unterbrach ihn Mona. Vor ihnen ragte der massige Störtebekerturm der Kirche von Marienhafe auf, der seinen Namen einem ostfriesischen Nationalhelden verdankte, der ihn sich im 15. Jahrhundert als Zuflucht ausgewählt hatte. Den Wagen parkten sie fast ordnungsgemäß direkt vor der Kirche auf dem Marktplatz.

Diesmal waren sie pünktlich und fanden in einer der hinteren Reihen Platz, die ihnen eine gute Sicht auf die Anwesenden gewährte. Greven begann sofort mit der Bestandsaufnahme. In unmittelbarer Nähe der Kanzel entdeckte er Klaus Bogena und seine drei Verwandten, die er schon auf Tante Heddas Beerdigung gesehen hatte. Waren deren Gesichter wie versteinert, wirkte Klaus Bogena sehr gefasst, ähnlich wie beim letzten

Mal. Greven schätzte ihn als einen von jenen Menschen ein, die keinen Blick in ihren Weltinnenraum zuließen. Bogenas nichtssagender Ausdruck war nur eine Maske, hinter der er sich versteckte. Vielleicht hatte er sich diese emotionslos wirkende Fassade durch seinen Beruf antrainiert, um Rollenkonflikten aus dem Weg zu gehen? Greven wühlte im halbherzig gelernten Stoff einer Fortbildung über Gruppendynamik, die Jahre zurücklag. Viel war nicht hängen geblieben.

Zu Almuths Beerdigung waren etwa ebenso viele Menschen erschienen wie zu Heddas, nur dass Greven in Marienhafe kaum jemanden kannte. Wie viele der Anwesenden wohl einen der Ringe von Almuth erstanden hatten oder hatten erstehen müssen? Er taxierte ein Gesicht nach dem anderen und traf schließlich doch auf ein bekanntes. Neben einer ebenfalls tendenziell indisch gekleideten jungen Frau saß Frerichs, von dem er lediglich das Profil sehen konnte. Nur zwei Plätze neben ihm fuhr sich eine Frau mit der Hand durchs Haar, die er von einem Foto her kannte: Simone Cassens, die seit sechs Wochen im Marienhafer Exil lebte.

Die Trauerrede des Pastors war distanziert und kühl, aber nicht abwertend. Greven vermutete, dass er mit seiner Charakterisierung der Ermordeten den Nagel auf den Kopf traf. Klaus Bogena verzog keine Miene, sang unengagiert, aber mit deutlichen Lippenbewegungen das verordnete Kirchenlied und half seinen Verwandten, sich von der harten Kirchenbank zu erheben, als der Gang zum Friedhof angetreten wurde. Frau Cassens ging unmittelbar hinter ihm, Frerichs folgte im Mittelfeld der Trauergemeinde. Mona und Greven reihten sich in die Nachhut ein.

Während des üblichen Rituals vor dem Grab huschte Grevens Blick noch einmal durch die Reihen, ohne an einem Gesicht hängen zu bleiben. Nur Frerichs schien ihn zu erkennen und nickte ihm mit ernster Miene zu. Klaus Bogena wirkte wie geistesabwesend, während sich seine Gefolgschaft hinter altmodischen Stofftaschentüchern verbarg. Der Pastor sagte seinen Standardspruch auf, schüttelte verschiedene Hände und verschwand. Gerade noch hatte er Staub zu Staub befohlen, da wurde dieser auch schon wieder aufgewirbelt. Vor dem Friedhof warteten nämlich schon die Geier in Gestalt mehrere Pressefotografen, die es keineswegs nur auf Klaus Bogena und seine Begleitung abgesehen hatten, sondern zu Grevens Überraschung auch auf den ermittelnden Kommissar. Kaum hatten sie einige Bilder der letzten Bogenas geschossen, richteten sich die Objektive auf ihn. Greven hatte noch immer das laute Klicken der Verschlüsse im Ohr, das früher jeden Pressetermin akustisch begleitet hatte, doch die jahrzehntelang typischen Geräusche der Zunft blieben dank neuer Technik aus.

»Haben Sie schon eine Spur des Serienmörders?«, war die erste Frage, die ein junger Blonder in die Menschentraube warf, in der auch Mona und Greven steckten.

»Es gibt keinen Serienmörder«, antwortete Greven. »Sondern nur zwei Mordfälle, zwischen denen wahrscheinlich eine Verbindung besteht.«

»Werden Sie dem Serienmörder eine Falle stellen?«, war die nächste Frage eines der Journalisten.

»Hat es der Serienmörder nur auf Knochenbrecher abgesehen?«, wollte der nächste wissen.

Grevens Wiederholung seiner Antwort ging in einer anschwellenden Diskussion unter, entfacht von einigen Mitglieder der Trauergemeinde, die sich am Auftritt der Journalisten störten. Mona und Greven nutzten diese Gelegenheit, um sich an einigen aufgeregten älteren Damen vorbei, die ihre Schirme bereits fest im Griff hatten, aus der Affäre zu ziehen. Die Bogenas waren schon vor ihnen geflohen.

Mit leichter Verspätung trafen Mona und Greven an der traditionellen Teetafel ein. Der kühle Raum war bis auf den letzten Platz gefüllt. Ihnen blieb nichts anderes übrig, als das obligate Stück Teekuchen, in Ostfriesland gerne auch Beerdigungskuchen genannt, im Stehen zu essen. Greven hatte keinen besonderen Appetit auf den mit Vanillepudding gefüllten Kuchen, doch er war Teil der Zeremonie. Gerade hatte er den Teller abgestellt und zur Teetasse gegriffen, als sich Klaus Bogena neben ihm einfand.

»Nochmals mein Beileid.«

»Ist schon in Ordnung«, sagte Bogena. »Nett, dass Sie gekommen sind. Auch wenn Sie wahrscheinlich nur hier sind, um den Mörder zu suchen.«

Greven nickte und führte die Tasse zum Mund. »Wie geht es Ihnen?« Etwas Besseres hatte er im Moment nicht parat.

»Eigentlich ganz gut«, antwortete Bogena. »Ich weiß natürlich nicht, was noch nachkommt. Im Moment bin ich froh, alles geregelt und überstanden zu haben. Wie sieht es denn bei Ihnen aus? Ohne mich den Reportern anschließen zu wollen.«

»Nicht so gut, ehrlich gesagt. Uns fehlt schlicht die berühmte heiße Spur.«

»An mich haben Sie bestimmt auch schon gedacht. Habe ich recht?«

»Haben Sie«, gestand Greven, »aber nur kurz.«

»Juist hat mich wohl vor einem Verhör bewahrt?«, vermutete Bogena, dessen Mundwinkel sich für einen Augenblick hoben, als wolle er zu einem Lächeln ansetzen.

»Kann man sagen«, antwortete Greven und setzte die Tasse ab. »Ist Ihnen noch irgendetwas eingefallen, was zur Aufklärung beitragen könnte? Ein Diebstahl, zum Beispiel, den Sie erst jetzt bemerkt haben?«

»Spontan fällt mir nichts ein«, überlegte Bogena, »allerdings hatte ich auch keine Zeit, darüber nachzudenken. Die ganze Abwicklung, Sie verstehen? Was man da alles unterschreiben muss. Ich sage Ihnen, auf dem Papier ist meine Mutter noch sehr lebendig.«

Nach einer kurzen Pause, die Bogena nutzte, um zwei Bekannten die Hände zu schütteln, fuhr Greven fort: »Was werden Sie mit den Häusern in Greetsiel und Marienhafe machen?«

»Ich werde sie wohl behalten und nach Marienhafe ziehen. Das Haus in Greetsiel werde ich vermieten. Als Ferienwohnung. Die Konten meiner Mutter reichen gerade aus, beide Häuser zu renovieren. Das Geld meiner Tante kann ich wahrscheinlich vergessen.«

»Wahrscheinlich«, stimmte ihm Greven zu. »Wenn es nicht doch noch irgendwo auftaucht.«

»Wenn Sie noch Fragen haben ...«

»...weiß ich, wo ich Sie finden kann«, nickte Greven. Sein Blick folgte dem schwarzgekleideten Alleinerben an einen der hinteren Tische, an dem seine drei Verwandten saßen, die mit großem Appetit Teekuchen aßen. Zu der Art und Weise, wie Bogena sich um sie kümmerte und ihnen Tee nachschenkte, fiel ihm nur das Wort »rührend« ein. Dann wandte er sich Mona zu, die schräg neben ihm stand und die Unbeteiligte gespielt hatte: »Was meinst du?«

»Schwer zu sagen. Auf jeden Fall ein großer Schauspieler. Was der wirklich denkt, behält er für sich. An den kommt man nicht so leicht ran. Vielleicht lebt der auch deshalb allein. Und das Alibi ist wirklich wasserdicht?«

»Ist es. Die ganze Klasse hat ihn gesehen. Er musste mal zum Pinkeln in die Dünen, aber die Zeit hätte nicht mal gereicht, um zum Flugplatz zu kommen. Allenfalls, um ein Telefonat zu führen.«

»Schade, er wäre der perfekte Täter gewesen«, kommentierte Mona, während Bogena seinen Anvertrauten noch Kuchen auf die Teller schob. Auch Mona wollte noch nachlegen, doch sie kam nicht mehr an die bereitgestellten Kuchenplatten heran. Immer noch trafen Gäste in der kleinen Wirtschaft ein und sorgten für Gedränge am Büffet. Erste Rufe nach Bier und Korn wurden laut. Ein kleiner, grauhaariger Mann zog ein Akkordeon aus einem Koffer. Die Zeremonie war noch lange nicht vorbei.

»Lass uns gehen«, schlug Greven vor. »Hier können wir doch nichts mehr gewinnen.«

Auf dem Marktplatz vor der Kirche fasste Greven in die Jackentasche, um den Autoschlüssel herauszuholen. Doch der war nicht das Einzige, was er in seiner Tasche fand. Außer dem Schlüsselbund hielt er einen Zettel in der Hand, eine sauber herausgerissene und vorbildlich gefaltete Seite aus einem Schulheft, auf der jemand mit einem Füller und blauer Tinte eine Botschaft hinterlassen hatte: »Wenn Sie wissen wollen, wer die beiden Knochenbrecher umgebracht hat, kommen Sie um 20 Uhr in die Deichwirtschaft *Zum Funker* in Utlandshörn. Bitte ohne Begleitung. Hermann.«

»Den Zettel muss dir im Gedränge jemand in die Tasche gesteckt haben«, sagte Mona, als sie die Zeilen überflog. »Der gefällt mir gar nicht. Bei der letzten Einladung dieser Art bist du ganz schön verprügelt worden. Und dabei hast du noch Glück gehabt.«

»Ich werde trotzdem hingehen«, entschied Greven spontan. »Wer eine so schöne Schrift hat und auch noch seinen Namen nennt, stellt keine Fallen.«

»Nimm wenigstens Peter mit. Gerd, das sieht doch ein Blinder, dass da was faul ist. Warum verlangen solche Leute eigentlich immer, dass man alleine kommen soll? Nie heißt es: Kommen Sie bitte zu zweit. Oder: Sie können ruhig einen alten Freund mitbringen.«

»So sind nun mal die Regeln. Keine Sorge, da will mir nur jemand einen Tipp geben und traut sich nicht aus der Deckkung. Das ist alles. Vielleicht bringt uns das endlich weiter.«

19

Die Kneipe *Zum Funker* stand unmittelbar am Deich in Utlandshörn, einer stumpfen Landzunge im Norden der Leybucht. In Großbritannien trüge der Ort den Namen Land's End. Gegenüber, am anderen Ende der Bucht, lagen Greetsiel und die Nase von Leysiel. In unmittelbarer Nähe der Kneipe hatten einst die riesigen Antennenmasten von Norddeich Radio gestanden. Der Name der kleinen Wirtschaft war also kein Zufall. Untergebracht war sie in einem alten Landarbeiterhaus, wie man es nur noch selten in Ostfriesland fand, und die Kneipe daher entsprechend klein, ein niedriger Gastraum mit einem Tresen und drei Tischen, von denen keiner besetzt war. Diese Kneipe am Ende der ostfriesischen Welt musste man kennen, um hier ein Bier trinken zu wollen. Touristen kamen also kaum in Frage.

Hinter dem kurzen Tresen stand ein Mann um die Siebzig mit einer Kapitänsmütze auf dem runden Kopf, wie sie auch der alte Ysker trug. Im breiten Mund steckte eine selbstgedrehte Zigarette. Seine schwarze Kordhose wurde von Hosenträgern gehalten, deren Grau sich deutlich vom Blau des Hemdes abhob. Die Ärmel hatte der Wirt hochgekrempelt, denn er war dabei, ein paar Gläser zu spülen. Offenbar waren kurz vor Grevens Erscheinen ein paar Gäste gegangen.

»Moin!«, rief ihm der Wirt entgegen. »Suchen Sie sich einen Platz aus. Noch ist alles frei. Das Pils kommt gleich, ich habe immer eins in Arbeit.«

Damit meinte er offenbar die fast gefüllte Biertulpe, die unter dem Zapfhahn stand. Greven war im Begriff, die nie gemachte Bestellung zu reklamieren, zögerte einen Moment und setzte sich dann wortlos an den Tisch, der dem Tresen am nächsten stand.

Mochte der Wirt noch halbwegs als Original durchgehen, die Kneipe besaß dagegen kaum Flair. Das Mobiliar war einfach, die Wände gelblich, den Gardinen sah man ihr Alter deutlich an. Hinter seinem Rücken hingen ein paar Fotos, die

die Antennenmasten und einen Funkraum zeigten. An der Wand gegenüber stand eine alte Musicbox, die keinen Ton von sich gab, sofern sie überhaupt noch funktionierte. Reif für den Sperrmüll. Oder die Werkstatt eines Sammlers. Greven sah auf die Uhr. Viertel nach acht. Der Wirt stellte das Bier auf den Tisch und sagte: »Prost!«

Greven hatte den Gedanken an seinen neuen Lebenswandel bereits verdrängt und leerte mit einem Zug das halbe Glas. Dank seiner Abstinenz schien es ihm das beste Pils zu sein, das er je getrunken hatte.

»Ich mache gleich noch eins fertig«, kommentierte der Wirt Grevens Gedanken, als könne er sie lesen.

»Langsam, langsam«, bremste Greven, »ich muss noch fahren.«

»Sie sind ja gerade erst gekommen. Zwei Bier sind doch für Sie kein Problem. Außerdem habe ich ja nur Gläser mit 0,3 Litern. Kinderteller sagen die in Bayern dazu. Das hat mir mal ein Badegast erzählt. Kinderteller. Haben Sie das schon mal gehört?«

Wenige Minuten später stand das zweite Glas auf dem Bierdeckel, den der Wirt mit einem Strich versah, obwohl diese Gedächtnishilfe bei einem einzigen Gast wohl kaum notwendig war. Nach weiteren zehn Minuten hatte Greven den Raum weitgehend in sich aufgenommen, die verstaubten Pokale, die D-Mark-Scheine, die der Wirt gerahmt und neben der Toilettentür aufgehängt hatte, den Schirmständer mitsamt dem Schirm, der aussah, als würde er schon seit Jahren darauf warten, abgeholt zu werden, die Spinnweben in manchen Ecken, die ausgetretenen Dielen, den Geruch, der Jahrzehnte konserviert zu haben schien. Ein Auto fuhr vorbei, zu hören war es nicht, aber die Lichtkegel wanderten durch den Raum. Hörbar war nur der Ostwind, der am Nachmittag zugenommen hatte und rund um das frei stehende Haus eine Vielzahl von Instrumenten fand.

Der Wirt sprach kein Wort, sah ab und zu auf und polierte weiter seine Gläser. Halb neun. Greven hasste das Warten in solchen Situationen, die ihm nicht fremd waren. Man wusste nicht, auf wen man wartete, und was sich hinter der Einladung verbarg. Man wusste nicht einmal, ob der Informant überhaupt noch lebte oder ob die Einladung nicht das Produkt eines notorischen Witzbolds war, der sich längst irgendwo auf die Schenkel klopfte. Greven wusste nur, dass es besser war, einer solchen Einladung zu folgen, um keine Chance zu verpassen. Aber länger als bis neun wollte er nicht warten, obwohl auch das zweite Pils außergewöhnlich gut schmeckte. Ohne lange nachzudenken schob er es der Ermittlungsarbeit in die Schuhe, trank es also aufgrund einer klaren dienstlichen Indikation, als Tarnung, um sich der Umgebung perfekt anzupassen. Prost.

Als er das Glas abgesetzt hatte, sprang die Tür auf und ließ frischen Wind in den Raum. Ihm folgte ein etwa fünfzigjähriger Mann in bäuerlicher Kleidung und klobigen Schuhen, der ihm einen kurzen Blick zuwarf und den Wirt mit dem immer passenden »Moin« grüßte. Ohne eine Bestellung abgegeben zu haben, setzte sich der neue Gast an den ersten Tisch und wartete wortlos auf das Bier, das ihm der Wirt unaufgefordert brachte. Ein paar plattdeutsche Standardsprüche über das Wetter und das persönliche Befinden wurden ausgetauscht, dann kehrte wieder Ruhe ein. Der neue Gast senkte seinen Blick auf die Schaumkrone, die er lange Zeit anstarrte wie ein Wahrsager seine Kristallkugel. Der Wirt hatte noch ein Glas gefunden, das er spülen konnte. Vielleicht spülte er auch ein frisches, weil er es ohne Spülen hinter seinem Tresen nicht aushielt.

Greven leerte das zweite Glas. Kinderteller war kein schlechter Ausdruck. Trotz abwehrender Handbewegung kam der Wirt kurz darauf an seinen Tisch und stellte ein drittes Glas hin. Auch der neue Gast erhielt Nachschub. Das Geschäft ging gut an diesem Abend.

Wieder fuhren Lichtkegel durch den Raum. Auch auf der Straße, die vor dem Haus vorbeilief und für den Durchgangsverkehr gesperrt war, schien die Rushhour einzusetzen. Viertel vor neun. Greven begann, die Wirkung des Alkohols zu spüren. Er hatte seit dem Teekuchen nichts mehr gegessen und war aus der Übung. Draußen hatte sich der Ostwind ein loses Brett oder einen Fensterladen vorgenommen.

Der unbekannte Gast hatte sein zweites Glas geleert, erhob sich langsam von seinem Stuhl, rief dem Wirt einen kurzen Abschiedsgruß zu und verschwand, ohne Greven mit einem Blick zu würdigen oder zu zahlen. Kaum hatte sich die Tür hinter ihm geschlossen, kam der Wirt an seinen Tisch und setzte sich neben ihn. Greven sah auf die Uhr.

»Das war Jan Wübben, der kommt jeden Abend. Den musste ich unbedingt noch abwarten. Er war heute spät dran, tut mir leid. Außerdem wollte ich Sie noch ein bisschen kennen lernen. Hermann Hoogestraat.«

Greven sah dem Wirt erstaunt in die Augen und betrachtete das runde, gut rasierte Gesicht, das ihm auf der Beerdigung nicht aufgefallen war: »Sie haben den anonymen Brief geschrieben?«

»Das war kein anonymer Brief. Ich habe ihn unterschrieben, wie es sich gehört«, entgegnete der Wirt mit spürbarer Empörung.

»Aber nur mit Ihrem Vornamen.«

»Das reicht in meinem Falle aus. *Zum Funker* und Hermann. Das kennt doch jeder. Und Sie stammen doch aus Greetsiel. Das stand neulich sogar in der Zeitung.«

»Lassen wir das«, lenkte Greven ein. »Sagen Sie mir lieber, was Sie über die beiden Morde wissen.«

»Aber nur, wenn Sie meinen Namen da raushalten. Die Information ist streng vertraulich«, forderte der Wirt mit gedämpfter Lautstärke. »Ich sage es Ihnen auch nur, weil ein paar Freunde von mir große Stücke auf Sie halten und ich Hedda gemocht habe.«

»Von mir erfährt niemand etwas«, versicherte Greven.

Der Wirt rutschte mit dem Stuhl ein paar Zentimeter an Greven heran, den langsam das Gefühl beschlich, mitten in die Dreharbeiten eines B-Pictures geraten zu sein.

»Haben Sie einen Arzt in der Familie oder zum Freund?«, fragte der Wirt.

»Wie kommen Sie jetzt darauf?«

»Haben Sie?«

»Ich muss Sie enttäuschen«, log Greven prophylaktisch.

»Dann können Sie es auch nicht wissen.«

»Was nicht wissen?«

»Die Verschwörung der Schulmediziner gegen die Knochenbrecher und Heiler«, hauchte der Wirt, als gäbe er ein Staatsgeheimnis preis.

Greven sackte auf dem Stuhl in sich zusammen: »Nein, bitte ersparen Sie mir das. Keine Verschwörungstheorie.«

»Das ist keine Verschwörungstheorie, das ist Verschwörungspraxis«, raunte der Wirt voller Überzeugung. »Was glauben Sie denn, warum die sich in letzter Zeit so oft in Aurich und Emden auf Tagungen getroffen haben? Doch nur, um die Pläne von diesem Weygand zu besprechen und in die Tat umzusetzen. In der Zeitung schreiben sie dann immer, es ginge um die Gesundheitsreform. Aber das ist eine Lüge. Es geht um uns. Diesen Weygand, den hat doch die Ärztekammer nur nach Ostfriesland geschickt, um hier klar Schiff zu machen mit der unliebsamen Konkurrenz.«

Greven trank den letzten Schluck Bier. Für diese Geschichte war er also von Marienhafe zurück nach Aurich gefahren, da Mona lieber hatte malen wollen, und dann quer durch Ostfriesland nach Utlandshörn gerast, um in der abgelegensten aller Kneipen eine zähe Stunde lang auf einen Informanten zu warten, der die ganze Zeit vor seiner Nase Gläser spülte, am Ende aber gar keine Informationen anzubieten hatte. Er schnaufte einmal tief durch und sah Hoogestraat in die leuchtenden Augen: »Haben Sie einen Aquavit für mich?«

»Selbstverständlich!«, antwortete der Wirt, sprang fast von seinem Stuhl auf und kehrt gleich darauf mit einer eisgekühlten Flasche und zwei Gläsern zurück, die er umgehend und ohne Rücksicht auf den Eichstrich füllte. »Prost!«

»Prost«, wiederholte Greven und schloss während des Trinkens die Augen. Der Schnaps hatte zwar keine Zimmertemperatur, wie in Norwegen üblich, das Kümmelaroma war dennoch sehr ausgeprägt. »Sie sind also auch ein Knochenbrecher?«

»Das kann man so nicht sagen. Ich arbeite als Zuhörer

und Lebensberater, wenn Sie sich darunter etwas vorstellen können«, erklärte der Wirt nicht ohne Stolz. »Ich habe für alle Menschen ein offenes Ohr, die Sorgen haben, und helfe ihnen, ihre Probleme zu lösen.«

»Also eine Art Psychologe?«

»So könnte man das ausdrücken, nur dass ich eben meine eigenen Methoden entwickelt habe. Methoden, die sich sehr bewährt haben, das können Sie mir glauben. Das mache ich nun schon seit gut dreißig Jahren.«

»Ihre Nebentätigkeit in allen Ehren, Herr Hoogestraat«, sagte Greven mit mühsamer Freundlichkeit, »aber haben Sie denn auch Beweise für Ihre Behauptung?«

»Sind Ihnen die beiden Morde und der Anschlag auf Herrn Cassens nicht genug? Wenn Ihnen das wirklich noch nicht ausreicht, dann gehen Sie doch mal auf eine der Veranstaltungen, die Dr. Weygand überall durchführt. Ich bin da gewesen und habe mir seine Hasspredigt angehört. Der hält jeden, der nicht Medizin studiert hat, für einen Schwachkopf und jeden Knochenbrecher für einen Giftmörder, der zur Strecke gebracht werden muss. Und genau das tun er und seine studierten Kollegen. Genau das! Wir waren den Schulmedizinern schon immer ein Dorn im Auge. Jetzt, wo immer deutlicher wird, dass sie mit ihrer Wissenschaft am Ende sind, haben sie beschlossen, uns ein für alle Mal aus dem Weg zu räumen.«

Schweißperlen wuchsen auf Hoogestraats Stirn. Seine Augenlider zitterten, seine Augen erwarteten eine Antwort, nach der Greven intensiv suchte.

»Nehmen wir einmal an, es wäre so«, begann Greven vorsichtig, das leere Kümmelglas zwischen Daumen und Zeigefinger hin- und herdrehend, »haben Sie noch weitere Beweise, etwas Handfestes, das ich einem Richter vorlegen könnte?«

»Gehen Sie zu Dr. Weygand oder auf eine Ärztetagung. Da werden Sie finden, was Sie brauchen. Schleichen Sie sich da ein und nehmen Sie den ganzen Laden hoch. Sie lassen sich nicht einschüchtern, haben mir meine Freunde erzählt. Also los. Aber halten Sie mich da raus, sonst bin ich der Nächste auf der Todesliste. Möchten Sie noch einen?«

Greven zögerte, winkte dann aber doch ab: »Nein danke, ich muss noch zurück nach Aurich.«

»Um die Sache endlich richtig in die Hand zu nehmen! Sie wissen ja jetzt, worum es geht!«

»Keine Sorge, den Mörder von Tante Hedda und ihrer Schwester werde ich nicht entwischen lassen.«

»Das ist ein Wort!«, freute sich der Wirt und füllte sein Glas.

»Was bin ich Ihnen schuldig?«

»Sie sind natürlich mein Gast gewesen, schließlich hatte ich Sie schriftlich eingeladen.«

»So gesehen ...«, sagte Greven und stand auf. Hoogestraat erhob sich ebenfalls und schüttelte kräftig seine Hand.

»Sie sind der Richtige. Decken Sie diese Verschwörung auf. Es wird höchste Zeit.«

»Keine Sorge, mit Verschwörungen kenne ich mich aus«, bemerkte Greven, rief dem Wirt noch »Danke« und »Tschüss« zu und freute sich auf den Ostwind, der ihn draußen auch gleich mit einer kühlen Böe umarmte. Die Lichtreklame über der Tür, auf der neben einer Biermarke der Name der Kneipe stand, flackerte. Wie passend, dachte Greven und versuchte die Nachricht zu decodieren. Doch die kaputte Neonröhre beherrschte das Morsealphabet nicht, das gar nicht von Samuel Morse stammte. Schon nach den ersten Buchstaben war klar, dass das aufleuchtende Gas nur Unsinn von sich gab.

Vor dem Auto angekommen, suchte er nach einem geeigneten Rückweg. Denn nach dem Aquavit, den er aus psychohygienischen Gründen hatte trinken müssen, wollte er sich nicht den Fragen bestimmter Kollegen stellen. Ein Kaffee wäre jetzt das Richtige. Und noch ein bisschen Zeit, um den Alkohol abzubauen. Über Norddeich wollte er sowieso fahren, um auf die B 72 zu gelangen. Warum also nicht kurz bei *Meta* reinschauen. Die Schleichwege kannte er noch aus Schülerzeiten, auch wenn sich inzwischen viel verändert hatte.

Die Veränderung hatte auch *Meta* selbst erreicht. Rund um das einst freistehende Haus wuchsen Mauern in den Nachthimmel, über den der Ostwind Wolken trieb, deren Umrisse er nur mit Mühe erkennen konnte. Viel war nicht los an diesem Abend. Auf der Tanzfläche zappelten lustlos zwei Teenager, beobachtet von einer Handvoll Unentschlossener. Nur wenige Plätze waren besetzt, die Theke fast leer, hinter der Sven stand. Die Musik hatte er einem jungen Kollegen überlassen, der sich für nicht mehr ganz frische Techno-Beats entschieden hatte. Greven schwang sich auf einen der Hocker an der Theke und nickte Sven zu.

»Im Dienst?«, rief der Barkeeper, Gläser polierend wie sein Kollege aus Utlandshörn.

»Jetzt nicht mehr!«, antwortete Greven.

»Dann mach ich dir ein Bier! Auf Kosten des Hauses!«

»Danke, aber was ich jetzt brauche, ist ein Kaffee!«

»Also doch im Dienst?!«

»Nein!«

»Nicht doch lieber ein Bier?!«

»Wirklich nicht, ich habe gerade im Dienst schon drei getrunken! Und einen Aquavit!«

»Neue Dienstvorschrift?«

»Du bist wie immer gut informiert!«, rief Greven gegen die wummernden Bässe an.

Als Sven den Kaffee brachte, gab ihnen die Ballade, die die Techno-Beats abgelöst hatte, die Gelegenheit, sich etwas moderater zu unterhalten.

»Deine Ermittlungen haben die Nachfrage nach den Streichhölzern ganz schon angeheizt«, erzählte Sven. »Plötzlich will jeder so ein Teil haben. Ich habe schon fast keine mehr. Wenn das so weitergeht, tauchen die ersten bald bei eBay auf.«

»Gut möglich. Gib mir lieber noch ein oder zwei mit«, sagte Greven. »Hast du sonst noch was gehört? Du hast doch immer ein Ohr an der Szene.«

»Wieder im Dienst? Dann kann ich dir ja doch ein Bier machen.«

20

»Jetzt fängst du auch noch damit an«, beschwerte sich Greven. Außerdem konnte er einen Aktendeckel mit einer Aussage im Fall Weber nicht finden. Schon zum zweiten Mal stellte er seine Schubläden und den noch gar nicht so großen Aktenhügel auf seinem Schreibtisch auf den Kopf.

»Warte es doch erst mal ab«, beruhigte ihn Häring. »Du weißt ja gar nicht, worauf ich hinaus will.«

»Verschwörungstheorie. Ich kann das Wort nicht mehr hören. Dieser ganze Mist, der da im Internet vor sich hin stinkt. Hinter allem stecken die Illuminaten, die Freimaurer, die Juden sowieso, Außerirdische sind natürlich auch dabei, denn die arbeiten ja schon seit Jahren mit den Geheimdiensten zusammen. Alle wollen diese neue Weltordnung errichten, die Welt beherrschen, die Welt zerstören, die Welt an die Unterirdischen oder eklige Echsenmenschen verschachern. Du warst doch auch bei diesem Vortrag von dem Soziologen aus Hamburg. Die letzten Nazis hausen seit 1945 irgendwo unter der Antarktis und bauen dort fliegende Untertassen für ihre Rückkehr, und die Amis sind nie auf dem Mond gelandet, sondern nur in den Disneystudios. Wo ist denn nur dieses verfluchte Protokoll?! Ich hab es doch letzte Woche noch in Händen gehabt!«

»Darauf will ich ja gar nicht hinaus«, warf Häring ein. »Warte, ich hab's gleich.«

»Verschone mich bitte mit den neusten Forschungsansätzen über die Ursachen. Ganz gleich, ob diese Verschwörungsphantasien nun ein Phänomen der Postmoderne sind, eine Folge der Dialektik der Aufklärung oder eine Form von Paranoia, mir reicht schlicht das immer gleiche, infantile Grundmuster. Als wäre die Welt der Sandkasten eines Kindergartens.«

»Wo hast du denn den Vergleich her?«

»Du weißt schon, was ich meine. Das leicht Verstehbare als Ersatz für das schwer Verstehbare. Die Rückkehr des Mythos. Hilf mir lieber suchen! Ich weiß doch genau, dass ich das Protokoll hier abgelegt habe! Es muss doch da sein!«

»Das ist es ja«, freute sich Häring und betätigte mit einer demonstrativen Handbewegung die Entertaste.

»Das Weber-Protokoll?«

»Nein, die Seite, die ich gesucht habe«, antwortete Häring. »Verschwörungsphantasien, wie du sie zu Recht genannt hast, denn von Theorie kann ja wohl kaum die Rede sein, gibt es nämlich auch im weiten Feld der Medizin.«

»Das muss mir bei dem Vortrag entgangen sein.«

»Da hätten wir, nur als Beispiel, die Germanische Neue Medizin«, las Häring vor.

»Klingt nach dunkelbrauner Esoterik.« Greven verlagerte seine Aufmerksamkeit nun doch auf Härings Fund.

»Initiator dieser, sagen wir mal, Lehre, ist ein gewisser Hamer, ein ehemaliger Arzt und studierter Theologe, der behauptet, ein Allheilmittel gegen den Krebs gefunden zu haben. Es besteht übrigens im Prinzip aus der Idee, seine diversen inneren Konflikte zu lösen und abzuwarten, bis der Krebs von allein wieder verschwindet. Ganz ohne weitere Behandlung.«

»Tatsächlich. Na, dann sind wir ja viele Sorgen los.«

»Leider nicht, denn seiner Überzeugung nach verhindern die Juden per Weltverschwörung die Anwendung des Allheilmittels, das sie natürlich selbst jedoch erfolgreich anwenden.«

»Ich wusste doch, dass die Sache einen Haken hat«, kommentierte Greven. »Die Juden sind es mal wieder. War ja auch nicht anders zu erwarten. Wer auch sonst? Das übliche Muster. Doch verlassen wir mal die Abgründe des Antisemitismus und der Weltverschwörungen, bevor ich hier noch platze. Erklär mir lieber, was dein Internetfund mit unserem Fall zu tun hat.«

»Diese medizinischen Germanen sollten, wie gesagt, nur als ein Beispiel für die vielen Verschwörungsphantasien im Bereich der Medizin dienen. Wie du dir denken kannst, quillt das Internet über von diesem Zeug. Die Blogs und Diskussionsseiten gehen in die Abertausende, auf denen sich Anhänger und Gegner mit Argumenten bombardieren. Die gehen zum Teil ganz schön aufeinander los und schrecken auch vor massiven Drohungen nicht zurück. Kein Wunder, denn nicht wenige von ihnen haben sich längst ihre eigene

Welt gebastelt oder basteln lassen, eine Welt, die ohne die dazugehörige Weltanschauung sofort zusammenbrechen würde, eine hermetische, stereotype Welt ...«

»... die sie auch schon mal mit gebührendem Fanatismus verteidigen. Ich verstehe, worauf du hinaus willst. Es gibt zwar keine Verschwörung, aber genügend Menschen, die an eine Verschwörung glauben, an welche auch immer. Wie zum Beispiel Hermann Hoogestraat, auch wenn er wahrscheinlich nicht so ein Internetcrack ist wie du.«

»So habe ich mir das gedacht«, grinste Häring.

»Unser Täter könnte also deiner Meinung nach ein Fanatiker sein, der sich berufen fühlt, mit allen Mitteln gegen eine Verschwörung vorzugehen, in diesem Fall gegen eine Verschwörung der Knochenbrecher. Peter, sei mir nicht böse, aber das ist doch so was von absurd«, entgegnete Greven.

»Und ob das absurd ist. Aber nicht weniger absurd als die Paranoia von diesem Hamer oder anderen Heilsverkündern. Und doch gibt es genügend Leute, die an derartige Lehren und Versprechen glauben und dafür sogar auf die Straße gehen. Entscheidend ist doch nicht, was wir von diesen paranoiden Phantasien halten, sondern andere.«

»Gut, ich gebe mich geschlagen. Deine Idee würde zumindest erklären, warum wir uns mit dem Motiv so schwer tun. Sie erklärt aber nicht, was die Haare, das Streichholzbriefchen und das Brillenetui zu bedeuten haben«, argumentierte Greven.

»Die Streichhölzer und die Buchquittung hat der Täter schlicht verloren, die Haare sind eine Art Botschaft, die irgendwo in seine Weltanschauung passt, die wir nicht kennen, weshalb wir die Haare nicht einordnen können«, konterte Häring. »Und mit den Bogenas hat er angefangen, weil sie die bekanntesten Knochenbrecher Ostfrieslands waren.«

»Dann war der Einbruchsversuch bei Cassens doch keine Inszenierung?«

»Nein, und dafür gibt es zwei Möglichkeiten. Erstens: ein anderer Täter. Wir suchen also nicht einen Einzeltäter, sondern eine Gruppe oder eine Art Sekte. Zweitens: Es gibt einen Einzeltäter, dem klar geworden ist, dass er sein Vorgehen variieren muss, um uns die Arbeit so schwer wie möglich zu machen. Was ihm ja auch gelungen ist.«

Greven setzte sich auf die Kante seines Schreibtisches, während Härings Finger eigenmächtig auf der Tastatur zu agieren schienen, denn sein Kollege sah ihm in die Augen.

»Gut, da ich nichts Besseres anzubieten habe, ziehen wir diese Möglichkeit in Betracht«, sagte Greven. »Und da du offensichtlich viel Energie in deine Idee investiert hast, kannst du mir sicher auch sagen, wie wir diesem oder den Unbekannten auf die Spur kommen.«

Härings angehobene Mundwinkel sackten nach unten, die Finger ließen von den Tasten ab.

»Was ist mit deinem geliebten Internet?«, hakte Greven nach.

»Das kannst du leider vergessen. Egal was du eingibst, unter...«, Häring fand wieder zu den Tasten und konzentrierte sich kurz auf den Monitor, »... 318.000 Treffern ist da nichts zu machen. Okay, man könnte die ersten 3000 durchsehen, aber auch das ...«

»Schon verstanden«, unterbrach ihn Greven. »Das bedeutet, wir hätten ein weiteres Motiv, treten aber trotzdem auf der Stelle, weil keine der Spuren heiß genug ist. Wir müssen also abwarten, bis der große Unbekannte erneut zuschlägt.«

Diesmal war es Häring, der nickte: »Tut mir leid, Gerd, aber mehr kann ich dir nicht bieten.«

Greven war gerade dabei, einen weiterführenden Gedanken zu formulieren, als sich das Telefon meldete.

»Der nächste Mord oder der nächste Knochenbrecher«, stöhnte Greven. »Gehst du bitte ran?«

»Aber nur, weil ich gerade hänge«, antwortete Häring, schob den Klapprechner von sich und griff zum Hörer. »Nein, der Kollege Greven telefoniert gerade auf der anderen Leitung. Sobald er fertig ist, schicke ich ihn rauf, Frau Dr. Wilms.«

Mit diesem Anruf hatte Greven schon seit ein paar Tagen gerechnet. Anscheinend hatte der Staatsanwältin ein passender Aufhänger gefehlt, der ihr nun zur Verfügung stand.

»Ein Walter Wiebrands hat vor einer halben Stunde oben

angerufen und sich über uns beschwert. Du sollst umgehend antreten«, sagte Häring.

»Also doch der nächste Knochenbrecher«, brummte Greven. »Danke, dass du mir ein paar Minuten verschafft hast. Ich werde sehen, was ich zusammenbasteln kann.«

»Viel Glück!«

Der Wunsch seines Kollegen ging nicht in Erfüllung. Schon beim Eintreten registrierte Greven die schlechte Laune der Staatsanwältin, die nicht untypisch für sie war. Vielleicht war dies nicht einmal ein Klischee, sondern schlicht eine charakterliche Grundvoraussetzung für den Beruf. Ihr Vorgänger hatte die schlechte Laune ebenso gekonnt zelebriert. Dr. Wilms verzichtete auf jegliches Vorspiel, sondern kam umgehend zur Sache.

»Klären Sie mich doch bitte kurz über den Stand Ihrer Ermittlungen in den Fällen Bogena auf.«

Mit keiner anderen Frage hatte Greven gerechnet. Also begann er damit, die auf dem Gang zurechtgelegten Erklärungen vorzutragen. Auf die Erwähnung von Härings These verzichtete er jedoch. Die Staatsanwältin, wie immer im Kostüm und mit perfekt sitzender Frisur, hörte ihm zu, ohne ihn zu unterbrechen. Greven fand sie durchaus attraktiv und hatte sich schon öfter gefragt, ob und wie sich ihr Verhalten nach Dienstschluss ändern würde.

21

Der tägliche Gang zur Waage war erneut erfolglos verlaufen. Greven hielt sein Gewicht, als würde er noch immer so leben wie vor dem großen Blutbild. Lediglich ein Pfund hatte er dank Monas Gesundheitsprogramm verloren, während Mona fast drei Kilo eingebüßt hatte. Also hatte Mona das Programm leicht verschärft und ihm täglich fünfundvierzig Minuten bei Stufe drei verordnet. Greven hatte unter der Voraussetzung zugestimmt, dass er im Wohnzimmer in die Pedale treten durfte. So konnte er während seiner Fahrradtour wenigstens Musik hören. Dafür musste er das schwere Gerät, das er vor gar nicht langer Zeit in sein Arbeitszimmer gewuchtet hatte, damit es niemand zu Gesicht bekam, wieder nach unten tragen. Diese Aktion hätte ihm schon als Übung zur Leibeserziehung gereicht, wie sein alter Sportlehrer es noch formuliert hatte. Doch Mona warf ihm aus dem Atelier einen Blick zu, der ihn aufsitzen ließ.

Für die vor ihm liegende Wegstrecke hatte er Miles Davis, Live at Filmore, ausgewählt, und zwar die erste Plattenseite, die nur ein Stück enthielt: *Wednesday Miles*. Das war der ideale Rhythmus für ihn, der ihn schon bald vergessen ließ, wo er saß und was er tat. Seine Beine fingen an, sich von alleine zu bewegen, folgten den Pedalen, die rotierten, ohne ihn von der Stelle zu bewegen. Ab und zu warf er einen Blick auf das Display, das seine Pulsfrequenz, seine gefahrenen Kilometer und seinen Kalorienverbrauch anzeigte. Nach gut fünf Kilometern ließ er noch einmal das Gespräch mit der Staatsanwältin Revue passieren, die seinen kurzen Bericht als Antibericht bezeichnet hatte und seine bisherigen Resultate als Nullrunde. Auch der Grund für ihren Appell war nicht schwer zu erraten gewesen. Walter Wiebrands, der ominöse Anrufer, war nicht nur einer der Knochenbrecher, die auf Alines Liste standen, sondern zählte zum Freundeskreis der Familie, wie Dr. Wilms angedeutet hatte.

An diesem Punkt angelangt, versuchte Greven sich von seiner Arbeit zu verabschieden, hatte aber keinen Erfolg. Nicht einmal Miles Davis gelang es an diesem Abend, ihn in einen anderen Kosmos zu entführen. Während die Pedale schon fast automatisch unter ihm kreisten, verselbständigten sich seine Gedanken und drifteten in Filmszenen ab, vermischten sich mit realen Bildern und landeten schließlich bei einem Essay von Umberto Eco, das er vor Jahren gelesen hatte. Über die Bedeutung von Zeichen. Fast erstaunt, sich überhaupt daran erinnern zu können, ließ er seine Gedanken weiterziehen, während Chick Corea sein E-Piano attackierte. Wieder tauchten Filmbilder auf, ohne dass ihm der Titel einfiel. Jemand drückte eine Zigarette in einem Aschenbecher aus, ein elegant gekleideter Mann, der die erforderliche Handbewegung unroutiniert ausführte. Greven gab Gas, sein Puls beschleunigte sich. Als der Mann durch die zweiflügelige Tür verschwand, ließ er einen Toten in einem antiken Ohrensessel zurück. Die Schusswunde war gut zu erkennen, ein dünnes Rinnsal aus Filmblut klebte an der Schläfe. Es war ein alter Mann, ein englischer Aristokrat. Noch immer suchte Greven nach dem Titel.

Das Ende der Schallplattenseite kappte seine Suche und ließ ihn regelrecht von seinem Gefährt abspringen. In wenigen Sekunden drehte er das Vinyl um und ließ Miles Davis einen Tag später weiterspielen: *Thursday Miles*. Als Mona hinter ihrer Staffelei vorschaute, hatte er schon wieder Fahrt aufgenommen. Rasender Stillstand. Wo hatte er dieses Schlagwort gelesen? Es fiel ihm ebenso wenig ein wie der Titel des Films, dessen Szene ihm ohne sein Zutun in die Gedankenwelt geraten war, die nun wieder vom Rhythmus bestimmt wurde. Jack DeJohnette trommelte für Miles und auch für ihn. Keith Jarrett ließ seine Orgel aufjaulen und über die industriell genormten Klänge triumphieren, die heute aus fast allen Keyboards sickerten.

Das immobile Fahrrad fuhr ohne ihn, seine Werte sahen nicht schlecht aus, Puls um die hundert. Er kam gut voran. Das Haus mit den zwei Giebeln war ein Hexenhaus. In Hexenhäusern war nicht immer alles so, wie man es gewohnt war, auch wenn es keine echten Hexenhäuser waren. Wie oft hatte er einen Bogen um das Haus gemacht! Das Haus der Geschichten. Die nicht stimmten, denn nie waren Kinder darin verschwunden. Nur die Hexe war ermordet worden, die nie eine gewesen war. Geschichten, die man Kindern erzählte. Geschichten, die Kinder weitererzählten. Und lange glaubten. Auch die Erdstrahlen waren eine Geschichte, die viele glaubten. Die Geschichte einer Ursache, die für andere, viel komplexere Ursachen herhalten musste. Eine einfache, eine vereinfachende, aber wirkungsvolle Geschichte, die nach einem einfachen Gegenmittel verlangte. Nach einem, das im Prinzip den Gesetzen der Mechanik gehorchte. So wie die üblichen Ermittlungen. Erdstrahlen und Ermittlungen. In einer billigen Illustrierten, die jemand in der Kantine hatte liegen lassen, war Ackermann auf eine doppelseitige Anzeige gestoßen, die eine Art Matratze aus Kupferdraht anpries. Tausendfach bewährt. Ackermanns geschärfte und selektive Wahrnehmung hatte diese Anzeige sofort registriert, die er sonst mit Sicherheit übersehen hätte. Ein teures Gegenmittel, denn der Hersteller hatte zweitausend Meter Kupferdraht in jede seiner Matratzen einnähen lassen. Um die Strahlen auch wirklich abzuwehren. Wissenschaftlich geprüft. Von Wissenschaftlern, die ebenso wenig genannt wurden wie deren Methoden. Ein Foto zeigte einen Experten im weißen Laborkittel, der vorgab, Tausende von Fällen zu kennen, in denen sich die Kupferdecke schon bewährt hatte. Selbst auf Reisen und unter dem Zelt. Denn Erdstrahlen waren überall. Vor allem jedoch dort, wo man sie nicht vermutete. Und sie konnten sogar über Leben und Tod entscheiden. Warum also zögern und die Kupferdecke nicht umgehend bestellen? Die paar Euro war doch jedes Leben wert. Porto und Verpackung? Kaum der Rede wert angesichts der Garantie, sich für das Leben entschieden zu haben. Was aber, wenn die Erdstrahlen nur eine …?

»Darf ich dich mal stören, Jan Ullrich?«, durchtrennte Mona die Strahlen. »Willst du nun doch wieder an der Tour de France teilnehmen? Du hockst seit über einer Stunde auf dem Ding.«

»Ich muss noch einmal nach Greetsiel«, antwortete Greven.

»Damit wirst du kaum dort ankommen«, schmunzelte Mona.

»Mir ist gerade was eingefallen.«

»Etwas, das du übersehen hast? Eine neue Spur?«

»Nein, eine Geschichte. Nur eine Geschichte«, erklärte Greven und schwang sich vom Rad, das keines war, obwohl er angeblich mehr als zwanzig Kilometer damit zurückgelegt hatte. Seine Knie gaben kurz nach, er spürte nun doch seine Waden.

»Alles in Ordnung?«, fragte Mona besorgt, der Grevens entrückter Blick gar nicht gefiel.

»Die Ordnung. Das ist der Punkt. Es geht um die Ordnung«, antwortete Greven, packte das Trimmrad und stemmte es zurück in sein Arbeitszimmer.

Am nächsten Morgen rief er Häring an und meldete sich ab. Außerdem bat er seinen Mitarbeiter, einige Zeitungsartikel zusammenzustellen. Dann trat er erneut auf ein Pedal, doch diesmal bewegte er sich tatsächlich vorwärts und traf keine fünfundvierzig Minuten später in seinem Heimatdorf ein. Er fuhr einfach in den Hafen und hielt direkt unterhalb des Hexenhauses. Mit dem Daumennagel teilte er das Siegel in zwei Halbkreise und schloss auf. Doch statt wie beim letzten Mal alle Räume auf den Kopf zu stellen, setzte er sich nur ins Wartezimmer. Wie am Tag des Mordes.

Nachdem er einige Minuten mit seinen Augen durch den Raum gewandert war, ließ er den Film ablaufen. Hedda öffnete ihm, führte ihn ins Wartezimmer, kassierte ihr Honorar und erklärte, einen schweren Fall im Behandlungszimmer zu haben. Dann verschwand sie durch die niedrige Tür. Der Mörder war als Patient gekommen. Die Frage war längst geklärt. Er war aber nur aus einem Grund gekommen, nämlich um sie zu töten. Er hätte sie auch von hinten erschießen oder heimlich vergiften können. Stattdessen war er zu ihr gegangen. Er hatte mit ihr gesprochen. Bevor er ihr das Genick brach. Um ihr was zu sagen? Gesprochen hatten die beiden, daran konnte sich Greven erinnern. Welcher Mörder spricht mit seinem Opfer? Derjenige, der etwas von ihm erfahren will. Und derjenige, der ihm den Grund für die unmittelbar folgende Tat erklären will, gewissermaßen die Begründung für das von ihm gefällte Urteil. Hedda sollte wissen, warum sie sterben musste. Dabei hatte der Täter riskiert, entdeckt und erkannt zu werden. Er hätte einen besseren Zeitpunkt wählen können, hatte sich aber für diesen entschieden. Er konnte oder wollte nicht warten. Er hatte vorsätzlich, spontan, aber nicht völlig ohne Vorbereitung zugeschlagen.

Mehrere Male ließ Greven den Film ablaufen, bevor er sich wieder aus dem Hörnstuhl erhob. Sein Knie war schmerzfrei. Wie schon lange nicht mehr. Er klebte ein neues Siegel auf den Türschlitz und spazierte auf der Deichkrone zum Hafen. Vielleicht war dies auch der Weg des Täters gewesen. Für jeden sichtbar und doch unsichtbar, weil auf kaum jemanden so wenig geachtet wurde wie auf einen Spaziergänger auf dem Deich. Er war so alltäglich, dass er aufhörte zu existieren.

Etwa zehn Kutter lagen im Hafen, wie so oft in zwei Reihen. Auch eines der Plattbodenschiffe am Kai gegenüber war noch da, die einmastige Tjalk unter deutscher Flagge. Die Niederländer hatten längst in einem anderen Hafen festgemacht. Auf der Höhe des alten Rettungsschuppens, in dem einst das Boot der Deutschen Gesellschaft zur Rettung Schiffbrüchiger auf mögliche Einsätze gewartet hatte, konnte er zwei Menschen ausmachen, die an Bord der Tjalk standen. Greven bemerkte sie zwar, richtete sein Augenmerk jedoch auf das Schiff und die Takelage. Als sein Blick über die Aufbauten glitt, blieb er unvermittelt doch an den beiden hängen. Zwei Frauen. Die rechte sah aus wie Aline. Er wählte den Weg durch den *Hafenkieker*, die kleine Hafenkneipe, steppte die paar Stufen hinunter, grüßte den Wirt und suchte die vor ihm liegenden Kutter ab. An Bord der *Jan Rasmus* wurde er fündig. Alfred Gosselar. Ein vertrautes Gesicht seit Grundschulzeiten. Ohne zu fragen, ging er an Bord.

»Moin, Alfred, hast du zufällig dein Fernglas parat?«

»Moin. Hest du een in d' Luur?«, fragte der Fischer, ohne sich über den Überraschungsbesuch zu wundern.

»So könnte man das ausdrücken.«

»Wenn dat so is. Hier in mien Huus.«

Greven folgte dem gleichaltrigen Fischer, ohne genau zu wissen, warum er Aline überhaupt beobachten wollte. Er ließ sich das Fernglas geben und nahm die beiden Frauen vom Steuerhaus des Kutters aus ins Visier. Alfred Gosselar stand neben ihm, schaute in dieselbe Richtung und kniff die Augen zusammen. Greven hatte sich nicht getäuscht, die rechte Frau war Aline. Sportlich gekleidet wie aus dem Katalog, schlank, topfit, rauchend, gestikulierend. Die andere Frau, mit der sie ein intensives Gespräch führte, war so groß wie sie und ebenfalls sehr sportlich, jedoch schlicht gekleidet und kaum oder gar nicht geschminkt. Beide lachten. Es war also kein Streitgespräch. Jetzt drehte sich Aline um und verschwand mit einer eleganten Bewegung unter Deck. Gleich darauf kehrte sie mit einer Flasche Mineralwasser zurück. Sie war also nicht zum ersten Mal an Bord. In diesem Augenblick drehten sich beide Frauen gleichzeitig um. Zwei weitere Frauen waren an Bord gekommen. Greven hatte sie nicht bemerkt. Es waren Alines Freundinnen von der Beerdigung. Die Namen waren ihm entfallen, nicht aber die Gesichter. Diverse Umarmungen folgten. Nun verschwand die unbekannte Frau unter Deck, um mit einer Flasche Sekt und vier Gläsern zurückzukehren. Aline übernahm das Öffnen, das ihr gekonnt von der Hand ging. Um keinen Knall zu provozieren, umfasste sie die Agraffe und drehte den Korken vorsichtig aus der Flasche. Sie füllte die Gläser bis zum Überlaufen, dann stießen sie an. Die Frauen lachten. Greven setzte das Glas ab und reichte es dem Fischer.

»Weißt du, wem die Tjalk gehört?«

»Der Frau mit der braunen Jacke«, antwortete der Fischer auf Hochdeutsch. »Hat die jemanden umgelegt?«

»Nein, interessiert mich nur so.«

»Genau so sah das auch aus«, meinte der Fischer.

»Kennst du die anderen drei?«

»Nie gesehen. Ich lege allerdings meisten bei der Schleuse an.«

»Weiß du, wie sie heißt?«

»Leysiel.«

Greven verkniff sich jede Reaktion.

»Keine Ahnung«, sagte der Fischer. »Ist aber ja auch völlig unwichtig.«

»Wieso?«

»Interessiert dich doch nur so.«

Greven schüttelte den Kopf, klopfte Gosselar auf die Schulter und ging wieder von Bord. Durch die Maschen des Netzes, an dem sich der Fischer zu schaffen machte, warf er nochmals einen Blick auf die Tjalk. Die Frauen waren verschwunden. Wahrscheinlich waren sie unter Deck gegangen.

22

»Hast du die Artikel?«, fragte Greven.

»Liegen längst auf deinem Schreibtisch«, antwortete Häring.

»War dein Ausflug erfolgreich?«

»Welcher Ausflug?«, fragte Greven, der sich längst den Zeitungsausschnitten zugewandt hatte.

»Deine Dienstfahrt nach Greetsiel.«

»Ja, ich habe mir alles noch mal durch den Kopf gehen lassen.«

»Meine Theorie?«

»Meine Theorie!«

»Ist ja schon gut«, wich Häring zurück. »War ja nur eine Frage.«

Greven überflog die Artikel, verglich sie mehrmals und sortierte schließlich einen aus. Die anderen schob er zur Seite.

»Sind das wirklich alle?«

»Alle. Jedenfalls alle, die in Ostfriesland und in Oldenburg erschienen sind.«

»Lies dir das bitte einmal durch!«

Häring erhob sich von seinem Stuhl, auf den er sich gerade erst gesetzt hatte, und kam ohne Begeisterung an Grevens Schreibtisch.

»Eine Art Nachruf auf Hedda Bogena«, stellte er schnell fest. »*Emder Kurier*. Was soll daran Besonderes sein?«

»In allen Artikeln, die über Tante Heddas Ermordung berichten, wird ihre Schwester mit keinem Wort erwähnt. Nur in diesem hier. Der ... wann erschienen ist?«

»Am Tag vor ihrer Ermordung«, bemerkte Häring. »Trotzdem kann ich dir nicht folgen.«

»Du weißt, ich misstraue dem Zufall, auch wenn die Quantenphysiker darauf bestehen. Für Elektronen mögen ihre Theorien ja gelten, nicht aber für unser Metier.«

»Du glaubst also, der Mörder hat erst Hedda umgebracht, ein paar Tage später aus der Zeitung erfahren, dass sie eine Schwester hat, und diese dann auch noch ermordet?«

»Genau das, lieber Peter, ist meine Theorie«, antwortete Greven betont langsam und sah seinen Kollegen herausfordernd an.

»Sehr unwahrscheinlich. Meiner bescheidenen Meinung nach«, sagte Häring und legte den Artikel zurück.

»Aber nicht unwahrscheinlicher als deine Verschwörungsphantasie-Theorie«, entgegnete Greven, wieder betont langsam.

»Da hast du leider auch wieder recht«, gab Häring nach. »War das schon alles?«

»Nein, wie du schon vermutet hast«, fuhr Greven fort. »Ich kann dir nämlich endlich auch sagen, was die Haare, das Streichholzbriefchen und das Brillenetui zu bedeuten haben!«

»Da bin ich aber gespannt.« Häring richtete sich aus seiner halb gebückten Position auf, die er über dem Schreibtisch eingenommen hatte, und lächelte erwartungsvoll.

»Nichts!«, sagte Greven fast beiläufig. »Ich weiß nicht, warum ich nicht schon eher darauf gekommen bin. Es ist genau wie in dem Film mit der Zigarette, die der Täter absichtlich zurücklässt. Obwohl und gerade weil er ein passionierter Nichtraucher ist. Der Titel fällt mir im Moment nicht ein. Du kennst ihn bestimmt. Es ist so simpel und auch nicht neu, aber es hat gut funktioniert. Oder sollte ich sagen, wieder einmal gut funktioniert, denn den Trick mit den falschen Fährten kannten schon die Indianer. Ein echter Klassiker. Er klappt nur so gut, weil wir unter dem fast schon pathologischen Zwang leiden, jedem Zeichen eine bestimmte Bedeutung zuordnen zu wollen. Vor allem wir Kriminologen natürlich.«

»Du liest zu viele Bücher«, bemerkte Häring kopfschüttelnd, »das gibt es nur in Romanen und philosophischen Traktaten. Wie heißt der noch gleich, du weißt schon, dieser Franzose, der kürzlich gestorben ist …? Bau…?«

»Von wegen, unser Mörder ist auch nicht ohne«, wehrte Greven ab. »Sein Fehler war nur, dass seine schnell hinterlassenen Pseudospuren zu kurios waren. Zu viele waren es natürlich auch. So ein Quark! Haare aus einem Friseursalon, ein Streichholzbriefchen von *Meta* und dieser ominöse Kassenzettel über drei Bücher. Und wir rennen auch noch hinterher wie die Pavlowschen Hunde. Viel schlimmer, ich trage das auch noch in einer mehr als peinlichen Ansprache unserer Chefin vor!«

Häring nahm wieder seine alte Haltung ein und stützte sich mit beiden Händen an Grevens Schreibtisch ab. In seinem Gesicht arbeitete Grevens Erklärung. »Du könntest recht haben, wenn ich mir das noch mal durch den Kopf gehen lasse, die Spuren sind wirklich kurios. Wirken wie unterwegs zufällig aufgelesen und in die Tasche gesteckt, um sie uns nach dem Mord als Futter vor die Füße zu werfen. Irritationsspuren. Wenn das zutrifft, hat sie der Mörder sehr wahrscheinlich gelegt, weil er befürchtet hat, dass wir sonst sehr schnell auf ihn kommen. Er wollte von einem Zusammenhang ablenken, der allzu offensichtlich ist. Gut, da kann ich dir folgen. Eine akzeptable Erklärung. Akzeptabler als deine andere, die mich nicht überzeugt. Da stimmt etwas noch nicht. Aus welchem Grund sollte unser Mörder, nachdem er aus der Zeitung erfahren hat, dass sein Opfer noch eine Schwester hat, am nächsten Morgen nach Marienhafe fahren und sie ebenfalls ermorden?«

»Das ist endlich einmal eine gute Frage«, antwortete Greven und hielt ihm den Zeigefinger der rechten Hand entgegen. »Und zugleich ist es der Beginn unserer eigentlichen Ermittlungen.«

»Gut, wenn wir von dieser Hypothese ausgehen«, folgte Häring zögerlich Grevens Gedanken, »dann hat es doch etwas mit der Familie zu tun. Da Klaus Bogena aus verschiedenen Gründen ausscheidet, er wird ja wohl kaum aus der Zeitung erfahren haben, dass er eine Mutter hat, könnte es ein uns noch unbekanntes Familienmitglied sein.«

»Das klingt schon mal ganz ordentlich«, sagte Greven ohne jede Ironie, »und würde bedeuten, dass bei Tante Hedda doch mehr zu holen ist als ein renovierungsbedürftiges Haus. Vielleicht doch das vermisste Geld. Oder etwas ganz anderes.«

»Etwas, das wir ebenso wenig kennen wie das Familienmitglied«, meinte Häring.

»Das ist nicht gesagt. Vielleicht kennen wir die Person

längst und wissen nur nicht, dass sie Klaus das Erbe streitig machen will.«

»Aber wer soll das sein? Ich habe die Familie doch abgeklopft«, sagte Häring nachdenklich. »Andererseits hatten wir schon einmal mit einem ähnlichen Problem zu kämpfen. Der Fall Keller.«

»Die Kusine zweiten Grades, die erst bei der Testamentseröffnung ans Tageslicht kam«, erinnerte sich Greven. »Stimmt, die hatte zwar mit dem Fall gar nichts zu tun, hat aber ihren lieben Verwandten gründlich den Spaß verdorben, weil sie mit dem Haupterbe davongezogen ist. Nicht einmal der Notar hatte von ihrer Existenz gewusst. Also gut, lass uns diese Möglichkeit in Betracht ziehen und die Familie nochmals auf den Kopf stellen.«

»Wenn da etwa dran ist, sollten wir uns da nicht um Klaus Bogena Sorgen machen?«, bemerkte Häring.

»Irgendwie schon. Andererseits würde ein Anschlag auf ihn sofort das Motiv offen legen und unser Unbekannter hätte vehemente Probleme, an sein Erbe zu kommen. Wenn diese Variante stimmt, wette ich mit dir, hat der Mörder eine elegantere Lösung in Planung. Vielleicht ist Klaus Bogena inzwischen sogar Teil seines Plans geworden und soll erst einmal in Ruhe das Erbe antreten, bevor er wieder zuschlägt. Ich denke, darauf werden wir Acki und Jaspers ansetzen. Die haben sowieso die Nase voll von Streichholzbriefchen. Und wir werden einer anderen Möglichkeit folgen.«

»Einer anderen? Ich dachte, dies sei deine Theorie?«

»Bis zu einem gewissen Grad schon«, erklärte Greven. »Ich will da kein Risiko eingehen. Falls es einen unbekannten Verwandten gibt, werden wir ihn auch finden.«

»Wie sieht dein zweites Angebot aus?«

»Der Täter hat Heddas Wohnung nicht durchsucht. Das gilt auch für Almuths Wohnung. Ich habe noch einmal alles rekonstruiert. Unser Mörder wollte nur den Tod. Weiter nichts als den Tod. Kein Geld, kein Erbe, keine Messingringe gegen Erdstrahlen.«

»Ein emotionales Motiv also?«

»Ich bin mir ziemlich sicher«, sagte Greven. »Eines, das stark genug war, um für zwei Morde auszureichen. Die Pseudospuren wurden nur gelegt, weil das Motiv des Täters zu offensichtlich ist. Cassens und die anderen Knochenbrecher kannst du vergessen, die haben nichts damit zu tun.«

»Okay, wenn wir bei dieser Variante bleiben, stehen für mich die Patienten ganz oben auf der Liste. Denn dieser Dr. Weygand hat ja gewusst, dass Hedda Bogena eine Schwester hatte, oder?«

»Bestimmt. Er ist maßlos arrogant, aber nicht blöd.«

»Dann nenn mir bitte einen Grund, warum ein Patient seinem Knochenbrecher das Genick bricht und ein paar Tage später auch noch die ihm bis dato unbekannte Schwester erschlägt«, sagte Häring, »obwohl Knochenbrecher weder falsche Medikamente verschreiben noch bei einer Amputation rechts und links verwechseln können. Die fingern nur ein bisschen rum und legen Hände auf. Deine Worte. Große Kunstfehler, wie in der ach so seriösen Medizin, gibt's da nicht, für die man sich rächen könnte. Wäre Frau Bogena eine Ärztin gewesen, hätte Rache für einen folgenschweren Fehler ganz oben auf der Liste gestanden. Aber bei einer Wunderheilerin?«

»Vielleicht aber doch«, entgegnete Greven und zog ohne lange zu suchen die dünne Mappe aus dem Stapel, die ihm Dr. Weygand überlassen hatte. »Wenn das stimmt, was unser Experte hier schreibt, haben unsere harmlosen Heiler sogar eine ganze Palette an Möglichkeiten, das Ableben ihrer Patienten zu beschleunigen. Das fängt bei Heilkräutern an, die giftige Alkaloide enthalten, und hört bei chiropraktischen Würgegriffen auf.«

»Aber wie sollen wir einen geschädigten Patienten von Hedda ermitteln? Der Fall kann ja Jahre zurückliegen!«

»Das glaube ich nicht. Dafür waren die Emotionen zu stark. Ganz abgesehen davon wissen wir auch nicht, ob Almuths Buchführung wirklich so lückenlos war, wie es den Anschein hat. Wer weiß denn, wen die zwischen Tür und Angel schnell mal verarztet hat.«

»Das heißt für uns?«, schnaufte Häring, der eigentlich bereits wusste, was auf sie zukam.

»Wir müssen nach Patienten der Bogenas suchen, die, sagen wir, in den letzten zwei Jahren, irgendeine Schädigung durch eine Behandlung erlitten haben oder sogar daran gestorben sind. Als Täter ...«

»... käme dann ein Lebenspartner oder Verwandter in Frage«, vollendete Häring den Satz, »der schnell laufen kann und weiß, wie man eine Slipanlage bedient. Kein Problem, der ist schnell gefunden. Ein Blick in die Knochenbrecheropferdatei und schon ...«

»Ich weiß, Peter, aber ich glaube, dass wir nur so weiterkommen«, brummte Greven. »Was schlägst du also vor?«

»Da gegen keine von beiden Bogenas eine Anzeige wegen Körperverletzung oder unterlassener Hilfeleistung vorlag, was zu schön gewesen wäre, werde ich mir alle relevanten Dateien vornehmen. Am besten entwerfe ich für meine Suchmaschine ein entsprechendes Raster. An alles werden wir aber nicht so ohne weiteres rankommen, das weißt du?«

»Weiß ich, darum werde ich morgen Oma Janssen einen Besuch abstatten.«

»Du liest nicht nur zu viele Bücher, du siehst auch zu viel *Immenhof*«, schüttelte Häring den Kopf.

»Eine gewisse Ähnlichkeit mit Margarete Haagen ist nicht zu leugnen, aber meine Oma Janssen züchtet keine Ponys, sondern führt so eine Art Dorfchronik. Eine, in der Todesfälle und Krankheiten immer eine ganz besondere Erwähnung finden.«

»Könnte meine Tante Lene sein. Die spricht auch von nichts anderem mehr und leidet an allem, was ihr medizinisches Lexikon hergibt«, meinte Häring.

»Damit wäre sie die ideale Gesprächspartnerin für Oma Janssen«, schmunzelte Greven. »Auf dem Sektor entgeht ihr nichts.«

»Okay, dann werde ich mich mal vorsichtig bei den Kollegen der Meldeämter melden und sehen, was sie zu melden haben«, sagte Häring und ging zurück zu seinem Schreibtisch. Bevor er sich setzte, wandte er sich noch einmal nach Greven um und fragte mit ernstem Ton: »Du bist wirklich sicher, dass die Haare und die Streichhölzer Pseudospuren sind?«

Greven hob den Blick von Dr. Weygands Mappe, sah Häring für einige Sekunden an, als hätte er gerade in der Kantine Schnippelbohnen gegessen, und wiederholte schließlich: »Acki und Jaspers nehmen sich noch mal die Familie vor, wir suchen nach möglichen Opfern.«

23

Oma Janssen war alt geworden. Greven hatte sie etwa zwei Jahre nicht mehr gesehen, die sich in ihrem Gesicht als mindestens fünf niedergelassen hatten. Ihr schon immer graues Haar war dünn geworden, ihre Haut schien sich in Pergament verwandelt zu haben, nur ihre Augen und ihre Stimme waren der Zeit entkommen, die auch ihr kleines Haus unterhalb der Kirche unberührt gelassen hatte. Noch immer stand die schwarze venezianische Plastikgondel auf ihrem Fernseher, noch immer züchtete sie Gummibäume, die inzwischen wahrscheinlich in jedem zweiten Greetsieler Haushalt zu finden waren. Neu war auf jeden Fall das moderne Telefon, denn bei seinem letzten Besuch war es noch ein postgraues gewesen.

Oma Janssen zählte zu den Sammlern. Allerdings sammelte sie nicht die gängigen Objekte wie Briefmarken, Münzen, Figuren aus Überraschungseiern oder Teddybären, sondern Todesanzeigen, Zeitungsartikel und Nachrichten aller Art, solange sie Greetsiel und die Krummhörn betrafen. Was immer ihr in die Finger, Augen und Ohren kam, wurde von ihr nach einfachen, aber sinnvollen Kriterien in große Alben geklebt, die, wie es in jedem ernstzunehmenden Archiv üblich ist, auf dem Rücken entsprechende Jahreszahlen trugen. Diese Alben füllten nicht nur einen Teil ihres Wohnzimmerschranks, sondern auch den Boden ihres ohnehin schon schmalen Flurs und ihr Schlafzimmer. Jeder im Dorf, der wissen wollte, was an einem bestimmten Tag geschehen war, etwa am Tag seiner Geburt, brauchte bloß zu Oma Janssen zu gehen und erhielt Auskunft. Der Ortsvorsteher nutzte dieses Archiv ebenso, um seine wenigen Ansprachen vorzubereiten, wie der Kommandant der Feuerwehr, wenn er nach dem genauen Datum eines lange zurückliegenden Brandfalls suchte.

Greven suchte hingegen nach Ereignissen, nach denen sich noch niemand erkundigte hatte: »Wer ist in den letzten zwei Jahren chronisch erkrankt oder im Rollstuhl gelandet?

Wer hat eine Querschnittslähmung erlitten oder ist an einer Krankheit gestorben?«

»Eine eigenartige Zusammenstellung, junger Mann«, antwortete Oma Janssen, »aber eine Aufgabe, die ich gerne für Sie übernehmen werde. Viel weiß ich bei den Krankheiten allerdings nicht. Nur, was mir so zu Ohren gekommen ist.«

»Das freut mich sehr«, sagte Greven höflich, »aber ich habe noch eine weitere Bitte. Ihre wundervolle Sammlung betrifft ja nur die Krummhörn. Haben Sie vielleicht einen Kollegen im Brookmerland, im Norderland und in Emden?«

»Emma Plog aus Marienhafe kann Ihnen bei den Todesfällen helfen. Die habe ich vor ein paar Jahren angestiftet, eine eigene Chronik zu führen. Wenn Sie wollen, kann ich sie auch gleich noch anrufen. In Norden weiß ich niemanden, dafür aber in Emden. Heiner Brahms. Den könnte ich auch für Sie anrufen. Schließlich sind Sie ja von der Polizei. Dabei waren Sie früher doch bei den Langhaarigen, die sich immer auf der Sielmauer getroffen haben.«

»Tja, so kann es einem ergehen, wenn man die Haare verliert, Frau Janssen«, sagte Greven.

»Das spielt ja nun auch keine Rolle mehr, Sie sind ja inzwischen auf der richtigen Seite«, lächelte die Witwe, deren Mann vor gut dreißig Jahren auf See geblieben war. Der Grabstein auf dem Friedhof schmückte ein leeres Grab. »Ich habe auch über Sie und Ihre Fälle sämtliche Artikel gesammelt.«

»Dabei fällt mir ein«, fragte Greven, »sind eigentlich irgendwelche Artikel über Hedda Bogena erschienen?«

»Soweit ich mich erinnern kann, nicht«, antwortete Oma Jansen, »aber ich kann ja noch mal nachschauen, wenn ich alles für Sie zusammenstelle. Ich fange gleich damit an und lichte Ihnen morgen oder übermorgen alles beim Pastor ab. Der hat nämlich einen Fotokopierer in seinem Büro, den ich benutzen kann. Alles andere schreibe ich Ihnen auf, die Krankheiten, soweit ich da etwas weiß. Ich rufe Sie an, wenn ich fertig bin.«

Greven bedankte sich, zog beim Hinausgehen den Kopf ein, um ihn sich nicht zu stoßen, und ging am alten Friedhof und der Kirche vorbei zu seinem Auto. Als er den Wagen öffnete, sah er sich kurz um und ärgerte sich im selben Augenblick über diese Aktion. Kein Mensch war ihm gefolgt, auch kein Schatten. Die kleine Kreuzung hinter der Kirche war leer wie sein Konto nach der letzten Italienfahrt. Nur das kreisrunde Fenster der Kirche starrte ihn an wie das Auge Polyphems, der von Odysseus geblendet worden war. Auf die wütende Frage nach seinem Blender hatte Odysseus dem schreienden Zyklopen »Niemand« geantwortet, worauf Polyphem den anderen Zyklopen der Insel zugerufen hat: »Niemand hat mich geblendet!« Natürlich war ihm daraufhin keiner zu Hilfe gekommen, um Odysseus zu verfolgen. Niemand war ihm gefolgt, nicht einmal ein Schatten. Odysseus aber hatte das Schattenreich besucht und sich den Schatten gestellt.

Greven wollte gerade einsteigen, als sein Handy wimmerte. Ackermann hatte einen Anruf von Klaus Bogena erhalten: »Er ist sich ziemlich sicher, vor einer Stunde seinen Vater auf dem Neuen Weg in Norden gesehen zu haben.«

»Wie will er ihn denn erkannt haben?«, fragte Greven ungläubig. »Er kann ihn ja nur von Fotos her kennen.«

»Er hätte sich kaum verändert, hat Bogena gemeint, sondern wäre nur älter geworden. Zu Hause hätte er sich die alten Fotos genau angesehen, und die hätten seinen Verdacht bestätigt.«

»Also doch ein Schatten«, sagte Greven.

»Wie soll ich das jetzt verstehen?«

»Entschuldige, ich war in Gedanken. Wenn das stimmt, sollten wir uns mal mit ihm unterhalten. Vielleicht haben wir Glück, und er wohnt nicht bei einem Freund.«

»Das hält Bogena für unwahrscheinlich. Angeblich hat sein Vater nur zwei halbwegs gute Freunde gehabt, von denen einer seit Jahren tot, der andere weggezogen sei. Wir kümmern uns schon darum.«

Sein Knie rührte sich nicht. Seit dem Mord an Tante Hedda und seinem Bad im Hafenbecken hatte sich der Schmerz zurückgezogen.

Auch jetzt spürte er nichts. Er fuhr durch Leybuchtpolder und spürte nichts.

Nicht im Geringsten hatte Greven mit dem Vater von Klaus Bogena gerechnet, hatte ihn in den USA oder Brasilien vermutet, abgeschnitten von jeglichen Nachrichten aus seiner alten Heimat. Wie hätte er dort etwas von den beiden Morden erfahren sollen? Morde in der deutschen Provinz waren in amerikanischen Nachrichten kein Thema. Allenfalls ein paar der deutschsprachigen Zeitungen hätten etwas bringen können. Eine bessere Erklärung war für Greven, dass der Mann längst wieder zurückgekehrt oder aber gar nicht so weit gekommen war, wie Klaus vermutet hatte.

In Upgant-Schott meldete sich Ackermann wieder: »Wir haben ihn schon. Bogena hat sich nicht geirrt. Sein Vater wohnt seit Montag unter seinem richtigen Namen in der Pension Möller in der Uffenstraße. Übrigens ist er im Moment auf seinem Zimmer, sagt die Wirtin.«

»Das bin ich auch gleich«, fügte Greven hinzu und bog nach links auf die B 72 ab.

Siegfried Jührns musste finanziell nicht gut dastehen, denn er hatte die mit Abstand billigste Unterkunft gewählt, die Norden zu bieten hatte. Eine echte Absteige, die gerne von Handlungsreisenden genutzt wurde, die ihre dürftigen Spesen pauschal abrechnen und so noch ein paar Euro machen konnten. Das unauffällige, schmale Haus steckte zwischen zwei Neubauten, der Name der Pension war fast verblasst. Man musste sie kennen, um hier übernachten zu wollen. Das taten offenbar genügend Menschen, denn es hingen nur eine Handvoll Schlüssel über den Postfächern in der Rezeption, die kaum größer war als Monas Gästetoilette. Hinter dem stumpfen Tresen stieß Greven nicht auf die alte Wirtin, die er erwartet hatte, sondern auf eine junge Frau mit dunklen Augen und langen, kastanienbraunen Haaren. »Zimmer Nummer neun«, sagte sie freundlich, »die Treppe hoch und dann links.«

»Danke, ich war schon mal da«, antwortete Greven, dessen Augen sich kurz in den langen Haaren verfingen, bevor er am Geländer Halt fand. Eine schmale Treppe, vielleicht zu schmal und zu steil für die Norm, doch das war nicht sein Ressort, die Gewerbeaufsicht hatte entschieden. Er brauchte nur das Zimmer zu suchen. Eine weiße Plastiktür mit aufgeklebter Nummer aus dem Baumarkt. Schwarze Druckfarbe auf Aluminium. Greven klopfte. Erst nach dem zweiten Versuch wurde die Tür geöffnet. Vor ihm stand ein hagerer, drahtiger Mann mit einem Dreitagebart, der mindestens eine Woche alt war. Sein dichtes Haar war kurzgeschoren und fast weiß, seine Wangen hohl, seine Schultern schmal wie die von Charlie Chaplin, mit dessen Vagabundenfigur er die nicht mehr ganz neuwertige Kleidung teilte. Der Vater von Klaus Bogena war in diesem Gesicht nicht oder nicht mehr zu erkennen. Mit fahrigem Blick ließ er Greven auf das Zimmer, das immer noch so aussah wie die Zimmer, die er seit Jahren kannte, denn Siegfried Jührns war nicht der erste Kunde, den Greven hier aufsuchte. Immerhin musste der ausgemergelte Mann für einige Zeit die Fenster geöffnet haben, denn die Luft war nicht so muffig, wie Greven sie in Erinnerung hatte. Der typische Geruch nach alter Wäsche, alten Tapeten und alten Teppichen fehlte. Greven setzte sich auf den einzigen Stuhl, Jührns auf die Bettkante.

Noch bevor Greven das Gespräch eröffnen konnte, kam der müde wirkende Mann auf den Punkt, den eigentlich Greven hatte ansprechen wollen: »Ich weiß es aus der Zeitung. Ein Bekannter hat mir die Todesanzeige zugeschickt. Zur Beerdigung habe ich es nicht geschafft, aber ich wollte wenigstens einmal an ihrem Grab stehen. Immerhin waren wir mal …«

»Das verstehe ich«, sagte Greven, »aber warum haben Sie nicht schon früher einmal …?«

»Das verstehen Sie nicht. Oder haben Sie Almuth gekannt? Ich meine, wirklich gekannt?«

»Nein«, musste Greven gestehen.

»Na, sehen Sie! Almuth und ich, wir waren sehr verschieden, wir haben nur kurz …, wir haben …«

»… in verschiedenen Welten gelebt«, schlug Greven vor.

»Das haben wir. Genau, wie Sie sagen. Dieser ganze Aberglaube an dieses Zeug, dieses …« Jührns schüttelte den Kopf und sah Greven fragend an.

»Und Ihr Sohn?«

»Halten Sie mir nicht meine Fehler vor! Ich weiß, was ich hätte tun sollen, aber ich habe es nicht getan: Ich musste weg, ich wollte weg. Ich habe es nicht mehr ausgehalten. Das lag nicht nur an Almuth. Auch an mir. Lange an einem Ort, das geht bei mir nicht. Auch bei meinen Eltern habe ich es nicht lange ausgehalten. Als Klaus unterwegs war, habe ich schon gedacht: Nichts wie weg. Du musst weg. Nur raus aus Ostfriesland. Raus aus Marienhafe. Weg, bloß weg!«

»Ich kann Ihnen folgen«, sagte Greven, »doch bei mir ist das eine andere Sache, ich …«

»Nichts wissen Sie. Die Almuth, die hatte immer … die hatte immer noch einen auf Lager, verstehen Sie? Ich war nicht der Einzige. Haben Sie mal ein Foto von ihr gesehen? Ich meine, als sie jung war? Die waren doch alle hinter ihr her. Alle. Das hat ihr gefallen, kann ich Ihnen sagen. Gefallen hat ihr das. Egal, nun ist sie tot. Nur das Grab hab ich einmal sehen wollen. Wenigstens am Grab stehen. Immerhin war ich ja einmal …«

»Wohin sind Sie damals … ausgewandert?«

»Ich bin nicht weit gekommen. Zuerst wollte ich in die USA. Doch ich bin schon in London von Bord gegangen.«

»Wo haben Sie gearbeitet?«

»In den Docks. Die haben damals jeden genommen. Sogar krauts, ugly germans, bad nazis, falls Sie verstehen. Aber schleppen konnte ich. Schauerleute haben in allen Häfen Arbeit gefunden. Heute gibt es das ja nicht mehr. Die Container, diese verkackten Container.«

»Dann sind Sie aus London gekommen?«

»Nein, aus Hamburg. Vor neun, nein, vor zehn Jahren bin ich nach Hamburg gezogen.«

»Adresse?«

»Ist das ein Verhör? Sie sagten doch: nur ein paar Fragen?«

»Adresse?«

»Konsul-Hagen-Straße 55.«

»Wo haben Sie in London gewohnt?«

»In der Porter Road. Das ist in Chelsea. Einer dieser Hinterhöfe. Grauenhaft. Aber …«

»Gut. Haben Sie noch vor, Ihren Sohn zu besuchen?«
»Das hatte ich vor«, sagte Jührns, »das hatte ich wirklich vor. Aber er ist Lehrer am Gymnasium. Lehrer. Ich bin ... Kistenschlepper. War Kistenschlepper. Sozikohle, verstehen Sie. Sozikohle.« Das Gesicht des Mannes versank in seinen Händen.
»Herr Jührns ...«
»Darf ich mal aufs Klo?«
»Na klar«, antwortete Greven, »dies ist ja kein Verhör.«
Der alte Mann stand auf und ging zur Tür. Greven nickte. Dusche und Toilette auf dem Gang. Hier gab es das noch.

Kaum war die Tür ins Schloss gefallen, tippelten schnelle Füße die Treppe hinunter. Greven brauchte nur ein paar Sekunden, dann war auch er an der Tür. Jührns hatte eine Treppenlänge Vorsprung. Das war viel. Jedenfalls für Grevens Knie. Treppen, besonders steile, waren das größte Hindernis. Nicht etwa Deiche, bei denen er die Länge seiner Schritte frei wählen konnte, deren Steigung er schräg angehen konnte. Treppen schrieben seinem Knie den Rhythmus und die Geschwindigkeit genau vor. Erst die Treppe hatte ihm die Entdeckung der Langsamkeit wirklich verständlich gemacht. Nicht etwa das Buch von Stan Nadolny. Steile Treppen wie diese waren es gewesen.

Jührns war in Richtung Neuer Weg gelaufen. Durch die schmale Lohne neben dem linken der beiden Neubauten. Sein Vorsprung war doch nicht so groß, wie Greven befürchtet hatte. Der alte Mann war drahtig und kräftig. Aber eben auch schon lange nicht mehr der Jüngste. Greven gab Gas. Jührns' Storchenbeine verschwanden hinter einer Hausecke. Sekunden später hatte auch Greven sie erreicht. Und grätschte wie ein Betrunkener in ein Damenfahrrad, das in diesem Augenblick in seine Bahn geschoben wurde.

»Sind Sie verrückt geworden?!«, fuhr ihn eine kugelrunde Frau mit Pudelmütze an. »Rowdy! In Ihrem Alter! Fahrraddieb!«

»Polizei!«, entgegnete Greven, zog das rechte Bein aus dem Rahmen und suchte auf dem Neuen Weg Jührns' Beine, die keine dreißig Meter vor ihm auf die Stadtmitte zuliefen.

»Rowdy! Fahrraddieb!«

»Scheiße!«

Doch nicht die hatte Greven erwischt, sondern einen kleinen Jungen, der ein Eis lutschte. Wie eine Billardkugel hatte er die Eiskugel aus der Tüte gekickt, trat sie auf dem Pflaster platt und rutschte darauf einen halben Meter.

»Scheiße!« Die erdbeerfarben war.

»Was machen Sie da mit meinem Jungen?!«, fauchte eine Mutter.

»Polizei! Halten Sie den Mann fest!«, rief Greven ohne jeden Erfolg. Die anderen Passanten spazierten weiter, als wäre Jührns ein harmloser Jogger.

»Halten Sie den Mann fest! Kriminalpolizei!«, wiederholte Greven.

»Genau! Halten Sie den Mann fest!«, schrie die Mutter, deren Sohn eine markerschütternde Sirene anstimmte, die ausreichte, um Greven für einen Moment aus der Konzentration zu reißen. Bevor er die dürren Beine des Flüchtenden wieder im Visier hatte, umarmte er einen Leuchtturm, der vor einem Foto- und Souvenirladen als Touristenblickfang aufgestellt worden war. Rot-gelb gestreift. Es war der Pilsumer Leuchtturm, auf dem Greven bäuchlings landete. Erst scheppernd, dann mit einem wimmernden Ton in der Art einer singenden Säge gab das Blech unter ihm nach. Als er sich von dem platten Turm erhoben hatte und durchstarten wollte, packten ihn entschlossene Hände, die zwei kräftigen Männern in schwarzen Lederjacken gehörten.

»So geht das aber nicht, Kleiner!«, sagte der Dickere der beiden, der ein Kopftuch und auf seiner Hand den Namen *Ozzy Osborne* als Tattoo trug.

»Polizei! Lassen Sie mich sofort los!«, wehrte sich Greven, doch den Pranken konnte er nicht entkommen. Selbst mit dem mühsam erlernten Befreiungsgriff konnte er die Lederjacken nicht beeindrucken.

»Wenn du von der Polizist bist, sind wir die zwei von der Tankstelle«, nölte der andere, dessen runder Kopf in einem Cowboyhut steckte.

»Genau, die riechen wir doch zehn Seemeilen gegen den Wind. Und du riechst bloß nach Randale, Kleiner!«

»Lassen Sie mich sofort los. Was immer Sie riechen, ich bin nun mal ein Bulle. Hauptkommissar noch dazu!«

»Ein Kommissar will er sein«, meinte der Dicke. »Hast du das gehört?«

»Dann nehmen die inzwischen ja jeden«, sagte der Cowboy, dessen grauer Bart kein junges Kinn mehr verbarg. »Sogar solche, die Kindern Eis klauen und unsern Leuchtturm hier platt machen!«

»Weißt du eigentlich, was das ist?«, fragte der Dicke und wies mit einer Kopfbewegung auf das verbeulte, gestreifte Blech. »Das ist unser Idol! Unser Freund!«

»Und mein Aushängeschild!«, mischte sich nun ein Dritter in die Vernehmung. »Danke, meine Herren, dass Sie den Attentäter gestellt haben. Ich habe die Polizei bereits alarmiert.«

»Nicht nötig, ich bin von der Polizei!«, schnaufte Greven, der Siegfried Jührns längst aus den Augen verloren hatte. »Wenn Sie mich loslassen, zeige ich Ihnen meinen Ausweis!«

»Wenn wir dich loslassen, machst du die Fliege«, erwiderte der Dicke. »Der Trick ist doch älter als meine Flasche Talsiker.«

»Das spricht man Talisker aus«, brummte Greven. »Die Destillerie auf der Isle of Skye heißt Talisker.« Die Pranken gaben dennoch nicht nach. »Achtzehn Jahre oder fünfundzwanzig Jahre?«

»Geht dich gar nichts an. Classic steht auf der Flasche, und das ist ja wohl alt genug.«

»Schlappe zehn Jahre. Und die sitzt ihr auch, wenn ihr mich nicht gleich loslasst. Meine Geduld hat nämlich Grenzen.«

»So, hat sie das? Dann werde ich dir mal …«

»Aber meine Herren, da kommen doch schon die Schutzmänner«, sagte der alte Mann, der aus dem Laden gekommen war. Als Kind hatte Greven dieses Wort zum letzten Mal gehört.

»Wir haben den Übeltäter!«, prahlte der Dicke beim Eintreffen der beiden Uniformierten. »Er hat Kinder beklaut und unsern Freund hier platt gemacht. Fragen Sie den Chef hier.«

»Jawohl, das hat er«, betonte der Cowboy, »aber wir als aufrechte Bürger haben ihn eigenhändig gestellt.«

Greven schwieg, eingekeilt zwischen den mutigen Bürgern wie die Pension Möller zwischen den Neubauten, und sah die beiden Kollegen an.

»Kommissar Greven aus Aurich«, stellte der Ältere ohne Umschweife fest. Ohne ein weiteres Wort zu sagen, lockerten die beiden Lederjacken ihre Griffe, ließen ihn aber noch immer nicht los.

»Ich habe einen Verdächtigen verfolgt und dabei den Leuchtturm übersehen«, erklärte Greven ruhig, denn Jührns war ihm ohnehin entkommen.

»Lassen Sie bitte Herrn Greven los!«

»Sie sind der Boss«, sagte der Dicke und trat einen Schritt zurück. Auch der Cowboy löste seinen Griff.

»Und wer ersetzt mir den Schaden?«, mahnte der Ladenbesitzer an. »Diese Figur habe ich eigens anfertigen lassen.«

»Das zahlt die Versicherung«, antwortete Greven. »Danke, Kollegen. Ihr habt mich vor der hiesigen Bürgerwehr gerettet.«

»Das konnten wir ja nicht ahnen«, rechtfertigte sich der Ozzy-Osborne-Fan. »So, wie Sie hier in Erscheinung getreten sind.«

»Getreten ist das richtige Wort. Sehen Sie sich bloß den armen Leuchtturm an«, fügte sein Kumpel hinzu.

»Sollen wir die Personalien aufnehmen?«, fragte der ältere Polizist.

»Schon gut, im Prinzip haben sie ja korrekt gehandelt«, sagte Greven.

»Korrekt. Hast du gehört, Kalle? ‚Korrekt' hat er gesagt. Und er ist Kommissar«, sagte der Cowboy und suchte Blickkontakt zu der Menschentraube, die sich mittlerweile um den platten Leuchtturm versammelt hatte.

»Ich habe einen Mann verfolgt, Siegfried Jührns, Anfang sechzig, Größe etwa einsfünfundsiebzig, schlank, drahtige Figur, kurze, graue Haare, schwarze Hose, weißes Hemd, schwarze Jacke. Ich muss ihn unbedingt sprechen.«

»Die Knochenbrecher?«, fragte der Jüngere, der noch kein Wort gesagt hatte.

»Sie haben es erraten. Er kann noch nicht weit sein, allenfalls bis zur Kreuzung. Vielleicht erwischen wir ihn doch noch.«

»Wenn wir Ihnen behilflich sein können …?«, meldete sich der Dicke vorsichtig zu Wort.

»Danke«, antwortete Greven, während der ältere Uniformierte seine Angaben ans Revier durchgab, »Sie haben mir schon genug geholfen.«

»Haben wir gerne gemacht«, antwortete der Cowboy. »Immer zu Ihren Diensten. Wenn wir uns jetzt verabschieden dürfen?«

Die zwei von der Tankstelle stapften davon, als hätten sie gerade einen Western mit John Wayne im Kino gesehen.

24

»Nichts?«

»Kein Stück«, erklärte Greven. »Dieser dreiste Typ ist einfach zurück in die Pension, hat seinen Koffer gepackt, die Rechnung bezahlt und ist verschwunden, während ich ... Gut, lassen wir das. Wie sieht es mit seinen Angaben aus?«

»Schlecht«, antwortete Jaspers. »In Hamburg ist der jedenfalls nicht gemeldet. Nicht mal eine Konsul-Hagen-Straße gibt es da.«

»Lügen kann der, das muss der Neid ihm lassen«, meinte Greven. »Wie sieht es mit einem Auto aus?«

»Unter seinem Namen ist keins angemeldet.«

»Ein echter Überraschungsgast«, stellte Greven fest und ließ eine Frage folgen, die ihn seit Ackermanns Anruf beschäftigte. »Was hat der hier gesucht?«

»Den Schatz der Sierra Madre«, schlug Ackermann vor.

»Vielleicht nicht gerade den«, überlegte Greven, »aber nur um am Grab zu stehen, war der nicht hier. Mit seinem Sohn hat er auch keinen Kontakt aufgenommen.«

»Also doch Bares«, meinte Jaspers. »Aber wie will er da rankommen? Mit dem Erbe hat er nichts zu tun. Im Testament wird er mit keinem Wort erwähnt.«

»Der muss etwas wissen, was wir nicht wissen«, vermutete Ackermann.

»Und will es auch unbedingt für sich behalten«, stimmte Greven zu, »daher hat er es vorgezogen, unsere kleine Unterhaltung vorzeitig zu beenden.«

»Ob sein Sohn auch weiß, was er weiß?«, warf Jaspers in den Raum und sah seine beiden Kollegen grinsend an.

»Dann haben wir noch ein Problem«, antwortete Greven, »denn dieser Jührns ist ganz schön ausgebufft. Der ist hier, weil er eine Chance sieht, und so abgebrannt wie der ist, will er sie auch nutzen. Dass sein Sohn weiß, dass er im Lande ist, kann er sich nach meinem Besuch denken. Er muss also so schnell wie möglich handeln.«

»Das muss Bogena auch, wenn er eingeweiht ist«, grinste Jaspers.

»Und eben das ist unser Problem«, sagte Greven. »Wir müssen ihn finden. Vielleicht ist dieses große Geheimnis ja auch der Schlüssel zu den beiden Morden.«

»Du meinst, wenn Bogena irgendwo einen Ziegel aus der Wand zieht, steht nicht nur sein Vater hinter ihm, sondern auch unser Mörder?«, meinte Ackermann.

»Das Bild trifft die Situation ganz gut«, sagte Greven, »außerdem hat Jührns eine Andeutung gemacht, die zu der Verwandtschaftstheorie passt. Wenn Almuth Bogena wirklich mehrere Liebhaber gehabt hat ...«

»... steht gar nicht fest, ob Klaus tatsächlich Jührns Sohn ist«, ergänzte Ackermann, »und ob es nicht noch ein Geschwisterchen gibt, etwa eines, das die Bogena zur Adoption freigegeben hat.«

»Zumindest sollten wir es nicht ausschließen«, sagte Greven und warf ihm einen Fingerzeig zu.

»Auf zum Standesamt!«, kommentierte Jaspers.

»Das wird uns nur bedingt weiterhelfen«, argumentierte Greven. »Hausgeburten waren in den Fünfzigern noch üblich. Sieh mich an. Der Weg zu den Behörden war weiter als heute, die Freiheit größer, wenn man so will. Frag trotzdem nach. Außerdem müssen wir beide Häuser im Auge behalten.«

»Wird organisiert«, nickte Jaspers.

In diesem Augenblick betrat Häring das Büro, mehrere Tüten Kaffee im Arm. Jaspers grinste ihn an und ruderte auf seinem Stuhl hin und her: »Wurde auch Zeit.«

»Komm! Als ob du die Kaffeekasse noch nie vergessen hast!«, maulte der ansonsten mehr als korrekte Häring.

»Strafe muss sein«, lächelte Ackermann.

»Wenn du mit dem Kaffee fertig bist, darfst du wieder mitmachen«, sagte Greven.

»Eine Vorstrafe wegen Körperverletzung«, berichtete Häring, während er die Kaffeemaschine beschickte. »Liegt allerdings schon ein paar Jahre zurück. 1962, um präzise zu sein. Das ist alles. Ach ja, eine Porter Road gibt es in Chelsea nicht, und da es in England keine Meldepflicht gibt, so wie in unserem wunderbaren Land, und die Kollegen dort ...«

»Haben wir uns schon gedacht«, brummte Greven. »Ihr hättet hören sollen, wie der das serviert hat. Perfekt. Gegen den spielt Münchhausen in der Kreisliga.«

»Wir aber spielen in der Bundesliga«, prahlte Häring spitz und ohne sich umzudrehen.

»Das heißt?«

»Siegfried Jührns ist seit 1988 in Wilhelmshaven gemeldet«, sagte Häring auf eine Art, die einen Hauch von Stolz erkennen ließ.

»Er kann nicht nur Kaffee holen«, kommentierte Jaspers.

»Wo hat er vorher gewohnt?«, fragte Greven.

»Tatsächlich in Hamburg«, antwortete Häring, drückte mit einer übertriebenen Handbewegung auf den Schalter der Kaffeemaschine und drehte sich endlich um.

»Warum hat er sich dann überhaupt in Norden einquartiert?«, meinte Jaspers. »Es wäre doch für ihn viel unauffälliger gewesen, von Wilhelmshaven schnell mal nach Marienhafe zu fahren. Oder?«

»Eine gute Frage«, stellte Greven fest, »eine gute Frage. Hm ... Vielleicht hat er einfach Zeit gebraucht. Die Fahrerei war ihm zu aufwändig. Für den Griff nach einem Ziegel wäre eine Fahrt genau das Richtige gewesen, nicht aber für das, was er sich vorgenommen hat.«

»Oder hatte?«, bemerkte Ackermann.

»Nein, wenn er sein Ziel erreicht hätte, wäre er sofort abgereist, da bin ich mir sicher. Nein, nein, der war noch nicht so weit«, entgegnete Greven. »Der hatte auch noch nicht gepackt und seine schöne Suite gekündigt.«

»Käffchen?«, fragte Häring spitz und benutzte absichtlich ein Wort, dass seine Kollegen hassten.

»Aber immer!«, war die Antwort, die nicht aus dem Raum, sondern von der Tür her kam, in der Pütthus vom Raubdezernat stand. »Mit viel Zucker, aber ohne Milch.«

»Der hat uns gerade noch gefehlt«, stöhnte Jaspers.

»Wo wir doch den Fall schon fast gelöst haben«, ergänzte Ackermann.

»Na, dann komme ich ja gerade zur rechten Zeit«, lächelte der ewig gut gelaunte Pütthus.

»Los, rück schon raus!«, sagte Greven.

»Mit viel Zucker, ohne Milch«, war die Antwort.

»Peter, wir gehen auf die Forderungen ein. Sonst sitzen wir morgen noch hier.«

»Sagt euch der Name ‚Mangavis' etwas?«, triumphierte Pütthus und ließ sich von Häring die bestellte Tasse reichen.

»Mangavis? Nie gehört«, antwortete Ackermann.

»Das ist eines der fünf oder sechs Pseudonyme, unter denen Manfred Garrelt seine Beute und allen möglichen Unfug bei eBay feilbietet. Euer Kaffee ist wirklich gut. Mord ist eben Mord. Augen auf bei der Berufswahl«, sagte Pütthus.

»Sag es einfach!«, forderte Greven.

»Wir vom Raub, die keine italienische Kaffeemaschine besitzen, haben lange gebraucht, die Pseudonyme unserer Kunden offen zu legen.«

»Komm, spuck's endlich aus!«

»Gestern Abend hat Manfred Garrelt alias Mangavis, das soll wohl Manfred Garrelt, Visquard, heißen, gleich satte dreiunddreißig Angebote bei eBbay eingestellt, mehrere Autoersatzteile, eine Zinkbadewanne, angeblich aus dem Jahr 1930, zwei fast neue Staubsauger und ... drei Streichholzbriefchen von *Meta* ... und ... zwei Ringe aus Messing.«

»Die Erdstrahlen den Garaus machen«, ergänzte Greven.

»Darum bist du Hauptkommissar und nicht die da«, sagte Pütthus und führte genüsslich die Tasse Kaffee zum Mund. »Einfach fantastisch. Dieses Aroma. Zum Mord hätte man gehen sollen.«

»Sieh bloß zu, dass du Land gewinnst«, meinte Jaspers.

»Ende der Kaffeepause«, erklärte Häring und nahm dem Kollegen vom Raub die Tasse aus der Hand.

»Ich überlasse euch den Schatz. Unseren Schatz. Und das ist nun der Dank!« Pütthus nahm eine gebückte Haltung ein und verließ hinkend das Büro.

»Wer hat den bloß eingestellt?«, fragte Ackermann kopfschüttelnd.

»Okay«, sagte Greven nach einer kurzen Denkpause, »damit ist Garrelt wieder im Spiel. Nicht als Stürmer, aber vielleicht als Verteidiger. Die Streichholzbriefchen interessieren uns nicht ...«

»Dich nicht«, unterbrach ihn Häring.

»... interessieren uns nicht«, fuhr Greven fort, »da ist er schlicht auf einen fahrenden Zug aufgesprungen. Ich werde es dir beweisen. Gib einfach mal *Meta* ein.«

Jaspers setzte sein typisches Grinsen auf, Ackermann hob die Augenbrauen.

»Wie viel?«

»Fünfzehn«, musste Häring eingestehen.

»Und jetzt Ring und Messing«, sagte Greven.

»Fünf. Ein Türklopfer, ein Möbelgriff, ein Dekorring ... und zwei Ringe gegen Erdstrahlen. Von ‚Mangavis‘.«

»Mangavis. Klingt esoterisch«, brummte Greven. »Sollte man sich schützen lassen. Wer fährt?«

»Ich war schon länger nicht mehr in Visquard«, meldete sich Ackermann.

»Einverstanden. Nimm aber einen Kollegen von der Bereitschaft mit. Sieh zu, dass er die Ringe rausrückt und keine Geschichten erzählt.«

»Kein Problem«, versicherte Ackermann, zog seine Jacke von der Stuhllehne und verließ den Raum.

Jaspers und Häring drehten sich auf ihren Stühlen und sahen Greven an, als erwarteten auch sie Anweisungen. Doch Greven schwieg. Die Begegnung mit Siegfried Jührns und der Hinweis seines Kollegen vom Raub nagten an seinem Theoriegebäude und ließen ihn zum wiederholten Mal die Offenheit des Falls erkennen. Der Zweifel hatte ihn erwischt, der Zweifel an jeder Idee und jedem Ansatz. Noch vor drei Wochen wäre dies der richtige Moment gewesen, um ein Glas Talisker auf diese Art Zweifel zu gießen, der sich immer dann meldete, wenn er auf der Stelle trat. Und das tat er nicht nur in diesem Fall. Als hätten seine Kollegen seine Gedanken erraten, ließen sie von ihm ab und wandten sich ihren Schreibtischen zu. Sein Kopf versank für einen Augenblick in seinen Händen, die nicht verhindern konnten, dass Namen und Theorien ins Trudeln gerieten und ein abstraktes Gemälde bildeten, ein Dadagedicht, zu dem ihm jeglicher Zugang fehlte. Doch diesmal reichte der Zweifel sogar noch weiter, befiel seine ganze Arbeit, griff in Sekundenbruchteilen nach seiner Existenz, spuckte wahllos Bilder aus seinem Leben aus. Ebenso schnell schrillten Alarmglocken und weckten eine innere Stimme, die rationale Argumente gegen den Abgrund aufbot. Für den Moment reichten sie aus, doch überwinden konnte er ihn nicht. Das war ihm bislang immer gelungen, sogar nachdem man ihm in Hamburg ins Knie geschossen hatte. Greven ließ die Hände durch das Resthaar gleiten, hob den Kopf und holte tief Luft.

»Der Fall ist im Grunde ganz einfach«, sagte er in den Raum hinein, »davon bin ich überzeugt. Die Lösung liegt vor uns, nur wir sehen sie noch nicht.«

»Alles in Ordnung?«, fragte Häring, der Greven im Augenwinkel behalten hatte. »Du siehst gar nicht gut aus. Ist dir schlecht?«

»Schon okay«, antwortete Greven. »Ihr kennt das ja, wenn manchmal der Boden ein bisschen nachgibt. Nicht weiter tragisch.«

»Nimm dir den Nachmittag frei«, schlug Häring vor. »Du musst sowieso mal Überstunden abbauen. Der Laden läuft auch ohne dich, alles ist organisiert. Ich ruf dich an, falls sich was tut.«

Greven warf Jaspers einen fragenden Blick zu, den der mit einem Nicken beantwortete.

»Bon, ihr habt wahrscheinlich recht. War wirklich ein bisschen viel in den letzten Wochen. Ich habe Mona kaum gesehen, nicht mal an den Wochenenden. Ein freier Nachmittag ist da schon mal drin. Also, wir sehen uns morgen früh.«

»Wolltest du nicht nach Greetsiel zu deiner Oma Janssen?«, bremste ihn Häring.

»Hätte ich fast vergessen. Dann sehen wir uns morgen Mittag«, sagte Greven, zog seine Jacke an, hob kurz seine Hand und verschwand lautlos durch die Tür. Die Blicke seiner Kollegen folgten ihm, um sich anschließend zu begegnen. Jaspers zuckte mit den Achseln, Häring hob kurz seine Augenbrauen.

25

»Und du willst tatsächlich mitkommen?«, fragte Greven.

»Meine Vorbereitungen für die Ausstellung sind abgeschlossen, ich habe Zeit«, antwortete Mona.

Greven hatte gut geschlafen und den Abgrund völlig aus den Augen verloren. Seinen gestrigen Blick in die Tiefe führte er auf die schwache Tagesform und die noch immer fehlende heiße Spur zurück, auf die sie schon noch stoßen würden. Der Zweifel war wie weggeblasen. Wahrscheinlich von dem warmen Westwind, der für einen blauen Himmel und somit für einen sonnigen Herbsttag sorgte.

»Wenn das nicht allzu lange dauert, können wir noch ein bisschen in Greetsiel bummeln«, schlug Mona vor, während sie ihre Jacke anzog. »Außerdem hat Gisbert eine Ausstellung in der Mühle. Zur Vernissage haben wir es ja nicht geschafft.«

»Das machen wir auch«, stimmte Greven ihr zu. »Morgen ist sowieso Wochenende, und auf das werden wir uns schon mal einstimmen. Die Jungs machen das schon. Ich liefere Oma Janssens Recherchen im Büro ab und verabschiede mich dann«, freute sich Greven. »Passt ein Mittagessen im Witthus in deinen Diätplan?«

»Wenn du dir schon das Wochenende frei nimmst, sollten wir nicht Kalorien zählen.«

»Also los! Ich fahre!«

Den Wagen parkten sie unmittelbar hinter dem Haus der alten Dame, die ihnen freudig die Tür öffnete.

»Der Herr Kommissar. Kommen Sie doch bitte herein. Und eine Kollegin haben Sie auch mitgebracht.«

»Das ist meine ... Frau«, erklärte Greven. »Sie ist Malerin.«

»Ich wusste gar nicht, dass Sie verheiratet sind. Da gratuliere ich Ihnen aber. Heute ist es ja ganz normal, dass auch Frauen als Handwerker arbeiten. Die Tochter von Etens nebenan arbeitet in Emden bei einem Schlosser.«

Mona sah Greven mit einem energischen Blick an, doch Greven schüttelte nur kurz den Kopf. Die alte Frau ging voraus ins Wohnzimmer. Auf dem Tisch lagen mehrere ihrer Alben und ein Schnellhefter mit Fotokopien.

»Das ist für Sie. Mehr habe ich nicht finden können. Ach ja, die Toten und Kranken aus Marienhafe und Emden sind auch dabei. Auf der letzten Seite habe ich sie aufgeschrieben. Fotokopieren konnte ich die ja nicht.«

»Vielen Dank, Frau Janssen, dass Sie sich diese Mühe gemacht haben. Was bin ich Ihnen schuldig?«, fragte Greven.

»Meine Dienste kosten nichts«, wehrte sich Frau Janssen, »aber für eine kleine Spende zur Aufbesserung meiner Rente wäre ich sehr dankbar.«

Während Greven einen Schein in das von Frau Janssen gereichte Sparschwein steckte, blätterte Mona in den Alben.

»Eine unglaubliche Mühe.«

»Dafür ist sie nun mal bekannt«, kommentierte Greven. »Und darum sind wir ja hier.«

»Wenn meine Galeristen immer so sauber arbeiten würden… Stattdessen schicken die einem einen Haufen zerknülltes Papier zu und nennen es gesammelte Kritiken. Und die Hälfte fehlt.«

»Meine Chronik ist immer vollständig. Seit 1977. Aber ich habe auch einige ältere Artikel und Anzeigen.«

»Unglaublich«, wiederholte Mona. »Hier ist auch die Todesanzeige von Friedjof Suhrmann.«

»Friedjof Suhrmann?«, fragte Greven ohne besonderes Interesse.

»Der Mann von Alines bester Freundin, der vor einem Jahr an einem Schlaganfall gestorben ist. Er ist nicht nach Hause gekommen, seine Frau ist nach Greetsiel gefahren und hat ihn tot auf den Planken ihres Schiffes gefunden.«

»Wann war das, sagtest du?«

»Vor ziemlich genau einem Jahr«, antwortete Mona. »Warte, wir haben ja die Todesanzeige. Am 28. August. Also vor etwa mehr als einem Jahr. Sieh dir das an. Zweiundfünfzig ist der nur geworden.«

»Suhrmann? Das sind keine Greetsieler«, stellte Greven fest.

»Nein, die kommen aus Aurich«, wusste Mona. »Rita

Suhrmann heißt sie. Hier steht es ja auch. Keine Kinder. Ich habe sie bei Aline einmal kennen gelernt. Groß und schlank, ein bisschen sehr affektiert. Das war aber vor dem Tod ihres Mannes.«

»Und das Schiff liegt hier?«

»Das hat Aline jedenfalls mal erzählt. Es muss ein altes Schiff sein, das sie selbst restauriert haben.«

»Die einmastige Tjalk«, sagte Greven.

»Du kennst das Schiff?«

»Kann man so nicht sagen, aber ich weiß, wo es liegt.«

»Das liegt schon lange hier. Mindestens ein Jahr«, schaltete sich Oma Janssen in das Gespräch ein. »Soweit ich weiß, ist es in dieser Zeit nur ein paar Mal ausgelaufen. Die Besitzerin kommt nur ab und zu, meistens am Wochenende.«

»Schlaganfall. Im August vor einem Jahr«, wiederholte Greven nachdenklich.

»Na, die kommt ja wohl kaum in Frage. Einen Schlaganfall haben die Bogenas bestimmt nicht zu verantworten. Außerdem wurden sie jetzt umgebracht und nicht vor einem Jahr. Sieh dir mal die Mappe von Frau Janssen an. Wenn überhaupt, suchst du nach einem aktuellen Fall. Du hast selbst gesagt, die Morde waren emotional motiviert.«

»Davon bin ich überzeugt«, grübelte Greven, »und trotzdem habe ich da so eine Ahnung. Haben Sie die Nummer von Dr. Weygand?«

»Die habe ich sogar im Kopf«, antwortete Frau Janssen, »wegen meiner Beine. 9991. Nehmen Sie mein Telefon.«

Greven wählte die Nummer und bearbeitete die Sprechstundenhilfe so lange, bis er verbunden wurde: »Ich weiß, Herr Dr. Weygand, ich weiß. Dennoch ist es wichtig, und es dauert auch nicht lange. Sie erwähnten doch einen Artikel von einem gewissen Hamann. Wissen Sie noch, wann der erschienen ist?«

Greven sah Mona an, die lautlos mit ihm sprach und mit ihrem Zeigefinger an ihre Stirn tippte. Oma Janssen strahlte.

»Ja?«, meldete sich Greven und hörte eine ganze Weile konzentriert zu. »Danke für die Auskunft, Herr Doktor, und entschuldigen Sie die Störung.«

»Du kannst doch während der Sprechstunde bei keinem Arzt anrufen!«, ermahnte ihn Mona, kaum hatte er den Hörer aufgelegt.

»Dieser Hamann ist ein Professor aus München«, erzählte Greven, ohne auf Monas Bemerkung einzugehen. »Zwei Tage vor Tante Heddas Ermordung ist im *Spiegel* ein Interview mit ihm erschienen, in dem er über Schlaganfälle berichtet, die sich als Folge einer unsachgemäßen chiropraktischen Behandlung ereignen. Wenn nämlich irgendein Gefäß am Hals verletzt wird, kann das diese Folgen haben. Genau krieg ich das nicht mehr zusammen. Seit ein paar Jahren sind sie dem auf der Spur, weil sich die Mediziner Schlaganfälle bei jungen und gesunden Menschen nicht erklären konnten. Die unsachgemäße chiropraktische Behandlung scheint die passende Erklärung zu sein.«

»Du meinst, Rita Suhrmann hat das Interview gelesen und dann Tante Hedda das Genick gebrochen? Weil sie ihr die Schuld am Tod ihres Mannes gegeben hat?«

»Genau das ergibt für mich einen Sinn«, sagte Greven. »Pass auf: Dieser Suhrmann muss bei Tante Hedda gewesen sein. Oder bei Almuth. Doch das wusste seine Frau nicht. Sie wusste nur von einer Knochenbrecherin namens Bogena. Sie hat das Interview gelesen, und plötzlich war nicht mehr das Schicksal am Tod ihres Mannes schuld, jedenfalls nicht in ihren Augen, sondern ein Mensch, ein Täter, ein Mörder: Tante Hedda, deren Haus dem Schiff gegenüber auf dem Deich steht. Sie hat nur noch die Schuld der alten Frau gesehen. Denn ob es da wirklich einen Zusammenhang gegeben hat, hätte nur durch eine Obduktion festgestellt werden können. Ihre tief sitzende Trauer ist in tödlichen Hass umgeschlagen. Sie ist zum Hexenhaus gegangen, hat ihr das Urteil verkündet und sie ermordet. Doch dann liest sie im Nachruf von Almuth. Es gibt also zwei Bogenas. Da sie nicht weiß, bei welcher ihr Mann in Behandlung war, bringt sie kurzerhand auch noch Almuth um. Wie hört sich das an?«

»Entsetzlich!«, antwortete Oma Janssen, ohne zu zögern.

»Das finde ich auch«, meinte Mona. »Alines beste Freundin

eine Doppelmörderin? Das kann ich mir beim besten Willen nicht vorstellen. Hier, soll ich dir mal eine andere Anzeige vorlesen? Ich wette, dir fällt dazu auch eine passende Geschichte ein. Wie wäre es denn mit Hartmut Meyer, verstorben am 3. März nach langer, schwerer Krankheit? Oder mit Gerda Siebrands? Ein Autounfall mit Fahrerflucht.«

»Den Täter haben sie bis heute nicht«, erklärte Frau Janssen, »denn das Auto war gestohlen.«

»Na bitte, das wäre doch ein Ansatz. Oder hier, Klara Jakobsen aus Pewsum.«

»Die ist beim Fensterstreichen von der Leiter gefallen«, fügte Frau Janssen hinzu. »Eine schlimme Sache, denn ihr Mann ist erst abends von der Arbeit gekommen und hat sie viel zu spät hinterm Haus gefunden. Die Ärzte konnten nichts mehr für sie tun.«

Mona blätterte weiter in dem Album, während Greven laut nachdachte: »Es wird allerdings sehr schwer werden, ihr das zu beweisen. Lass uns mal zur Tjalk gehen, Mona. Vielleicht finden wir an Bord irgendwelche Spuren. Nimm die Mappe mit, damit die anderen auch eine Chance bekommen. Und Sie, liebe Frau Janssen, behalten alles, was ich gerade gesagt habe, bitte für sich. Denn falls ich mich irre, wird eine üble Nachrede daraus. Ach ja, nochmals danke für Ihren großartigen Service.«

Ein Lächeln huschte über das Gesicht der alten Frau mit der Pergamenthaut: »Das habe ich gerne getan. Und keine Bange, von mir erfährt niemand etwas. Ich bin aber schon gespannt, was in den nächsten Tagen in der Zeitung steht.«

Greven und Mona gingen an der Kirche vorbei zum Hafen. Trotz des schönen Wetters kamen ihnen nur wenige Menschen entgegen. Bis zum Alten Siel waren es nur ein paar hundert Meter.

»Du willst doch wohl nicht einfach so an Bord gehen?«, fragte Mona, kurz bevor sie die Sielmauer erreichten.

»Warum nicht? Ich gebe mich einfach als Plattbodenschiffsliebhaber aus. Ich hatte sowieso nicht vor, mit der Tür ins Haus zu fallen. Ich will nur mal die Lage sondieren. Wahrscheinlich ist sie gar nicht an Bord. Es ist Freitagvormittag.«

»Aber es ist Flut.«

»Du hast doch gehört, dass sie so gut wie nie ausläuft.«

Ein Blick über die Sielmauer gab Mona recht. Die Tjalk lag nicht im Hafen. Ihr Liegeplatz war leer. Weiter hinten hatte ein dänischer Zweimaster festgemacht. Greven ging in den Hafen, um zu sehen, ob die Tjalk vielleicht hinter dem Dänen lag. Doch auch dieser Liegeplatz war verwaist.

»Pech gehabt«, schimpfte Greven.

»Glück gehabt«, widersprach Mona, »denn nun kannst du dir deine Theorie noch mal in aller Ruhe überlegen.«

»Gut«, lenkte Greven ein, »wahrscheinlich ist es besser so. Obwohl, warte mal, wir haben ja ...« Greven zog sein Handy aus der Tasche und ließ es Härings Nummer wählen. »Gerd hier. Sei so gut und sieh mal in Almuth Bogenas Patientendatei nach, ob du einen Friedjof Suhrmann aus Aurich findest. Bis gleich.«

Nachdem er die Taste gedrückt hatte, wandte er sich wieder Mona zu: »Was hat Aline über Rita Suhrmann erzählt?«

»Dass sie sie vor gut zehn Jahren auf irgendeiner Party kennen gelernt hat und seitdem mit ihr befreundet ist.«

»Hat sie auch ihren Mann gekannt?«

»Natürlich. Ein echter Workaholic. Hat von morgens bis abends in seinem kleinen Betrieb geschuftet. Viel mehr weiß ich auch nicht. Nur, dass sie der Tod ihres Mannes sehr mitgenommen hat. Den Betrieb hat sie nicht halten können.«

»Aber die Tjalk«, raunte Greven. »Ausgerechnet die hat sie behalten. In dem Zustand ist die einiges wert.«

»Weil ihr Mann die restauriert hat. Als Erinnerung. Wenn du das nicht verstehst ...?«

Grevens Handy klingelte. »Ja, Peter ...? Am 27. August. Also einen Tag vor seinem Tod. Danke, das reicht. Lass alles stehen und liegen und kümmere dich um Frau Suhrmann. Ja, in Aurich. Nein, kein Besuch. Aber sonst das ganze Programm. Bis dann. Tschüss!«

»Er war also bei Almuth Bogena?«, wollte Mona bestätigt wissen.

»War er. Und er hat seiner Frau nichts davon erzählt. Ob

er auch noch bei Tante Hedda war, wird kaum zu ermitteln sein«, sagte Greven, während sich Monas Gesicht langsam veränderte. Auf der Stirn, dicht über den Augenbrauen, bildeten sich zwei Falten. Sie senkte kurz ihren Kopf, um gleich darauf Greven anzusehen.

»Ich muss Aline anrufen!«

»Halt, Mona, noch ist das nur eine Vermutung!«

»Aber wenn sie zutrifft? Wenn ihre Freundin wirklich eine Mörderin ist?«

»Dann ist besser, wenn Aline es nicht weiß. Und dafür gibt es gleich mehrere Gründe, die ich dir nicht aufzuzählen brauche.«

Mona ließ das Handy sinken.

»Warte mal. Du könntest sie trotzdem anrufen. Aber erwähne mich auf keinen Fall. Sag ihr, eine alte Freundin interessiert sich für Plattbodenschiffe. Frag sie nach Suhrmanns Tjalk. Wo man sie besichtigen kann.«

Mona rief die gespeicherte Nummer ab und wartete. Statt Aline meldete sich jedoch eine unbekannte Frau, mit der Mona ein Minutengespräch führte, dessen Inhalt Greven nur halbwegs folgen konnte. Monas Gesicht veränderte sich erneut und verlor einen Großteil seiner Farbe.

»Aline ist bei ihr an Bord!«

»Das habe ich mitbekommen«, sagte Greven. »Aber sie müsste doch in ihrem Laden sein.«

»Mittwochs und freitags hat sie ab und zu eine Vertretung. Rita Suhrmann hat Aline eingeladen, übers Wochenende nach Schiermonnikoog zu fahren. Sie wollen das Atlantikhoch nutzen. So einen Törn planen sie schon seit längerem, doch bislang hätte das Wetter nicht gepasst.«

»Na toll. Und wenn Frau Suhrmann in Holland bleibt oder sich noch eine andere Küste aussucht, kann ich den Fall zu den Akten legen.«

»Ich dachte, Holland ist kein Problem?«

»Wenn du einen Haftbefehl hast, nicht. Aber wenn du keinen hast, sondern nur einen vagen Verdacht, wenn dir handfeste Beweise fehlen, kann Holland sehr weit weg sein«, ärgerte sich Greven.

»Ist Aline in Gefahr?«

»Das glaube ich nicht. Solange sie nichts ahnt oder weiß, wird Frau Suhrmann ihr nichts tun. Warum auch? Sie ist eine gute Freundin, wenn nicht ihre beste, und hat mit den Bogenas nichts zu tun. Nein, die beiden Morde waren emotional gesteuerte Racheakte. Bei Aline würde ihr der notwendige Impuls fehlen. Glaube ich.«

»Es sei denn, Aline hat Friedjof den Tipp gegeben. So wie mir«, meinte Mona mit noch immer blassem Gesicht.

»Ach du Scheiße, daran habe ich gar nicht gedacht!«, fluchte Greven.

»Wenn deine Theorie stimmt, wäre Aline dann doch für den Tod von Friedjof Suhrmann mitverantwortlich. In den Augen von Rita.«

»Wahrscheinlich.«

»Mensch Gerd, Alines Handynummer habe ich doch auch gespeichert!«, strahlte Mona.

»Auf keinen Fall. Aline würde niemals cool bleiben. Ganz abgesehen von Frau Suhrmann, die das Gespräch mitkriegen könnte. Sie wäre gewarnt und Aline erst recht in Gefahr.«

»Dann unternimm sofort etwas anderes!«

»Leichter gesagt als getan«, überlegte Greven. »Eine Suchaktion auf See kann man nicht so einfach anleiern. Außerdem ist sie ein teurer Spaß, für den ich geradestehen muss, falls ich mich geirrt habe. Wenn die Kollegen vom Wasser nämlich nur zwei abenteuerlustige, aber ansonsten harmlose Frauen aufbringen ... Aber vielleicht gibt es da noch eine andere Lösung. Lass uns erst einmal herausfinden, wie lange die schon auf See sind.«

Greven nahm Mona an die Hand und zog sie mit sich in den Hafen, in dem ganze drei Kutter lagen. An Bord des ersten war niemand zu sehen, auf den beiden anderen wurde gearbeitet. Greven steuerte zielsicher auf den letzten Kutter zu. *Jan Rasmus* war am Heck zu lesen.

»Moin, Alfred«, grüßte Greven den Fischer, der alleine an Bord war.

»Moin, Gerd. Wieder auf Frauensuche?«

»Nein, wie du siehst, habe ich inzwischen eine gefunden.«
»Freut mich für dich. Sieht auch ganz lecker aus. Ist das eine von der Tjalk?«
»Genau um die geht es. Weißt du, wann die ausgelaufen ist?«
»Das ist noch nicht lange her. Keine Stunde. Reicht dir die da nicht?«

Die Farbe kehrte in Monas Gesicht zurück. Nur weil Greven leichten Druck auf ihre Hand ausübte, hielt sie sich zurück.

»Wo könnte die Tjalk jetzt sein?«
»Das hängt von der Schleuse ab«, antwortete Gosselar. »Soll ich Klaas mal anrufen?«

Greven nickte. Der Fischer verschwand im Ruderhaus.

»Was ist denn das für einer?« Mona konnte sich offenbar nicht mehr länger beherrschen. »Und was war das mit der Frauensuche?«

»Das war schon immer seine Art. Lass ihn Mona, Alfred ist schon in Ordnung.«

»Aber …!«

In diesem Moment kehrte Gosselar zurück. »Die Tjalk ist gerade erst durch. Musste auf zwei Kutter warten. Ist auf Westkurs gegangen.«

»Wie lange brauchst du, um sie einzuholen?«
»Mit meinem Kutter?«
»Nee, zu Fuß!«
»Lieber mit dem Kutter. Windstärke drei bis vier. Da macht die Tjalk höchsten acht Knoten«, schätzte der Fischer, der eine blaue Latzhose und ein ausgeblichenes, rotes T-Shirt trug. Seine Füße steckten in übergroßen Gummistiefeln, sein Bauch hätte eine Diät noch nötiger gehabt als Grevens. Er war gut rasiert, das lange, aber ausgedünnte blonde Haar wurde vom Wind jongliert. »Wo will sie denn hin?«

»Schiermonnikoog.«

»Dann müssen sie gegen den Wind kreuzen. Keine Stunde. Wenn ich die Fahrt mache. Ich bin nämlich gerade dabei, für etwas Ordnung unter Deck zu sorgen. Da liegen seit Monaten so ein paar alte Öllappen, und die …«

»Machst du die Fahrt? Du kannst vielleicht jemandem das Leben retten.«

»Du willst doch wohl nicht wirklich …?«, schaltete sich Mona in die laufenden Verhandlungen ein.

»Eine andere Möglichkeit sehe ich im Moment nicht. Weißt du eine bessere? Wir statten ihnen einen kurzen Besuch ab. Ohne Sturm im Wasserglas. Aber auch ohne sie vielleicht entwischen zu lassen.«

»Wenn wir noch länger quatschen, liegen deine Frauen bald in Schiermonnikoog am Strand«, sagte der Fischer trocken. »Reich mir deine Dame rüber und mach uns los! Du weißt doch noch, wie das geht?«

26

Auf die schwache Brise, die die Tjalk antrieb, war Gosselars moderner Kutter nicht angewiesen. Sein Dieselmotor schob ihn durch die Wellen, die vom Bugspriet rücksichtslos geteilt wurden und mit einem vertrauten Geräusch an die Bordwände klatschten. Mit gleich bleibendem Rhythmus wiederholte sich dieses Geräusch und bildete eine Klangkulisse, die sie bald nicht mehr bewusst wahrnahmen.

Auch wenn der Grund für die Fahrt ein ernster war, Greven genoss sie. Lange, zu lange war er nicht mehr draußen gewesen. Zuletzt vor mehr als zwei Jahren, als er, vom Mythos und Schatzjägerfieber infiziert, mit dem alten Ysker im Watt nach einer versunkenen Stadt gesucht hatte. Ich bin einfach zu viel unter Tage, sagte er sich, ich lebe hier und bin doch nie hier. Ich stapele Akten und sitze. Auf Bürostühlen und Autositzen. Kein Wunder, dass die Figur dabei nachgibt. Und das geht noch gute zehn Jahre so. Oder noch ein paar Jahre länger, wenn ein Minister die passende Idee hat. Danach geht es auf den Rest.

Er wollte nicht schon wieder den Zweifel gewähren lassen und drehte sich um. Mona stand am Bug und sah hinaus aufs Fahrwasser, das nach Leysiel zur Schleuse führte. Immer wieder fuhr der warme Westwind in ihre Haare, zog sie auseinander und verteilte sie rund um den Kopf. Mona schien dieses Spiel nicht zu stören. Ihre Jacke hatte sie ausgezogen. Die Sonne hatte den Herbsttag in einen Sommertag verwandelt. Grevens Blick tastete ihren Rücken und ihren Po ab. Alfred Gosselar hatte ein treffendes Urteil gefällt. Sie war wirklich lecker. Und frei. Wenn man vom Kunstmarkt absah, hatte sie keinen Chef, sondern nur ihre Bilder im Kopf, die sie auf Leinwänden festhielt. Nicht zum ersten Mal fiel ihm das Nietzschezitat *Werde, der du bist* ein, über das sie kurz vor dem Abitur einen Aufsatz hatten schreiben müssen. Mona hatte dieses Ziel ohne jede Frage erreicht. Ihm hingegen gingen viele Fragen durch den Kopf, wenn er an sein Leben dachte, an die Ziele und Vorstellungen, die er vor fast dreißig Jahren mit seinem Beruf verbunden hatte, und die auch für ein paar Jahre zum Greifen nahe gewesen waren. Oder etwa doch nicht?

»Die ist ja riesig«, meinte Mona. »Wurde die wirklich mitten im Watt gebaut?«

»Mitten im Watt. Aber dank dieser Schleuse brauchte die Leybucht nicht eingedeicht zu werden. Im Hafen gibt es zwar keine Tide mehr, aber auch keinen Schlick, der ihn über kurz oder lang in Deichvorland verwandelt hätte.«

»Gigantisch! Wie das Tor auf Skull Island!«

»Nur dass nicht King Kong dahinter lauert, sondern etwas viel Gefährlicheres und mit Sicherheit Schöneres: die Nordsee.«

»Ganz schön sentimental. Aber deswegen nicht unwahr«, meinte Mona, während der Fischer in die Schleusenkammer einfuhr. Da sich die Pegelstände kaum unterschieden, brauchten sie nicht lange zu warten, bis sich die Außentore öffneten.

»Hoffentlich hält sich der Seegang in Grenzen. Du weißt doch, ich kann das nicht so gut ab«, sagte Mona beim Blick auf die nun offene See, deren graubraune Wellen etwas höher waren als die im eingedeichten Fahrwasser zwischen Hafen und Schleuse.

»Keine Sorge. Drei bis vier, hat Alfred gesagt. Aber ein bisschen schaukeln wird es schon. Ich frag ihn mal, ob sich schon was tut.«

Als er das Ruderhaus des Kutters betrat, wies Gosselar mit dem Finger auf einen kleinen Punkt auf dem Radarschirm.

»Das wolltest du doch wissen. Ich bin mir ziemlich sicher, dass sie das sind. Haben sich ganz schön was vorgenommen. Gegen den Wind mit einem Plattbodenschiff. Die müssen beim Kreuzen auf ihre Seitenschwerter achten, wenn sie nicht kentern wollen. Eigentlich wird es immer an der Leeseite runtergelassen. Beim Kreuzen ist das so eine Sache.«

»Was schätzt du?«, fragte Greven.

»Die haben wir bald. Vielleicht kannst du sie mit dem Fernglas schon sehen.«

Greven angelte sich das Glas von der Wand und ging vor bis zum Bug, der es Mona offenbar angetan hatte. Inzwischen hatte sich der Kutter dem neuen Rhythmus angepasst und leicht zu schaukeln begonnen. Getreu dem seemännischen Überlebensgrundsatz *eine Hand am Schiff* suchte Greven mit der Linken Halt und hielt mit der Rechten das Glas. Er brauchte eine Weile, bis er der Schaukelbewegung folgen und sich orientieren konnte. Zuerst erwischte er zwei andere Kutter, doch dann fand er tatsächlich das braune Gaffelsegel der Tjalk. Auf Stag- oder Focksegel hatten sie verzichtet.

»Hast du sie, Gerd?«, fragte Mona und versuchte, die Tjalk mit bloßem Auge auszumachen.

»Ja, Backbord voraus, wie es so schön heißt. Ich glaube, die haben ganz schön zu kämpfen. Bin gespannt, wie Alines Magen darauf reagiert. Die muss doch bestimmt längst die Fische füttern.«

Kaum hatte Greven seinen Satz beendet, trat Mona einen Schritt zurück: »Mir ist nicht gut.«

Greven setzte das Glas ab und sah Mona an, deren Gesicht erneut die Farbe eingebüßt hatte, diesmal jedoch sämtliche.

»Ganz plötzlich. Grad hab ich mich noch gefreut, dass mir das Geschaukel nichts ausmacht. Aber als du das mit Aline gesagt hast ...«

»Sieh auf die Küste. Das hilft angeblich«, riet Greven. »Deine Augen brauchen einen festen Punkt.«

Mona starrte auf den Pilsumer Leuchtturm, der ihnen in einiger Entfernung an Backbord entgegenkam, aber ihre ansonsten rosige Gesichtsfarbe blieb verschollen.

»Auf keinen Fall die Augen schließen!«, sagte Greven. »Dann weiß dein Innenohr gar nicht mehr, was los ist.«

»Zu spät«, sagte Mona, ging in die Knie und klammerte sich an die Reling.

»Mona, du kannst doch jetzt nicht schlapp machen. Ich brauche dich, wenn wir sie eingeholt haben.«

Mona antwortete mit einem röchelnden Geräusch und einem Ruck, der durch den ganzen Körper fuhr.

»Ist es jetzt besser?«

»Lass mich! Ich hätte nicht mitfahren sollen!« Ein weiteres Mal war das unangenehme Geräusch zu hören, das diesmal auch auf Greven Eindruck machte, vor allem auf seinen Magen.

»Bleib hier, ich frag mal Alfred!«

»Ich will von Bord. Ich will an Land.«

»Bin gleich zurück!«

Greven brauchte keine Minute und hielt eine Flasche billigen Korns in der Hand, der in jedem Supermarkt für ein paar Euro zu haben war.

»So ein Zeug trinke ich nicht«, sagte Mona.

»Alfred sagt, nur um den Magen zu beruhigen.«

»Ich dachte, du hältst nichts von Wunderheilern?«

»Aber Alfred ... – okay, du hast recht, ich weiß, was du meinst, aber in diesem Fall ...«

»Gib her das Zeug«, sagte Mona, setzte die von Greven bereits geöffnete Flasche an und nahm einen kräftigen Schluck. »Wenigstens ist der entsetzliche Geschmack weg. Halt, du nicht, du bist im Dienst!«

»Alles okay?«

»Alles okay. Geht schon wieder. Lass Aline nicht aus den Augen!«

Greven ließ Mona an der Bordwand zurück und bezog wieder Posten. Sie hatten mächtig aufgeholt und sich der Tjalk auf etwa zwei Seemeilen genähert. Er konnte erkennen, wie die beiden Frauen an Bord mit den Seitenschwertern kämpften. Vor jeder Wende hievten sie das Schwert an der Leeseite hoch, um das an der Luvseite abzusenken. Greven warf noch einen Blick auf Mona, die es sich mit dem Rücken zur Bordwand bequem gemacht hatte, und ging zum Ruderhaus.

»Geh auf Parallelkurs und tu so, als würdest du sie überholen. Dann bringst du mich so nah wie möglich ran. Am besten ans Heck. Siehst du da bei dem Seegang ein Problem?«

»Nicht für mich.«

»Das schaff ich schon. Wenn du mich nah genug ran bringst. Außerdem spring ich von oben nach unten.«

»Das stimmt. Du springst. Wo soll ich deine Frau absetzen, wenn wir dich nicht wiederfinden?«

»Du bleibst auf Parallelkurs. Ich will denen doch nur einen unangemeldeten Besuch abstatten.«

»Wenn ich so was mache, werden die Frauen immer gleich sauer.«

»Das kann mir auch passieren«, sagte Greven.

Langsam verringerte sich der Abstand zwischen den Schiffen. Um keine Aufmerksamkeit auf sich zu ziehen, beobachtete Greven Aline und ihre Freundin vom Ruderhaus aus. Doch die beiden Frauen waren zu beschäftigt, um auf die Fischer zu achten, die um sie herum auf den Kuttern fuhren.

Die Wellen hatten ihre Täler vertieft und trugen kleine Schaumkronen. Der Kutter nickte wie ein altes Schaukelpferd. Aber nun war es zu spät, um diesen Sondereinsatz abzubrechen. Greven verscheuchte die innere Stimme, die plötzlich von einer ausgemachten Schnapsidee sprach, die Stan Laurel zur Ehre gereicht hätte. Und Greven war dieser Idee wie Oliver Norvell Hardy gefolgt. Er nahm das Glas von den Augen und sah zu Mona rüber, die zusammengekauert an der Bordwand lehnte. Sie versuchte zu lächeln und wirkte sonderbar zerbrechlich. So hatte er sie selten erlebt. Vielleicht vor drei Jahren, als sie mehrere ihrer Bilder zerstört hatte, weil sie ihrer Ansicht nach etwas Wichtiges nicht gesehen hatte. Greven hatte sie die Bilder nie gezeigt.

Gosselar hatte die Tjalk inzwischen eingeholt. Greven stellte das Glas zurück in das Ruderhaus: »So nah wie möglich.«

Der Fischer nickte auf eine Art und Weise, die Greven gar nicht gefiel. Er warf ihm noch einen Blick zu, wankte über das riesige Schaukelpferd zum Bug und hielt sich hinter der Bordwand bereit. Die Frauen an Bord der Tjalk kämpften noch immer mit den Seitenschwertern, während über ihnen das Segel mit dem Wind haderte, gegen den das Schiff kreuzte. Als der Bug des Kutters und das Heck der Tjalk auf gleicher Höhe lagen, änderte der Fischer schlagartig den Kurs und kurvte hart nach Backbord. Die drei bis vier Schiffslängen zwischen der Tjalk und dem Kutter schrumpften so schnell, dass Greven befürchtete, Gosselar würde das Plattbodenschiff rammen. Doch der Fischer verstand sein Handwerk und fing den Kutter kurz vor dem Aufprall ab. Kein Meter klaffte zwischen den beiden Bordwänden. Das Manöver verlief so schnell, dass Greven gerade noch »Scheiße« sagen konnte, bevor er sprang.

Er landete relativ sicher auf Höhe der Kajütenfenster in der Nähe des fixierten Ruders. Seine Hände suchten sofort Halt, aber es bestand keine Gefahr, sein Stand war sicher. Er schloss kurz die Augen, denn wenn sich sein Knie melden sollte, dann in diesem Augenblick. Doch der stechende Schmerz, den er länger nicht gespürt hatte, blieb aus. Als er sich umdrehte, hatte Gosselar bereits wieder für einen Abstand von mehreren Schiffslängen gesorgt und war auf Parallelkurs gegangen. Mona war nicht zu erkennen.

Greven holte tief Luft und ging am Laderaum vorbei auf die beiden Frauen zu, denen sein Sprung oder zumindest seine Landung nicht entgangen war.

»Wie kommen Sie denn an Bord?!«, rief Rita Suhrmann. »Verlassen Sie sofort mein Schiff!!«

»Gerd?!«, stellte Aline erstaunt fest.

Greven antwortete nicht sofort, sondern taxierte erst die unbekannte Frau, die er im Hafen nur kurz durchs Fernglas betrachtet hatte. Sie trug eine schwarze Jeans, eine grüne Öljacke und eine Pudelmütze, ihre sportliche Figur war unverkennbar. Die Körpergröße stimmte. Doch er sah auch, dass Aline gleich groß war und eine ähnliche Figur hatte. Auch sie trug eine schwarze Jeans, jedoch keine Öljacke, sondern eine dieser modisch aktuellen und wahrscheinlich teuren Allwetterjacken.

»Du kennst den Typen?«, fragte Suhrmann.

»Ja. Das ist Gerd Greven, der Mann von Mona.«

»Der Polizist?«

»Der Polizist«, wiederholte Greven. »Entschuldigen Sie meinen unangemeldeten Besuch auf Ihrem wirklich tollen Schiff, aber ich habe ein paar dringende Fragen an Sie, Frau Suhrmann.«

»Du spinnst wohl!«, schrie Aline plötzlich los und machte zwei Schritte auf ihn zu. »Kannst du mir mal sagen, was das soll? Du hast uns einen riesigen Schecken eingejagt! Wie bist du überhaupt hier an Bord gekommen?«

Greven schwenkte den Blick kurz in Richtung Kutter, der ein bisschen abgefallen war.

»Du hast dich hierher fahren lassen, um Rita Fragen zu stellen? Das glaube ich einfach nicht! Was sollen denn das für Fragen sein? Jetzt erzähl mir bloß nicht, dass es um den Doppelmord geht!«

»Genau darum geht es, Aline«, antwortete Greven ruhig.

»Der spinnt!«, wandte sich Aline ihrer Freundin zu. »Erst fragt er mich so ein komisches Zeug, und dann taucht er hier aus dem Nichts auf, um dich zu nerven.«

Dann wandte sie sich wieder Greven zu: »Wie kommst du überhaupt auf Rita? Weil ihr Schiff in Greetsiel im Hafen liegt?«

»Weil ihr Mann an einem Schlaganfall gestorben ist.«

»Was? Ich glaube es einfach nicht! Das war doch kein Mord! Das schaffst nicht mal du!«, schimpfte Aline.

»Nein, das war kein Mord. Aber vielleicht sieht das Frau Suhrmann anders.«

»So ein Quatsch! Und jetzt lass sie bitte in Ruhe. Sie hat genug durchgemacht. Ruf dein Taxi und verschwinde!«

»So einfach ist das nicht, Aline!«, entgegnete Greven, jetzt ebenfalls mit lauter Stimme, und sprach Frau Suhrmann an, die noch kein Wort gesagt hatte: »Wo waren Sie am Samstag, den 25. August, um 11.30 Uhr?«

»Bei mir!«, antwortete Aline wie aus der Pistole geschossen. »So, und jetzt verschwinde endlich!«

»Überleg dir die Antwort noch mal, Aline«, sagte Greven.

»Du jagst mir keine Angst ein!«

»Vielleicht doch. Falschaussage, Irreführung der ermittelnden Behörden und Beihilfe zur Vertuschung einer Straftat. Also, Frau Suhrmann, wo waren Sie …?«

»Auf der Bootsmesse in Delfzijl. Ich wollte wissen, wie viel mein Schiff wert ist, denn ich weiß nicht, ob ich es halten kann. Seit mein Mann tot ist, kämpfe ich gegen den Untergang.«

»Rita!«, rief Aline.

»Können Sie das beweisen?«, fragte Greven, der das schwankende Deck unter seinen Füßen spürte.

»Ich habe die Unterlagen in der Kajüte. Ein Makler hat mir ein Angebot gemacht. Gar nicht so schlecht. Wir treffen ihn übermorgen in Schiermonnikoog. Er will sich das Schiff ansehen.«

»Davon hast du gar nichts erzählt«, sagte Aline.

»Ich hätte es dir schon erzählt. Ich wollte uns nicht das Wochenende ...«

In diesem Moment fuhr Grevens Hand ans Knie. Es war der fast schon vergessene Dauerschmerz, den er seit dem Bad im Hafenbecken nicht mehr gespürt hatte. Greven war fast erleichtert, ganz so, als hätte er etwas Verlorenes überraschend wiedergefunden. Wahrscheinlich hatte der Sprung den Schmerz aus seiner Lethargie befreit. Die willkommene Ablenkung währte nur Sekunden, dann war er wieder ganz an Bord der Tjalk, deren Takelage im Gegenwind ächzte. Eine Gruppe von Möwen flog über das Schiff und schrie. Ein vertrautes Geräusch, vertraut wie der Schmerz, an dem er sich jetzt wieder festhalten konnte.

»Sind Sie sich sicher?«, hakte Greven nach. »Waren Sie an dem besagten Samstag wirklich nicht in Greetsiel?«

»Ich kann Ihnen die Unterlagen zeigen«, versicherte Suhrmann und wandte sich fast beiläufig Aline zu. »Aber mir fällt gerade ein, warst du nicht an dem Tag in Greetsiel? Du wolltest doch Fisch kaufen? Für unser Essen am Sonntag?«

Nicht nur das Knie meldete sich zurück, sondern auch sein Magen, mit dem die Tjalk zu spielen begonnen hatte. Sein Traumschiff. Kein Wunder, dass Suhrmann schnell einen Makler gefunden hatte. Die beiden Frauen sahen sich mit völlig veränderten Blicken an.

»Sag mal, spinnst du jetzt auch? Ich bin doch samstags immer im Laden!«, wehrte sich Aline.

»So wie diesen Samstag«, konterte Greven.

»Ich wusste es. Erst waren es die Wunderheiler, jetzt hat er uns ganz oben auf seine lange Liste gesetzt. Ich hab schon so etwas geahnt, als du bei mir im Laden warst und mich so komisch angesehen hast. Wahrscheinlich, weil der Tipp mit Frau Bogena von mir war. Rita, und du lieferst ihm auch noch so eine Vorlage!«

»Aber ich hab doch nur ..., und du warst doch wirklich ...«, erwiderte Suhrmann überrascht.

»Rita, jetzt reicht es aber! Wenn du nicht sofort ...«

»Bitte, meine Damen, so kommen wir nicht weiter«, unterbrach Greven den aufkeimenden Streit. »Außerdem rammen wir gleich den Pilsumer Leuchtturm. Wir sollten wenden und für ein paar Seemeilen mit dem Wind fahren. Ich geh ans Ruder.«

Die beiden Frauen sahen kurz zum Leuchtturm rüber, nickten wortlos und machten sich an die Arbeit, während Greven zum Heck ging. Wenigstens für Minuten erfüllte sich sein Traum. Das Schiff gehorchte seinen Befehlen und folgte der Ruderbewegung, als wäre es schon immer unter seinem Kommando gefahren. Er musste nur aufpassen, dass ihn der Baum nicht erwischte.

Fast hätte er Alfred Gosselar vergessen, doch als er zur Seite sah, tauchte der Kutter neben ihm auf. Mona war nicht zu sehen. Er hätte bei ihr bleiben sollen. Er hätte gar nicht erst auslaufen sollen. Er hätte ...

27

Als das Manöver beendet war, fixierte er das Ruder wieder und erreichte mit wenigen Schritten die Frauen, deren Mienen sich verfinstert hatten.

»Aline, nur aus reiner Routine: Warst du an dem Samstag in Greetsiel?«

»Mit Sicherheit nicht. Denn dann hätte ich das mit dem Mord ja bestimmt mitgekriegt. Ich war im Laden!«

»Gut. Belassen wir es erst mal dabei. Frau Suhrmann, zeigen Sie mir bitte die Messeunterlagen. Wenn die in Ordnung sind, verschwinde ich sofort wieder.«

»Ich hole sie aus der Kajüte«, sagte Suhrmann, machte einen Satz auf die geschlossenen Ladeluken und ging zum Heck.

»Ich komme mit, wenn Sie nichts dagegen haben«, schloss sich Greven an. Aline folgte ihnen wortlos.

Wenn das Schiff schon ein Traum war, so war die kleine Kajüte ein Paradieske, wie es auf Platt hieß, ein kleines Paradies. Die Arbeit, die es erschaffen hatte, konnte Greven nur ahnen. Noch dazu kippte die Idylle nicht ins Kitschige, sondern war bewusst schlicht gehalten worden. Bis zu den Gardinen war die Inneneinrichtung so nach seinem Geschmack, dass er nichts geändert hätte. Der Tisch war schmal, bot aber genug Platz für vier Personen. Die Wandvertäfelung war aus Mahagoni, die Armaturen, wie es sich gehörte, aus poliertem Messing. Das große Barometer hatten die Suhrmanns bestimmt nicht aus dem Katalog eines nautischen Ladens, es war eindeutig eine Antiquität und hatte wahrscheinlich schon so manchen Sturm an Bord eines größeren Schiffes überstanden. Frau Suhrmann kramte in einer Kiste und zog einen Leitzordner heraus, der in der Kajüte wie ein Fremdkörper wirkte.

»Hier drin sind die Unterlagen. Gehen wir wieder an Deck, hier ist es viel zu dunkel.«

Gerne hätte sich Greven länger umgesehen, aber er zog es vor, die beiden Frauen nicht aus den Augen zu lassen. Aline ging voraus, gefolgt von Suhrmann, die sich gleich hinter der Kajüte auf die Ladeluken setzte und in dem Ordner zu blättern begann.

»Ich hab's gleich.«

Aline stellte sich neben Greven und wiederholte ihre Worte von vorhin: »So ein Quatsch. Du hast uns das ganze Wochenende versaut. Du hast unsere Freundschaft beschädigt. Weiß Mona eigentlich, was du hier treibst?«

»Sie ist drüben auf dem Kutter und macht sich Sorgen um dich.«

»Um mich? Die soll sich lieber Sorgen um dich machen. Wie bist du bloß darauf gekommen, Rita oder ich könnten etwas …?«

Greven spürte einen kräftigen, dumpfen Schlag in seinen Magen und ging rücklings über Bord. Seine rechte Hand griff noch nach der Reling, aber es war längst zu spät. Spuckend und hustend tauchte er aus dem kalten Wasser auf, denn der Sturz hatte ihm die Möglichkeit verwehrt, Luft zu holen. Er rieb sich die Augen und konnte erst dann sehen, wie vor ihm die Tjalk davonsegelte.

»Verdammte Scheiße!«, fluchte er und schlug mit der flachen Hand aufs Wasser. Er war wieder da, wo er am Anfang seiner Ermittlungsarbeit gewesen war, nur noch weiter vom Ufer entfernt. Die kleinen, aber gemeinen Wellen klatschten ihm ins Gesicht, er musste arbeiten, um sich über Wasser zu halten. Nach zwei Umdrehungen hatte er den Kutter ausgemacht und hob den Arm, doch Gosselar hatte bereits Kurs auf ihn genommen. Als er ein paar Schwimmzüge tat, um schneller an Bord zu gelangen, stieß er auf einen im Wasser treibenden Körper. Aline. Sie war nicht bei Bewusstsein. Greven gelang es, sie auf den Rücken zu drehen und ihren Kopf über Wasser zu halten. Ihr Körper wirkte völlig leblos. Die Wellen hörten nicht auf, sein Gesicht zu bearbeiten. Der Kutter war nicht mehr zu sehen. Sogar die Richtung, aus der er kommen musste, hatte Greven verloren. Obwohl höchstens ein oder zwei Minuten vergangen waren, spürte er den Kampf, den er um Aline führen musste. Er machte sich keine Illusionen darüber, wie lange er diesen Kampf durchhalten könnte, und war froh, dass er es nicht brauchte. Vor ihm schob sich die rote Bordwand der *Jan Rasmus* vorbei, an der eine Strickleiter hing. Hände streckten sich ihm entgegen. Er schlang den rechten Arm um Alines Brust und zog sie hinter sich die ersten drei Sprossen hoch, bevor die Hände sie erreichen konnten und nach oben zogen. Viel länger hätte er sie auch nicht halten können, denn die Kälte kroch längst durch seine Knochen. Mit langsamen Griffen hievte er sich an Bord.

Aline lag auf dem Deck und wurde von Mona mit Atemluft versorgt. Ohne Greven anzusehen, holte sie tief Luft und blies sie in die Lungen der Bewusstlosen. Der Fischer stand bereits wieder am Ruder, denn das Wattenmeer war ein gefährliches Gewässer. Nordsee ist Mordsee. Nur Landratten hielten das Sprichwort für eine leere Drohung. Ein Zittern durchlief Grevens Körper. Die Kälte war nicht im Wasser geblieben.

»Soll ich dich ablösen?«, fragte er mit vibrierenden Lippen.

Mona gab keine Antwort, sondern pumpte weiter Luft in Alines Lungen. Sie unterbrach ihren Rhythmus und massierte ruckartig ihr Herz: »Wach auf Aline, verdammt noch mal! Wach auf!«

Mona beugte sich wieder über sie, hielt ihr die Nase zu und nahm ihren Rhythmus wieder auf. Alines Augen waren geschlossen, ihre Haut weiß, ihre Haare klebten auf den Planken. Greven stand tropfend daneben, die Hände halb ausgestreckt, zu allem bereit, und doch hilflos, so hilflos wie schon lange nicht mehr.

Im Hafen hatte alles noch wie ein Ausflug ausgesehen, wie ein Inseltörn, wie ein raffinierter Schachzug, mit dem kein Gegner rechnen konnte. Vergeblich versuchte er, den Moment seiner Entscheidung noch einmal nachzuvollziehen, seine Motive einzuholen, sein Vorgehen an Bord der Tjalk zu verstehen. Was hatte er in der Hand gehabt? Eine Konstruktion, zusammengesetzt aus ein paar Aussagen und einer Todesanzeige. Mehr als ein paar Fragen waren da nicht drin gewesen. Dass er einen Volltreffer gelandet hatte, war erst klar geworden, als ihm Suhrmann den Tritt verpasste. Genauso gut hätte ihm die Frau die entlastenden Unterlagen unter die Nase halten und spottend mit Aline nach Delfzijl segeln können. Alles eine Frage der Gabelung des berühmten Entscheidungsbaums, eine Frage von Sekunden, in denen sich die Welt änderte und man sich plötzlich auf einem anderen Ast wiederfand. Ein Ast, den man vorher gar nicht bemerkt hatte, und auf dem sich auch Aline befand.

Mona begann zu weinen. Greven wagte kaum, auf die Planken zu sehen, doch als er langsam ankam, sah er, warum sie weinte. Alines Körper bäumte sich auf, sie würgte etwas Wasser aus sich heraus, keine Teetasse voll, und begann zu husten, als hätte sie eine Gräte verschluckt. Mona zog sie an sich und umarmte sie. Greven holte tief Luft und verscheuchte wieder einmal Geister.

»Kommst du klar?«

Mona nickte. Zähneklappernd ging er zum Ruderhaus.

»Ist schon unterwegs«, sagte Gosselar.

Greven sah ihn fragend an.

»Der Seenotrettungskreuzer. Mehr konnte ich nicht tun. Ich musste doch gleich wieder zurück ans Ruder. Du siehst ja, was hier los ist. Die reinste Autobahn. Dabei nennt sich das Nationalpark. Ach ja, deine Kollegen habe ich auch schon angefunkt. Die hätten das sowieso erfahren. Vom Rettungskreuzer.«

»Danke. Hast du trockene Klamotten an Bord?«

»Leider nicht. Ich war beim Klar-Schiff-Machen, wenn du dich erinnerst. Steht alles in zwei Kisten im Hafen. Nur eine Decke liegt noch unten.«

»Kannst du die Tjalk einholen?«

»Das ist nicht das Problem. Das kommt erst, wenn wir sie haben.«

»Das ist mein Problem. Ich kann sie nicht fahren lassen. Das weißt du.«

»Überleg dir das noch mal. Sie kann nicht entkommen«, sagte Gosselar und drehte kräftig am Steuerrad. »Überlass das deinen Kollegen vom Wasser.«

Ohne zu antworten ging Greven unter Deck und fand nach kurzer Suche die Decke. Auch eine Matratze und ein paar

Sitzkissen lagen noch in der Koje. Mit wenigen Handgriffen bereitete er ein Lager vor. Dann lief er wieder hoch.

»Wie geht es ihr?«

»Ich glaube, ganz gut«, antwortete Mona.

Aline nickte. Ihre Haut war nicht mehr ganz so weiß. Aber sie zitterte noch mehr als er.

»Komm, wir bringen sie unter Deck. Mehr als eine Decke ist nicht an Bord. Es muss reichen, bis der Seenotretter kommt.«

Sie nahmen Aline in die Mitte und brachten sie nach unten. Während Mona ihr die nassen Sachen auszog, machte sich Greven auf die Suche, denn auch er musste seine Kleider loswerden. In der kleinen Kombüse trieb er noch ein paar Handtücher auf, die er sich mit seinem Gürtel um die Hüften schnallte. An einem Haken hingen Ölzeug und eine fleckige blaue Arbeitsjacke, die nach altem Schweiß stank. Doch die Kälte ließ ihm keine andere Wahl. Nach einem Schluck von dem billigen Korn kehrte die Wärme langsam zurück. Mona hatte Aline inzwischen in eine Roulade verwandelt; nur ihr Kopf schaute noch aus der grauen Decke heraus. Sie sah Greven verständnislos an und stammelte ein paar leise, schwer verständliche Worte.

»Später«, beruhigte sie Greven. »Lass dich erst mal verarzten. Kann nicht mehr lange dauern. Ich sehe inzwischen mal nach, was Frau Suhrmann macht.«

Greven lief zum Ruderhaus, schnappte sich das Fernglas und suchte die Tjalk ab.

»Geiles Outfit«, meinte der Fischer. »Kannst gleich bei mir anfangen.«

»Danke für das Angebot, aber fang du deine Fische, ich fang meine.«

Frau Suhrmann saß am Ruder. Da sie vor dem Wind segelte, brauchte sie sich um weiter nichts zu kümmern.

»Die hat ganz schön Fahrt drauf«, sagte der Fischer.

»Ach was«, kommentierte Greven.

Als sie sich auf zwei Seemeilen genähert hatten, drehte sich Frau Suhrmann kurz um. Sie wich ein paar Grad von ihrem Kurs ab, doch die kleine Korrektur reichte aus, das Schiff näher an die Küste zu bringen. Für ein Plattbodenschiff war das kein Problem.

»Was schätzt du?«

»Keinen Meter Tiefgang. Damit kann die in jeder Pfütze segeln. Aber noch haben wir genug Wasser unterm Kiel. Das Pilsumer Watt ist tief genug«, meinte Gosselar.

Während sich die Tjalk dem Deich näherte, tastete sich der Kutter langsam an sie heran. Greven stellte das Glas zurück und stapfte in seinem ungewohnten Anzug zum Bug. Als das Heck der Tjalk auf gleicher Höhe lag, beugte er sich vor.

»Frau Suhrmann! Drehen Sie bei! Es hat keinen Zweck! Die Wasserschutzpolizei wird gleich hier sein!«

Sie reagierte nicht.

»Frau Suhrmann! Drehen Sie bei! Sie können nicht entkommen. Das Polizeiboot macht spielend zwanzig Knoten!«

Langsam drehte Suhrmann ihren Kopf zur Seite.

»Lassen Sie mich in Ruhe!«

»Das kann ich nicht, Frau Suhrmann. Sie haben zwei Morde begangen!«

»Die Hexen haben Morde begangen! Ich habe Ihnen nur Ihre Arbeit abgenommen. Dieses Schiff war der Lebenstraum von meinem Mann. Und meiner auch. Wir haben alles in dieses Schiff gesteckt. Alles. Als es endlich fertig ist, bringen ihn diese Hexen um.«

»Dafür gibt es keinen Beweis!«

»Ich weiß, was ich weiß!«

»Ihr Mann kann genauso gut an einem ganz alltäglichen Schlaganfall gestorben sein!«, entgegnete Greven.

»Ich weiß, was ich gelesen habe. Die Hexen haben sein Leben zerstört und damit auch meins. Ich habe nichts mehr! Und jetzt verschwinden Sie!«

»Was ist mit Aline?«

»Hauen Sie ab!«

»Sie wissen genau, dass das nicht geht!«, rief Greven, als am Horizont der Seenotrettungskreuzer auftauchte. Auch Frau Suhrmann bemerkte das leuchtende Rot der Brücke.

»Frau Suhrmann! Bitte! Geben Sie auf!«

Sie gab aber nicht auf, sondern schwenkte die Ruderpinne nach Steuerbord. Das Deck bewegte sich unter seinen Füßen, der Schiffsdiesel änderte die Melodie. Greven erwischte gerade noch die Bordwand. Wenige Meter vor dem Steven des Kutters segelte die Tjalk vorbei und ging mit halbem Wind auf Nordkurs. Aus dem Ruderhaus konnte Greven plattdeutsche Schimpfwörter wahrnehmen, dann nahm der Kutter die Verfolgung wieder auf. Auch der Seenotrettungskreuzer änderte seinen Kurs.

Gosselar brauchte nicht lange, um die Tjalk einzuholen, die nach dem seemännisch alles andere als korrekt durchgeführten Manöver an Fahrt verloren hatte. Noch bevor sie mit dem Heck der Tjalk auf gleicher Höhe fuhren, versuchte Greven, die Flüchtige zu erreichen: »Frau Suhrmann, geben Sie auf! Drehen Sie bei! Bergen Sie das Segel und gehen Sie längsseits!«

Die Antwort gab Frau Suhrmann mit der Ruderpinne, die sie diesmal nach Backbord schwenkte, um wieder auf Ostkurs zu gehen. Greven verlor für einen Augenblick den Halt, als der Fischer die Kursänderung nachvollzog, und nahm für einige Sekunden auf dem Deck Platz. Als er wieder über die Bordwand schaute, hatte Gosselar die Tjalk schon fast wieder erreicht. Noch einmal wollte Greven seine Stimme bemühen, doch Frau Suhrmann saß nicht mehr am Ruder. Sie war auch nicht dabei, das große Gaffelsegel zu bergen. Er suchte die Wasseroberfläche ab, konnte sie aber auch dort nicht ausmachen.

»Frau Suhrmann!«

Der Knall war dumpf und reichte aus, um Greven ein weiteres Mal auf die Planken zu schicken. Nicht die Druckwelle hatte ihn zu Boden geworfen, sondern das unmissverständliche Geräusch hatte ihn reflexartig hinter der Bordwand Schutz suchen lassen. Nur wenige Bruchstücke fanden den Weg zum Kutter, ein paar Mahagonisplitter, ein Rahmenteil von einem der kleinen, weißen Fenster.

Als der Niederschlag vorbei war, linste Greven vorsichtig über die Bordwand. Die Kajüte der Tjalk war an Backbord bis zu den Ladeluken aufgerissen und brannte. Auch das Segel hatte Feuer gefangen. Aus den Ladeluken stieg braungrauer Qualm auf. Greven tippte auf die Gasflasche in der Kombüse und die Kugel einer Leuchtpistole. Es sei denn, Suhrmann hatte von vornherein andere Vorkehrungen getroffen. Jedenfalls war es unmöglich, an Bord zu gehen und nach ihr zu suchen, denn die Flammen wuchsen schnell und hatten längst alle Aufbauten erfasst, als der Seenotrettungskreuzer eintraf. Mit ihren Löschkanonen gelang es den Rettungsmännern nach kurzer Zeit, zumindest die Flammen zu vertreiben, nicht aber den dichter werdenden Rauch. An Bord wagten sich auch die Seenotretter nicht. Dafür ließen sie das Tochterboot zu Wasser und gingen längsseits. Ein Mann mit einem Koffer kam an Bord. Gosselar, der inzwischen die Maschine gestoppt hatte, sprach kurz mit ihm, dann verschwand der Retter unter Deck.

Greven sah wieder auf die Tjalk, das Schiff seiner Träume. Unschwer konnte er erkennen, dass die Wasserlinie nach oben gewandert war. Am Löschwasser allein konnte das nicht liegen. Die Explosion musste auch den Rumpf beschädigt haben.

»Es geht ihr gut«, sagte Mona, die plötzlich neben ihm stand. Ihre Augen waren gerötet, Schweiß klebte ihr auf der Stirn, dennoch wirkte sie erleichtert.

Greven legte den Arm um ihre Taille.

»Was ist passiert?«, fragte Mona.

»Frau Suhrmann hat sich auf den Weg zu ihrem Mann begeben. Sofern das möglich ist«, antwortete Greven.

»Aber wie...?«

»Zusammen mit ihrem ... mit seinem Schiff.«

»Könnte sie nicht über Bord gesprungen sein?«, fragte Mona und suchte das Wasser ab.

»Nein. Sie wollte es auch gar nicht.«

Wortlos schauten sie eine Weile dem Schauspiel zu, dann meinte Mona: »Ein Wikingerbegräbnis.«

»*No less these loaded the lordly gifts, thanes' huge treasure, than those had done who in former time forth had sent him sole on the seas, a suckling child.*«

»Was war das jetzt?«

»Englisch-Leistungskurs bei Frau Dauth.«

»Was das war?!«

»Beowulf. Die Bestattung des dänischen Königs Scyld«, erklärte Greven, während beide auf das qualmende Schiff sahen, das immer mehr Wasser aufnahm. »Das mussten wir mal auswendig lernen. Scyld wurde zusammen mit einem Schatz auf sein Schiff gebracht, mit dem er seine Reise ins Jenseits antreten sollte. Wie das so üblich war bei nordischen Königen vor mehr als tausend Jahren.«

Der Rettungskreuzer hörte auf zu löschen. Im Zeitlupentempo versank die Tjalk, das Heck voran, im Wattenmeer. Das spuckte noch einen verkohlten Rettungsring, ein paar Kleidungsstücke und einige hölzerne Wrackteile aus, dann war das Schauspiel vorbei. Wie ein Seezeichen ragte der Mast etwa zwei Meter aus dem Wasser. Das Pilsumer Watt war tief, aber nicht tief genug für ein Wikingerbegräbnis. Mona und Greven sahen schweigend auf den versunkenen Traum.

»Sind Sie der Kommissar?«

»Ja«, antwortete Greven dem Rettungsmann, dessen Ölzeug nicht grün, sondern rotorange war.

»Die gerettete Person hat vielleicht innere Verletzungen. Wir nehmen sie mit an Bord und bringen sie nach Norddeich. Von dort wird sie ins Krankenhaus nach Norden gebracht. Sind Sie auch verletzt worden?«

»Nicht körperlich«, gestand Greven. »Vielleicht ein paar blaue Flecken.«

»Soll ich nicht doch lieber einmal …?«

»Danke, ist schon in Ordnung«, winkte Greven ab. »Sagen Sie mir lieber, was mit dem gesunkenen Schiff passiert. Der Kapitän hat Ihnen bestimmt gesagt, dass sehr wahrscheinlich eine Leiche an Bord ist.«

»Hat er. Aber da müssen wir noch auf die Ebbe warten. Sollten wir wirklich eine Leiche finden, ist das natürlich Ihr Ressort. Ob und wie das Schiff selbst geborgen werden kann, ist jetzt noch nicht zu sagen.«

»Gut, ich danke Ihnen«, sagte Greven. »Das Schiff ist bei Ebbe gut zu erreichen. Vielleicht kann sogar die Feuerwehr die Leiche bergen.«

»Möchte jemand von Ihnen mit uns fahren?«, fragte der Rettungsmann.
»Ich fahre mit«, sagte Mona. »Holst du mich im Krankenhaus ab?«
»Mache ich«, antwortete Greven. »Sobald ich mir neue Klamotten besorgt habe.«

28

»Was nimmst du?«, frage Mona.
»Die Seezunge, aber die traditionelle mit Kartoffeln, Butter und Salat«, antwortete Greven.
»Und ohne Zitrone.«
»Zitroon is de Dood van't Smaak«, zitierte Greven. »Was nehmt ihr?«
»Seezunge«, antworteten die beiden Frauen im Chor.
Nachdem er die Bestellung aufgegeben hatte, griff Greven zum Glas, in dem ein gut gekühlter Riesling wartete, und sagte: »Auf das Ende der Diät!«
»Moment«, entgegnete Mona, »wir hatten uns auf eine moderate Diät geeinigt, nicht auf ein Ende. So gut sind die Werte auch wieder nicht.«
»Habe ich fast vergessen. Also, auf die halbe Diät.«
»Und auf Hedda und Almuth Bogena«, fügte Aline hinzu. »Falls ihr nichts dagegen habt.«
»Haben wir nicht«, sagte Greven. »Auf Tante Hedda und ihre Schwester.«
»Und, trotz allem, auch wenn ihr es nicht versteht, auf Rita«, fuhr Aline fort. »Ich kann es mir bis heute nicht erklären. Sie war eine wirkliche Freundin. Friedjofs plötzlicher Tod muss sie völlig aus der Bahn geworfen haben. Dabei hatte ich den Eindruck, dass sie sich wieder gefangen hat. In den letzten Wochen war sie sogar richtig gut gelaunt. Mit den beiden Morden habe ich das natürlich nicht in Verbindung gebracht. Wahrscheinlich war sie erleichtert. Für sie muss die Welt nach den Morden wieder halbwegs in Ordnung gewesen sein. So denke ich mir das jedenfalls.«
»Tja, erfahren werden wir das nie«, meinte Greven.
»Aber du bist sicher, dass sie es war, die dich in Greetsiel verfolgt hat?«, fragte Aline.
»Wer sonst? Sie muss mich wiedererkannt haben, als ich oben auf dem Deich stand und die Tjalk bewundert habe. Vielleicht hat sie auch gedacht, ich sei ihr bereits auf den Fersen. Da

hat sie versucht, meinen Verdacht in eine andere Richtung zu lenken.«

»Mit dem Zeitungsausschnitt, den sie dir hinter den Scheibenwischer geklemmt hat«, sagte Mona.

»So, jetzt lasst uns erst mal was trinken«, meinte Greven. »Warmer Riesling ist nicht gut für die Linie.«

»Was wird eigentlich aus dem Boot?«, fragte Aline, nachdem sie das Glas abgesetzt hatte.

»Der holländische Makler hat in der Zeitung von dem Showdown gelesen und sich bei uns gemeldet. Er wird nächste Woche das Wrack bergen. Solche alten Plattbodenschiffe sind selten.«

»Glaubst du wirklich, dass da noch was zu machen ist?«

»Ich habe keine Ahnung. Aber der Makler wird schon wissen, was er tut«, meinte Greven. »Er hat sich das Schiff ja genau angesehen.«

»Warum hast du es nicht gekauft? Mona hat mir erzählt, wie begeistert du von dem Schiff warst.«

»Von meinem Gehalt? Kann ich mir nicht mal so ein Wrack leisten. Geschweige denn die Restaurierung.«

»Da wäre das Geld von Hedda Bogena nicht schlecht«, meinte Aline. »Vielleicht hast du es ja doch gefunden.«

»Das wäre eine Lösung gewesen«, lachte Greven, »aber von dem Geld fehlt jede Spur. Auch Klaus Bogena hat es nicht gefunden, und der hat das Hexenhaus komplett auf den Kopf gestellt.«

»Falls es überhaupt existiert hat«, gab Mona zu bedenken.

»Peter ist sich auch sicher. Sie muss eine Unsumme verdient, aber nie ausgegeben haben. Eine echte Goldgrube für Bogena.«

»Ich denke, er hat es auch nicht gefunden?«, wunderte sich Aline.

»Darum ist das Hexenhaus auch auf Jahre ausgebucht, und zwar sommers wie winters«, grinste Greven.

»Nur, weil in dem Haus ein Schatz liegen könnte?«

»Die Welt besteht nun mal aus Geschichten«, philosophierte Greven, ohne seine Quellen preiszugeben. »Sie halten die Welt zusammen, nichts anderes. Menschen glauben an

Geschichten, vor allem, wenn sie sehr alt sind. Sie führen Kriege im Namen von Geschichten. Sie lassen sich ihr Leben von Geschichten vorschreiben, sie essen und trinken, was in den Geschichten überliefert wird. Sie hassen Menschen, die andere Geschichten gehört haben, während sie glauben, die einzige, die wahre Geschichte zu kennen. Eigentlich banal, aber seht euch in der Welt um, ich meine natürlich, hört euch in der Welt um. Prost.«
Greven trank einen Schluck. Auch die beiden Frauen griffen zu ihren Gläsern.
»Das Hexenhaus besteht aus besonders vielen Geschichten. Jedes Jahr kommen neue hinzu. In diesem Jahr war es die von einem Mord und einem Schatz. Und wie jede Geschichte wird sie sich mit der Zeit verändern, sie wird sich emanzipieren und von ihren Wurzeln befreien. Dank der Mythenmaschine Internet geht das heute noch viel schneller als früher. Ein echter Fortschritt. Wir brauchen nicht mehr tausende von Jahren zu warten. Ein paar Tage oder Wochen reichen schon aus.«
»Bönhase hat schon damit angefangen«, sagte Mona. »Heute hat er im *Emder Kurier* die Vermutung geäußert, das vermisste Geld könne doch etwas mit den Morden zu tun haben. Er hält die Erklärung, die Greven auf der Pressekonferenz gegeben hat, nur für die halbe Wahrheit.«
»Genau das meine ich«, sagte Greven. »Der Emanzipationsprozess hat schon begonnen.«
»Dabei fällt mir ein, Rita hat vor der Abfahrt zwei Kisten an Bord gebracht«, erzählte Rita schmunzelnd. »Ich habe nicht weiter darauf geachtet, aber jetzt ...«
»*No less these loaded the lordly gifts, thanes' huge treasure...* Was für eine Fortsetzung«, meinte Greven. »Das könnte schon erklären, warum der holländische Makler unbedingt das Wrack bergen will. Der Schatz der Wikingerkönigin. Den Tipp sollten wir Bönhase geben.«
»Am besten, bevor das Schiff geborgen wird«, schlug Mona vor. »Ich habe schon lange keinen anonymen Brief mehr geschrieben.«
»Du willst doch nicht wirklich ...?«, erschrak Aline.

»Dreimal die Seezunge«, sagte der Kellner, der unbemerkt am Tisch erschienen war.
»Dreimal Seezunge«, bestätigte Greven, »und bringen Sie uns bitte noch eine Flasche Riesling.«

ENDE

DR. BERND FLESSNER, geboren 1957 in Göttingen, studierte Germanistik, Theaterwissenschaft und Geschichte in Erlangen, ist freier Schriftsteller und Publizist, Lehrbeauftragter am Institut für Germanistik der Universität Erlangen-Nürnberg, Mitglied der Forschervereinigung *Netzwerk Zukunft e.V.*, schreibt u.a. für die Neue Zürcher Zeitung, Kursbuch, Zukünfte, mare – Die Zeitschrift der Meere. Jüngere Veröffentlichungen: (Hg.) *Visionäre aus Franken. Sechs phantastische Biographien* (Neustadt / Aisch 2000); zusammen mit Jürgen Bräunlein (Hg.): *Der sprechende Knochen. Perspektiven von Telefonkulturen* (Würzburg 2000). Im Leda-Verlag erschienen der Erzählband *Lemuels Ende* (2001), dessen Titelgeschichte für den Kurd-Laßwitz-Preis nominiert wurde, und die Kriminalromane mit Hauptkommissar Greven *Die Gordum-Verschwörung* und *Knochenbrecher* (2007) sowie die von Peter Pabst illustrierten Kinderbücher *Lükko Leuchtturm und das Rätsel der Sandbank* (Leer 2001) und *Lükko Leuchtturm und die geheimnisvolle Insel* (2004) sowie das von Ludger Abeln gelesene Hörbuch *Weihnachten mit Lükko Leuchtturm* (Leda 2006). *Friesengold*, der vierte Fall für Hauptkommissar Greven erschien 2011 im Leda-Verlag, 2014 folgte *Tod auf dem Siel*.

  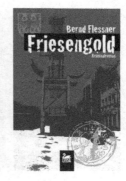

Bernd Flessner
Greetsieler Glockenspiel
Ostfrieslandkrimi – TB
978-3-934927-93-3
208 Seiten; 8,90 Euro

Bernd Flessner
Die Gordum-Verschwörung
Ostfrieslandkrimi
978-3-934927-87-4
8,90 Euro

Bernd Flessner
Friesengold
Kriminalroman
978-3-939689-75-1

Bernd Flessner
Tod auf dem Siel
Kriminalroman
978-3-86412-073-2

Wolfgang Santjer
Emsgrab
Kriminalroman
Leer
978-3-86412-064-0

Wolfgang Santjer
Ostfriesenspieß
Kriminalroman
978-3-86412-075-6

Edmund Ballhaus
Die Ostfriesenbühne

978-3-86412-062-6

Ulrike Barow
Baltrumer Kaninchenkrieg
Inselkrimi

978-3-86412-083-1

Gerdes/Lüpkes
Flossen hoch 3.0
Kriminelles zwischen Angel und Haken

978-3-86412-068-8

Volker Feldkamp
Blut-Leer
Kriminalroman
Leer
978-3-86412-066-4

Sonja Zimmer
Jana und das Geheimnis der Evenburg
Kinderkrimi
978-3-86412-085-5

Peter Gerdes
Langeooger Lügen
Inselkrimi
978-3-86412-067-1

 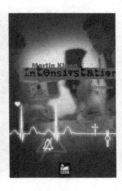 

Erik Wikki
**Papenburger
Puppenspieler**
Kriminalroman
978-3-896412

Martin Kleen:
Intensivstation
Kriminalroman
Leer
978-3-939689-57-7

Peter Gerdes
Zorn und Zärtlichkeit
Kriminalroman
Leer
978-3-939689-64-5

Soko Taraxacum
**Wenn der
Weinhändler
kommt …**
978-3-86412-068-8

Peter Gerdes
**Fürchte die
Dunkelheit**
Kriminalroman – Leer
978-3-934927-60-5

Peter Gerdes
**Ebbe und
Blut**
Kriminalroman – Leer
978-3-934927-56-8

Thomas Breuer
Leander und der tiefe Frieden
Inselkrimi Föhr
978-3-86412-006-0

Thomas Breuer
Leander und die Stille der Koje
Inselkrimi
978-3-939689-82-9

Thomas Breuer
Leander und die alten Meister
Inselkrimi Föhr
978-3-86412-071-8

Thomas Breuer
Leander und der Lummensprung
Inselkrimi
978-3-86412-084-8

Dietrich Petersen
Strandraub
Inselkrimi
Fehmarn
978-3-934927-96-4

Dietrich Petersen
Todesbelt
Inselkrimi
Fehmarn
978-3-86412-069-5

Barbara Wendellen
Tod an der Blauen Balje
Inselkrimi
978-3-939689-78-2

Regine Kölpin
Muschelgrab
Inselkrimi
Wangerooge
978-3-939689-59-1

Böker/Vollbrecht
Berits Bild
Kriminalroman
Schleswig-Holstein
978-3-939689-70-6

Andreas Schmidt
Tod mit Meerblick
Kriminalroman
Schleswig-Holstein
978-3-939689-67-6

Anette Hinrichs
Die fünfte Jahreszeit
Kriminalroman
Hamburg
978-3-86412-005-3

Anette Hinrichs
Das siebte Symbol
Kriminalroman
Hamburg
978-3-86412-005-3